Questo libro è dedicato alla memoria di Liz Hohenadel Scott,
la cui luce ha reso il mondo un posto più accogliente.
Non smetteremo mai di sentire la sua mancanza.

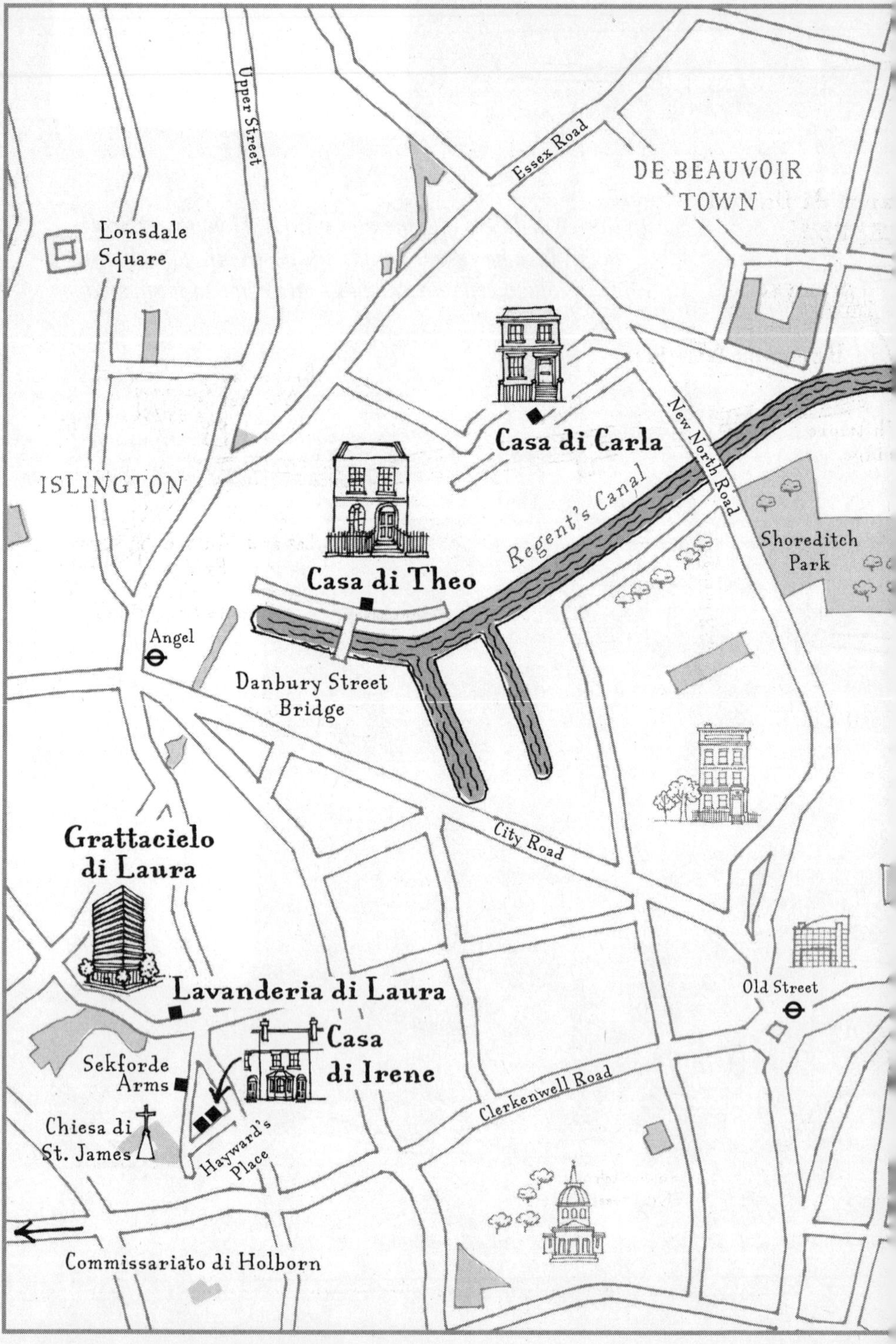

Upper Street
Essex Road
DE BEAUVOIR TOWN
Lonsdale Square
Casa di Carla
New North Road
ISLINGTON
Regent's Canal
Shoreditch Park
Casa di Theo
Angel
Danbury Street Bridge
Grattacielo di Laura
City Road
Lavanderia di Laura
Old Street
Casa di Irene
Sekforde Arms
Clerkenwell Road
Chiesa di St. James
Hayward's Place
Commissariato di Holborn

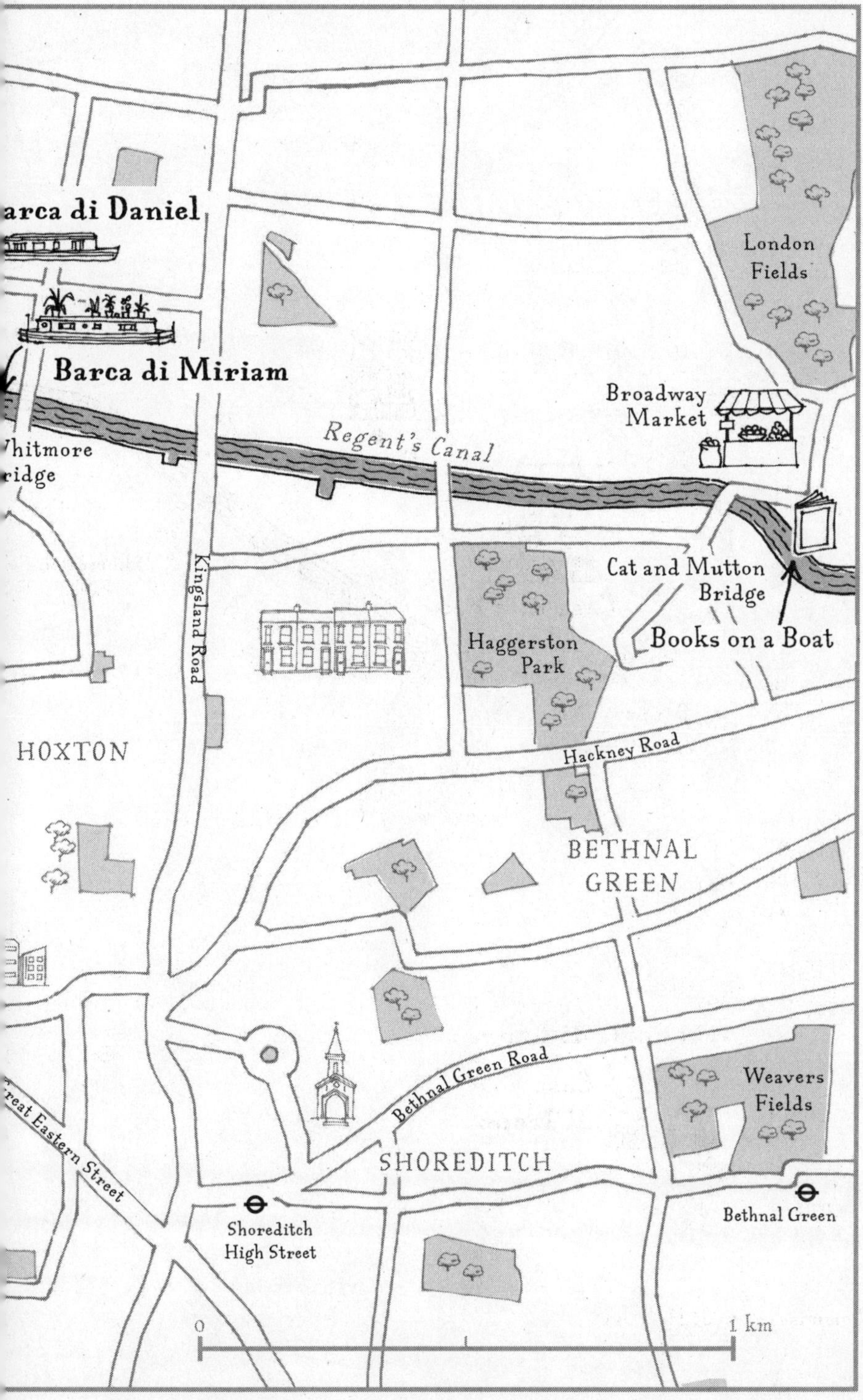
arca di Daniel
Barca di Miriam
London Fields
Broadway Market
Regent's Canal
hitmore
ridge
Cat and Mutton Bridge
Books on a Boat
Kingsland Road
Haggerston Park
HOXTON
Hackney Road
BETHNAL GREEN
Bethnal Green Road
Weavers Fields
reat Eastern Street
SHOREDITCH
Shoreditch High Street
Bethnal Green
0
1 km

Alcuni nascono per essere avvoltoi,
altri per essere accerchiati.

EMILY SKAJA, *My History As*

Coperta di sangue, la ragazza barcolla nel buio. Ha i vestiti strappati, le pendono di dosso scoprendo la carne pallida del suo giovane corpo. Ha perso una scarpa, il piede sanguina. È in agonia, ma il dolore fisico adesso è irrilevante, eclissato da altre forme di sofferenza.

Il volto è una maschera di terrore, il cuore batte come un tamburo, il respiro è l'ansimare stremato di una volpe che ha raggiunto di corsa la propria tana.

Il silenzio della notte è interrotto da un ronzio basso. Un aereo? La ragazza si pulisce gli occhi dal sangue, alza lo sguardo verso il cielo e non vede nient'altro che le stelle.

Il ronzio si fa più forte, più cupo. Una macchina che cambia marcia? È arrivata alla strada principale? Il suo cuore ha un sussulto. Dal profondo delle viscere chiama a raccolta le energie necessarie per mettersi a correre.

Sente la luce alle sue spalle, più che vederla. Scorge la sua sagoma illuminata nel buio e capisce che l'auto sta arrivando da dietro. Viene dalla fattoria. Si volta.

Capisce, ancor prima di vederlo, che lui l'ha trovata. Capisce, ancor prima di vederlo, che la faccia dietro il volante sarà la sua. Si ferma. Per un attimo esita, poi abbandona la strada e riprende a correre, dentro un fosso, oltre una staccionata di legno. Si lancia nel campo confinante e corre alla cieca, cade e si rialza, senza fare rumore. A cosa servirebbe gridare?

Quando lui la raggiunge, la prende per i capelli, la trascina a terra. La ragazza sente il suo alito su di sé. Sa cosa vuole farle. Sa cosa sta per succedere, perché gliel'ha già visto fare, gliel'ha visto fare alla sua amica, ha visto con quanta violenza lui...

«Per l'amor di Dio» borbottò Irene a voce alta, mentre chiudeva il libro e lo lanciava sulla pila destinata al negozio dell'usato. «Che mucchio di sciocchezze.»

1

La voce di Deidre risuonava nella testa di Laura. *Il tuo problema, Laura, è che fai le scelte sbagliate.*

Cazzo, hai proprio ragione, Deidre. Una frase che Laura non si sarebbe mai sognata di dirle, che non credeva avrebbe neanche mai pensato, ma adesso, in piedi nel suo bagno, scossa da tremori incontrollabili, con il sangue caldo che usciva a fiotti dal taglio sul braccio, si ritrovava ad ammettere che la Deidre della sua fantasia ci aveva preso in pieno. Si chinò in avanti, appoggiò la fronte allo specchio per evitare di guardarsi negli occhi, ma così vide qualcosa di peggio, il sangue che scorreva via dal suo corpo, e quella vista la mandò in confusione, si sentì sul punto di vomitare. Tutto quel sangue. Il taglio era più profondo di quanto avesse creduto, doveva andare al pronto soccorso. Andare al pronto soccorso era fuori discussione.

Scelte sbagliate.

Alla fine, quando l'emorragia sembrò rallentare, Laura si tolse la maglietta e la lasciò cadere a terra, si sfilò i jeans e le mutande, e si liberò del reggiseno, trattenendo il respiro per non gemere quando il gancetto di metallo si scontrò con il taglio. «Fanculo, fanculo, cazzo» sibilò.

Fece scivolare anche il reggiseno sul pavimento, si trascinò fino alla vasca da bagno e aprì la doccia, rabbrividendo sotto il debole getto di acqua bollente (la temperatura passava da caldissima a freddissima, senza vie di mezzo). Fece scorrere i polpastrelli raggrinziti sulle sue candide cicatrici perfette: fianco, coscia, spalla, nuca. *Eccomi qui*, disse dolcemente tra sé. *Eccomi.*

Più tardi, con l'avambraccio inutilmente fasciato di strati di carta igienica e il corpo avvolto in un logoro asciugamano, seduta sull'orrendo divano grigio di finta pelle del salotto, Laura telefonò alla madre. Rispose la segreteria, e lei riattaccò. Non valeva la pena sprecare il credito telefonico per lasciare un messaggio. Allora chiamò il padre. «Stai bene, pulcino?» Riusciva a sentire il brusio della radio in sottofondo, BBC 5.

«Papà.» Avvertì un nodo salirle in gola e si affrettò a deglutire.

«Che succede?»

«Papà, puoi venire qui da me? Io... È stata una nottata difficile, mi chiedevo se puoi venire qui da me per un po'. So che è un bel pezzo di strada, ma...»

«No, Philip.» Deidre, nella stanza con lui, sibilava a denti stretti. «Abbiamo il bridge.»

«Papà? Puoi togliere il vivavoce?»

«Tesoro, io...»

«Dico sul serio, puoi togliere il vivavoce? Non voglio sentirla, mi fa venire voglia di dar fuoco a tutto quanto...»

«Dai, Laura...»

«Lascia stare, papà, non importa.»

«Sei sicura?»

No non lo sono non lo sono cazzo. «Sì, certo. Sto bene, andrà tutto bene.»

Mentre si avvicinava alla camera da letto, inciampò nella giacca che aveva buttato a terra precipitandosi in bagno. Si chinò per raccoglierla. La manica era strappata, nella tasca c'era ancora l'orologio di Daniel. Lo prese e se lo infilò al polso. La carta igienica era diventata rossa, sentiva il braccio pulsare mentre continuava a perdere sangue. Le girava la testa. In bagno, gettò l'orologio nel lavandino, strappò via la carta igienica e fece scivolare l'asciugamano sul pavimento. Tornò sotto la doccia.

Con un paio di forbicine grattò sotto le unghie e guardò l'acqua rosata scorrere ai suoi piedi. Chiuse gli occhi. Sentiva la voce di Daniel che le chiedeva: *Che cos'hai che non va?* Poi quella di Deidre: *No, Philip, abbiamo il bridge.* Infine la sua. *Dar fuoco a tutto quanto. Dar fuoco. Dar fuoco dar fuoco dar fuoco.*

2

A domeniche alterne, Miriam svuotava il wc. Doveva estrarre la cassetta (sempre sorprendentemente, sgradevolmente pesante) dal piccolo bagno sul retro della barca, attraversare la cabina e uscire sull'alzaia, poi da lì camminare per altri cinquanta metri fino ai bagni pubblici, dove poteva rovesciare i rifiuti e sciacquare gli eventuali residui dalla cassetta. Era una delle parti meno idilliache della vita su una casa galleggiante, e lei preferiva occuparsene di mattina presto, quando non c'era nessuno in giro. Era svilente portare a spasso la propria merda in mezzo a sconosciuti, runner, gente a spasso col cane.

Era sul ponte di poppa, controllava che la strada fosse libera, che non ci fossero ostacoli sulla via, biciclette o bottiglie (la gente era davvero poco attenta alle regole del vivere comune, soprattutto il sabato sera). Era un luminoso mattino di marzo, ancora piuttosto freddo sebbene i germogli bianchi sui rami lucenti dei platani e delle betulle preannunciassero la primavera.

Faceva freddo, eppure le porte della cabina della barca vicina alla sua erano aperte, come la sera precedente. Strano. E il fatto è che lei aveva bisogno di parlarci, con il ragazzo che stava lì, a proposito del suo soggiorno un po' troppo prolungato. Era ormeggiato in quel posto da sedici giorni, due in più di quanto gli fosse consentito, e Miriam aveva intenzione di chiedergli di spostarsi, anche se non era compito suo, né una sua responsabilità. Lei, però, a differenza della maggior parte degli altri, era una presenza fissa da quelle parti, il che le infondeva un particolare senso civico.

In ogni caso, fu quello che riferì al detective Barker, in seguito, quando le chiese: «Cosa ha attirato la sua attenzione?». Era seduto davanti a lei, con le ginocchia che sfioravano le sue e le spalle curve, piegate in avanti. Una barca di quel tipo non era il massimo per una persona alta, e lui era altissimo, con una testa rotonda stile palla da biliardo e sul volto un'espressione crucciata, come se quel giorno avesse avuto in programma di fare altro, qualcosa di divertente, tipo portare i figli al parco, e invece adesso era lì con lei e no, non ne era affatto contento.

«Ha toccato qualcosa?» domandò.

Lo aveva fatto? Aveva toccato qualcosa? Miriam chiuse gli occhi. Rivide se stessa bussare con decisione alla finestra della barca bianca e azzurra, aspettando una reazione: una voce, oppure una tenda spostata. E poi chinarsi, non avendo ottenuto risposta, per sbirciare nella cabina, un tentativo reso vano dalla tendina a rete e da una spessa patina forse decennale di sporcizia portata dalla città e dal fiume. Aveva bussato di nuovo, quindi, dopo qualche istante, era salita sul ponte di poppa, gridando: «Ehi, c'è nessuno?».

Rivide se stessa aprire la porta della cabina con cautela, sentendo, nel mentre, una zaffata di qualcosa, un odore di ferro, di carne, che metteva appetito. «Ehi?»

Aveva spalancato la porta e sceso i due gradini che portavano alla cabina. Il saluto le si era strozzato in gola quando aveva visto la scena: il ragazzo – non proprio un ragazzo, forse più un giovane uomo – sdraiato a terra, sangue dappertutto, un sorriso inciso nella sua gola.

Rivide se stessa barcollare, portarsi la mano alla bocca, lanciarsi in avanti, per un lungo e confuso momento, poi allungare il braccio e aggrapparsi al tavolo con la mano. *Oh, mio Dio.*

«Ho toccato il tavolo» rispose al detective. «Mi sembra di essermi appoggiata al tavolo, proprio lì, sul lato sinistro. L'ho visto e ho pensato che... be', ecco... mi è venuto da vomitare.» Arrossì. «Però non ho vomitato, non subito. Fuori... mi spiace, io...»

«Non si preoccupi» replicò Barker, guardandola negli occhi. «Non c'è nulla di cui preoccuparsi. E dopo cos'ha fatto? Ha visto il cadavere, si è appoggiata al tavolo, e...?»

Era stata travolta dall'odore. Oltre a quello del sangue, di tutto quel sangue, ce n'era un altro, più vecchio, dolce e sgradevole, come un profumo di gigli lasciati troppo a lungo in un vaso. Quell'odore e il suo sguardo, impossibile da evitare, il bel viso privo di vita, gli occhi vitrei incorniciati da lunghe ciglia, le labbra carnose che scoprivano denti bianchi e regolari. Busto, mani e braccia sporchi di sangue, la punta delle dita piegate contro il pavimento. Come se avesse cercato di aggrapparvisi. Quando si era voltata per andarsene, il suo sguardo si era imbattuto in qualcosa per terra, qualcosa di fuori posto: un luccichio d'argento impantanato nel sangue scuro e denso.

Era uscita dalla cabina inciampando nei gradini, si era riempita i polmoni di aria, ansimando. Aveva vomitato sull'alzaia, poi si era pulita la bocca e aveva gridato: «Aiuto! Qualcuno chiami la polizia!». Ma erano appena le sette e mezza di una domenica mattina, non c'era nessuno in giro. L'alzaia era deserta, anche le strade sovrastanti erano vuote, non si sentivano rumori tranne la vibrazione di un generatore e lo schiamazzo delle gallinelle d'acqua che scivolavano via senza farsi notare. Aveva guardato in alto, verso il ponte che scavalcava il canale, e le era parso di vedere qualcuno, solo per un attimo, poi era sparito e lei era rimasta sola, stretta da una paura paralizzante.

«Me ne sono andata,» raccontò al detective «sono uscita da lì e... ho chiamato la polizia. Ho vomitato, poi sono corsa alla mia barca e ho chiamato la polizia.»

«Okay, okay.»

Quando Miriam lo guardò, il detective stava osservando la stanza, la cabina pulita e in ordine, i libri sopra il lavandino (*Ricette facili e veloci, La nuova cucina vegetariana*), le erbe aromatiche sul davanzale, il basilico e il coriandolo nelle vaschette di plastica, il rosmarino messo a seccare nel vaso smaltato azzurro. Lanciò un'occhiata alla libreria piena di tascabili, allo spatifillo polveroso sopra lo scaffale, alla fotografia incorniciata di una coppia sorridente insieme alla figlia corpulenta. «Vive qui da sola?» le chiese, ma non era propriamente una domanda. Lei sapeva che cosa gli passava per la testa: una vecchia zitella grassa, che abbraccia gli alberi, si fa lo yogurt in casa e spia da dietro le tende. Una che ficca il naso negli affari di tutti. Miriam sapeva cosa vedeva la gente, quando la guardava.

«Lei... ha rapporti con i suoi... vicini? Si possono definire vicini? Forse no, visto che stanno qui per un paio di settimane al massimo?»

Miriam si strinse nelle spalle. «Alcuni vanno e vengono con regolarità, hanno un posto preferito, tratti del canale che percorrono abitualmente, quindi alla fine ci si conosce. Sempre che uno ne abbia voglia. Si può anche decidere di starsene per conto proprio, che è quello che faccio io.»

Il detective non replicò, la guardava inespressivo. Miriam capì che stava cercando di farsi un'opinione su di lei, non la prendeva alla lettera, non credeva necessariamente a tutto quello che gli stava raccontando.

«Cosa mi dice di lui, del tizio che ha trovato stamattina?»

Miriam scosse la testa. «Non lo conoscevo. Lo avevo visto poche volte, avevamo scambiato... be', non eravamo arrivati neppure ai convenevoli. Io lo salutavo, "Buongiorno" o "Buonasera", e lui rispondeva. Tutto qui.»

(Non era proprio *tutto*: era vero che lo aveva visto un paio di volte da quando aveva ormeggiato, e lo aveva subito bollato come un dilettante. La barca era un disastro: vernice scrostata, banchine arrugginite, il comignolo tutto storto, e lui stesso le era sembravo troppo precisino per la vita sul canale. Abiti puliti, denti bianchi, niente piercing né tatuaggi. Niente di visibile, perlomeno. Un tipo che non passava inosservato, piuttosto alto, moro, occhi scuri e volto spigoloso. La prima volta che lo aveva visto, lo aveva salutato, lui l'aveva guardata e le aveva sorriso in un modo che le aveva fatto venire la pelle d'oca.)

Non aveva dimenticato quella sensazione. Ma non ci pensava neanche a parlarne al detective. *La prima volta che l'ho incontrato, ho avvertito qualcosa di strano...* Avrebbe creduto che fosse pazza. A ogni modo, solo allora si rese conto del significato di quello strano brivido. Non si era trattato di una premonizione, o qualche assurdità del genere: lo aveva *riconosciuto.*

Intravide un'opportunità. Ci aveva già pensato in precedenza, non appena aveva capito chi fosse davvero quel ragazzo, ma all'epoca non le era venuto in mente come avrebbe potuto approfittarne. Ora che era morto, però, sembrava che tutta quella storia non fosse altro che un segno del destino. Serendipità.

«Signora Lewis?» Il detective Barker le stava facendo una domanda.

«Signorina» puntualizzò.

Lui chiuse gli occhi, per un attimo. «Signorina Lewis, ricorda di averlo visto in compagnia? Parlare con qualcuno?»

Lei esitò, poi annuì. «Una persona è venuta a trovarlo. Un paio di volte, mi sembra. È possibile che abbia avuto altri ospiti, ma ne ho visto solo uno. Una donna, più vecchia di lui, all'incirca della mia età. Forse sulla cinquantina. Capelli grigi, molto corti. Magra, piuttosto alta, sul metro e settanta, settantacinque, lineamenti spigolosi...»

Barker inarcò il sopracciglio. «Accidenti, l'ha vista proprio bene.»

Miriam fece spallucce. «Be', sì, sono una buona osservatrice. Mi piace tener d'occhio le cose.» Tanto valeva confermare i suoi pregiudizi. «Ma era una di quelle donne che non si può fare a meno di guardare, era davvero notevole. I capelli, i vestiti... aveva l'aria di essere *di lusso.*»

Il detective annuì di nuovo, prese nota delle sue parole, Miriam era certa che non ci avrebbe messo molto a scoprire a chi si riferisse.

Dopo che il detective se ne fu andato, i poliziotti transennarono l'alzaia tra De Beauvoir e Shepperton e fecero spostare le barche, tranne quella del morto, la scena del delitto, e quella di Miriam. All'inizio cercarono di convincerla ad allontanarsi, ma lei spiegò che non aveva altro posto dove andare. Dove l'avrebbero fatta alloggiare, se non lì? L'agente con cui parlò era giovane, brufoloso e con la voce stridula; sembrava preoccupato di doversi prendere una simile responsabilità. Alzò gli occhi al cielo, poi fissò l'acqua, fece scorrere lo sguardo su e giù per il canale e poi lo posò di nuovo su di lei, una donna di mezz'età, bassa e grassa, dall'aria inoffensiva, e si arrese. Parlò con qualcuno alla radio e tornò da lei per dirle che poteva restare. «Può andare e venire dalla sua... ehm... *residenza*, e basta» precisò. «Non se ne vada in giro.»

Quel pomeriggio, Miriam si sedette sul ponte di poppa, sotto un sole pallido, per approfittare dell'insolita tranquillità del canale transennato. Con una copertina sulle spalle e una tazza di tè a portata di mano, osservava i poliziotti e i tecnici della Scientifica che correvano avanti e indietro portando cani e gommoni, scandagliando l'alzaia e i dintorni e frugando nell'acqua torbida.

Si sentiva stranamente tranquilla, nonostante tutto, quasi ottimista, al pensiero delle nuove strade che si aprivano davanti a lei. Nella tasca del cardigan toccò la piccola chiave attaccata al portachiavi, ancora sporca di sangue, quella che aveva raccolto dal pavimento della barca, quella di cui non aveva parlato al detective senza nemmeno pensare al motivo per cui aveva deciso di non farlo.

Istinto.

L'aveva vista, luccicava vicino al cadavere del ragazzo: una chiave. Attaccata a un piccolo ciondolo di legno a forma di uccello. L'aveva riconosciuta subito: l'aveva vista agganciata a una fibbia dei jeans di Laura, quella della lavanderia. "Laura la matta", la chiamavano. Miriam l'aveva sempre trovata piuttosto cordiale, tutt'altro che matta. Laura, che Miriam aveva scorto – un po' brilla, forse – mentre saliva su quella barca sgangherata al braccio di quel bellissimo ragazzo, due sere prima? O tre? Doveva averlo segnato sul suo diario, quello dove annotava gli avvenimenti più interessanti, la gente che andava e veniva e cose del genere.

Verso sera, vide che spostavano il cadavere, su per le scale e poi in strada, dove un'ambulanza stava aspettando per portarlo via. Si alzò quando le passarono di fianco; chinò la testa in segno di rispetto e mormorò un sommesso e poco convinto: «Vai con Dio».

Sussurrò anche un ringraziamento. Ormeggiando la barca vicino alla sua, morendo in quel modo così violento Daniel Sutherland aveva offerto a Miriam un'occasione che non poteva farsi sfuggire: l'opportunità di vendicare il torto che aveva subito.

Sola e, suo malgrado, un po' spaventata dal buio e da quella inusuale tranquillità, rientrò nella barca e chiuse la porta con il lucchetto. Prese la chiave di Laura dalla tasca e la ripose nel portagioie di legno che teneva sullo scaffale più alto della libreria. Giovedì era il giorno della lavanderia. Avrebbe potuto restituirgliela in quell'occasione.

Oppure no.

Non si sa mai cosa può rivelarsi utile, giusto?

3

«Signora Myerson? Ha bisogno di sedersi? Ecco, qui. Respiri. Vuole che chiamiamo qualcuno, signora Myerson?»

Carla si lasciò cadere sul divano. Si piegò in avanti, con la testa sulle ginocchia. Si rese conto che stava mugolando come un cane. «Theo» riuscì a dire. «Chiamate Theo, per favore. Mio marito. Il mio ex marito. È nella rubrica.» Alzò gli occhi e si guardò intorno nella stanza, ma non riusciva a vedere il cellulare. «Non so dove sia, non so dove...»

«Ce l'ha in mano, signora Myerson» suggerì con gentilezza la poliziotta. «Ce l'ha in mano, il telefono.»

Carla abbassò lo sguardo e vide che era proprio così, teneva il cellulare stretto nella mano che tremava violentemente. Scosse la testa e lo passò all'agente. «Sto impazzendo» concluse.

La donna le rivolse un timido sorriso e le appoggiò per un attimo la mano sulla spalla. Uscì per fare la chiamata.

L'altro poliziotto, il detective Barker, si schiarì la gola. «La madre di Daniel è morta, vero?»

Carla annuì. «Sei... no, otto settimane fa» rispose, e vide l'uomo farsi improvvisamente attento. «Mia sorella è caduta, in casa. Non è stato... Si è trattato di un incidente.»

«Ha i contatti del padre di Daniel?»

La donna scosse la testa. «No. So che vive in America, da molti anni. Non è interessato alla vita di suo figlio, non lo è mai stato. Sono soltanto...» Le si incrinò la voce e respirò a fondo. «Erano soltanto loro due, Angela e Daniel. E io.»

Barker annuì. Rimase in silenzio, impalato davanti al caminetto, in attesa che lei si ricomponesse. «Non abita qui da molto?» chiese, dopo una pausa che dovette sembrargli sufficientemente rispettosa. Carla lo guardò perplessa. Il detective stava additando, con il lungo indice, le scatole sul pavimento del soggiorno e i quadri appoggiati alla parete.

Carla si soffiò il naso rumorosamente. «Saranno almeno sei anni che voglio appendere quei quadri. Un giorno o l'altro andrò a comprare dei chiodi. Le scatole arrivano da casa di mia sorella. Sa... lettere, fotografie. Cose di cui non ho voluto sbarazzarmi.»

Barker annuì di nuovo. Incrociò le braccia, spostò il peso da un piede all'altro e aprì la bocca per parlare, ma fu interrotto dal rumore della porta d'ingresso che sbatteva. Carla sobbalzò. La poliziotta, l'agente investigativa Chalmers, rientrò di fretta nella stanza, chinando la testa per scusarsi. «Il signor Myerson sta arrivando. Sarà qui tra poco.»

«Abita a cinque minuti» spiegò Carla. «In Noel Road. La conoscete? Negli anni Sessanta ci viveva Joe Orton. Il drammaturgo, avete presente? È lì che è stato ucciso, picchiato a morte, mi sembra, o forse pugnalato?» Gli agenti la guardavano, impassibili. «Non è... *rilevante*» aggiunse Carla. Per un attimo terribile temette di scoppiare a ridere. Come le era venuto in mente di dire quelle cose? Perché aveva parlato di Joe Orton, di gente picchiata a morte? Stava *davvero* impazzendo. Ma i due detective sembravano non essersi accorti di nulla, o forse non gliene importava. Forse tutti reagivano come pazzi alla notizia dell'assassinio di un familiare.

«Signora Myerson, quando ha visto suo nipote per l'ultima volta?» le domandò Barker.

La mente di Carla era completamente vuota, in quel momento. «Io... *Oddio*, l'ho visto... a casa di Angela. Da mia sorella. Non è distante, venti minuti a piedi, dall'altra parte del canale, su Hayward's Place. Stavo mettendo in ordine, e lui era passato a prendere alcune delle sue cose. Non abitava più lì da molto, ma aveva ancora un po' di oggetti personali nella sua camera, soprattutto album da disegno. Aveva un grande talento artistico. Disegnava fumetti, sapete. Graphic novel.» Ebbe un tremito involontario. «Quindi forse una settimana fa? Due? Non me lo ricordo, la testa mi scoppia, io...» Si passò le dita tra i capelli corti e si grattò la cute con le unghie.

«Non si preoccupi, signora Myerson» la rassicurò Chalmers. «Possiamo tornare sui dettagli più tardi.»

«E... da quanto tempo Daniel abitava sul canale?» chiese Barker. «Per caso lei sa quando...»

Il battente risuonò con forza e Carla trasalì ancora. «È Theo» sospirò, alzandosi di scatto. «Grazie a Dio.»

Chalmers raggiunse la porta prima di lei e fece entrare l'uomo nell'ingresso. Era sudato, rosso in viso.

«Cristo, Cee» disse lui, afferrando Carla e attirandola a sé. «Per l'amor di Dio, che cosa è successo?»

La polizia raccontò di nuovo l'accaduto: quella mattina il nipote di Carla, Daniel Sutherland, era stato trovato morto in una casa galleggiante ormeggiata vicino a De Beauvoir Road, nel Regent's Canal. Era stato pugnalato più volte. Il decesso doveva essere avvenuto tra le ventiquattro e le trentasei ore prima del ritrovamento, a breve sarebbero stati in grado di dirlo con maggior precisione. Fecero domande sul lavoro di Daniel, sui suoi amici, sapevano forse se aveva problemi economici o assumeva stupefacenti?

No, non lo sapevano.

«I rapporti non erano stretti?» chiese Chalmers.

«Io lo conoscevo a malapena» replicò Theo. Era seduto

accanto a Carla, e si grattava la fronte con l'indice, come faceva sempre quando era nervoso.

«Signora Myerson?»

«No, direi di no. Non... molto. Io e mia sorella non ci vedevamo spesso, sa...»

«Anche se abitava dall'altra parte del canale?» commentò Chalmers.

«No.» Carla scosse la testa. «Erano anni che noi... che io non passavo del tempo con Daniel. Non ci frequentavamo. Più o meno da quando era un ragazzino. Ci siamo visti dopo la morte di mia sorella, come ho già detto. Per un po' ha vissuto all'estero. In Spagna, mi sembra.»

«Quando si è trasferito nella casa galleggiante?» chiese Barker.

Carla strinse le labbra e scosse la testa. «Non lo so. Davvero, non ne ho idea.»

«Non sapevamo che abitasse lì» precisò Theo.

Barker gli lanciò uno sguardo indagatore. «Eppure è molto vicino a casa sua. Abita in Noel Road, giusto? Sarà poco più di un chilometro da dove è ormeggiata la barca.»

L'uomo si strinse nelle spalle e si strofinò la fronte più forte, la pelle si arrossò all'attaccatura dei capelli, come se avesse preso il sole. «Okay, ma non avevo idea che abitasse da quelle parti.»

I poliziotti si scambiarono un'occhiata. «Signora Myerson?» Barker la stava guardando.

Carla scosse la testa. «Non lo sapevamo» confermò.

I due agenti restarono a lungo in silenzio. Forse in attesa che Carla dicesse qualcosa, che lei o Theo parlassero.

Theo li accontentò. «Avete detto... ventiquattr'ore, vero? Tra le ventiquattro e le trentasei ore?»

Chalmers annuì. «Secondo le nostre stime, il decesso è avvenuto tra le otto di venerdì sera e le otto di sabato mattina.»

«Ah.» Theo si stava ancora grattando la fronte e scrutava fuori dalla finestra.

«Le è venuto in mente qualcosa, signor Myerson?»

«Ho visto una ragazza» replicò lui. «Sabato mattina. Era presto, le sei, mi sembra. Sull'alzaia, all'altezza di casa mia. Ero in piedi nello studio, e l'ho vista, me la ricordo perché era sporca di sangue. Sul viso. Forse anche sui vestiti. Non era tutta coperta di sangue, ma... ce n'era.»

Carla lo fissava, incredula. «Di cosa parli? Perché non me l'hai detto?»

«Stavi dormendo. Mi ero alzato per farmi un caffè, ed ero andato nello studio a prendere le sigarette. L'ho vista dalla finestra. Era giovane, non più di vent'anni, e camminava sull'alzaia. Zoppicava. O forse barcollava. Credo fosse ubriaca. Io... non ci ho pensato più di tanto, perché Londra è piena di gente strana che se ne va in giro sbronza, no? A quell'ora del mattino, è normale vedere persone che rientrano a casa...»

«Sporche di sangue?» chiese Barker.

«Be', forse no. Non sporche di sangue. È proprio per questo che me la ricordo. Ho pensato che fosse caduta, o che avesse fatto a botte. Ho pensato che...»

«Ma perché non hai detto niente?» lo interruppe Carla.

«Stavi *dormendo*, Cee, non pensavo che...»

«La signora Myerson dormiva a casa *sua*» puntualizzò Chalmers, perplessa. «È così? Ha passato la notte con il signor Myerson?»

Carla annuì lentamente, sul volto un'espressione di totale smarrimento. «Venerdì abbiamo cenato insieme, mi sono fermata...»

«Anche se siamo separati, siamo rimasti in buoni rapporti, capite, e spesso succede che...»

«Theo, a loro non *interessa*» intervenne Carla in tono secco, facendolo trasalire. Si tamponò il naso con un fazzolettino di carta. «Scusate. Mi dispiace. Ma non è importante, vero?»

«Non si può mai sapere cosa risulterà importante» replicò Barker, sibillino, e si avviò verso l'ingresso. Lasciò loro il suo biglietto da visita e disse qualcosa a Theo sull'identificazione formale, sul collegamento familiare e sulla necessità di tenersi in contatto. Lui annuì, si infilò il biglietto nella tasca dei pantaloni e gli strinse la mano.

«Come avete fatto a saperlo?» chiese Carla, all'improvviso. «Voglio dire, chi è stato a riferirvelo... Chi lo ha trovato?»

Chalmers guardò il suo superiore, poi Carla. «È stata una donna a trovarlo.»

«Una donna?» domandò Theo. «Un'amica? Era giovane? Magra? Sto pensando alla persona che ho visto, quella sporca di sangue. Forse...»

Chalmers scosse la testa. «No, abita in una delle case galleggianti, non è giovane, di mezz'età, direi. Ha notato che la barca non si muoveva da un po' ed è andata a controllare.»

«Allora non ha visto niente?» domandò Theo.

«A dire il vero, ci è stata di grande aiuto» replicò Barker. «È una buona osservatrice.»

«Bene» commentò l'uomo, grattandosi la testa. «Molto bene.»

«Una certa signora Lewis» precisò il detective, e la collega lo corresse: «*Signorina*».

«Giusto» replicò Barker. Carla vide l'ex marito impallidire mentre Barker continuava. «La signorina Miriam Lewis.»

4

«È stato lui a cominciare, va bene? Prima che diciate qualunque cosa. È stato lui a cominciare.»

Stavano aspettando che tornasse a casa. Doveva essere così, perché iniziarono a picchiare sulla porta trenta secondi dopo che era rientrata dall'Islanda là fuori. Non era ancora riuscita a riprendere fiato – abitava al settimo piano e l'ascensore era di nuovo guasto –, ed eccoli alla sua porta, cosa che l'aveva proprio fatta arrabbiare, e anche preoccupare, in effetti. Così, come un'imbecille, aveva cominciato a parlare, anche se sapeva benissimo che non avrebbe dovuto. Non era la prima volta che si cacciava nei guai.

A dire il vero, di solito erano guai di altro tipo: ubriachezza molesta, piccoli furti, violazione di domicilio, vandalismo, disturbo della quiete pubblica. Una volta era stata giudicata non colpevole di una tentata aggressione. Era in attesa di giudizio per un'accusa di lesioni aggravate.

Ma non si trattava di quello. Lo capì quasi subito, perché mentre sbuffava e ansimava e parlava a vanvera, pensò: *Un attimo, questi sono detective*. Si erano qualificati con nome e grado, che lei aveva già dimenticato, ed erano lì di fronte a lei, in abiti civili, quindi doveva trattarsi di un guaio di tutt'altro genere.

«Le spiace farci entrare, signorina Kilbride?» chiese l'uomo, in maniera abbastanza educata. Era alto, slanciato, pelato come un uovo. «Forse è meglio che parliamo in casa.» Lanciò un'occhiata attenta alla finestra della cucina, che lei aveva sprangato alla meglio.

Laura stava già scuotendo la testa. «No, no. Non si può fare. Ho bisogno della presenza di un adulto, capite, non potete interrogarmi... Comunque, di cosa si tratta? È per il tizio del bar? Per quello mi hanno già schedata. Ho ricevuto la convocazione del tribunale, è appiccicata al frigorifero con una calamita. Potete andare a vederla, se volete... No, no, aspettate. Un momento, non era un invito a entrare, era per dire...»

«Signorina Kilbride, perché dovrebbe aver bisogno della presenza di un adulto?» La collega (almeno trenta centimetri più bassa dell'altro, con i capelli scuri e crespi, i lineamenti sottili ammassati al centro di una faccia tonda come la luna piena) inarcò il monociglio. «Lei non è minorenne, giusto?»

«Ho venticinque anni, come ben sapete» sbottò Laura.

Non riuscì a fermarli. Il Pelato era già a metà del corridoio e Monociglio le passò di fianco dicendo: «E perché diavolo avremmo dovuto saperlo?».

«Signorina Kilbride, chi è stato a cominciare cosa?» chiese il Pelato. Laura seguì la sua voce in cucina, dove se ne stava inclinato a leggere la convocazione in tribunale, con le mani intrecciate dietro la schiena.

Lei sospirò e andò al lavandino per prendere un po' di acqua. Doveva ricomporsi, pensare. Quando si voltò per affrontarlo, lui la stava guardando, poi fissò la finestra alle sue spalle. «C'è stato qualche problema?» chiese con aria innocente.

«Non proprio.»

Si affacciò in cucina anche la sua collega, il folto sopracciglio proteso in avanti. «Laura, si è fatta male?»

Lei mandò giù l'acqua troppo in fretta, tossì e la guardò

con aria torva. «Che fine ha fatto il "signorina Kilbride"? Siamo in confidenza, ora, eh? Migliori amiche?»

«La gamba, Laura.» Ci si era messo anche lui. «Cosa le è successo?»

«Sono stata investita da una macchina, quando ero piccola. Frattura composta del femore. Ho una cicatrice spaventosa» spiegò mentre avvicinava la mano alla cerniera dei jeans, guardandolo negli occhi. «Vuole vederla?»

«Non ci tengo in modo particolare» replicò lui, calmo. «E il braccio?» Indicò la fasciatura intorno al polso destro. «Lì non si è ferita da bambina.»

Laura si morse il labbro. «Ho perso la chiave di casa. Venerdì sera. Ho dovuto rompere il vetro per entrare.» Buttò la testa all'indietro, indicando la finestra della cucina affacciata sul ballatoio che correva lungo tutto il perimetro dell'edificio. «Non proprio un lavoretto coi fiocchi.»

«Punti di sutura?»

Laura scosse la testa. «Non era così grave.»

«L'ha trovata?» Lui distolse lo sguardo e iniziò a camminare nel disimpegno che collegava la cucina al soggiorno, scrutando tutto con attenzione, come se fosse interessato ad acquistare l'appartamento. Piuttosto improbabile, quel posto era una discarica. Laura sapeva che avrebbe dovuto vergognarsi della sua casa, dei mobili dozzinali, delle pareti spoglie, del posacenere sul pavimento che qualcuno aveva rovesciato, spargendo sul tappeto la cenere che era lì da chissà quanto tempo, visto che lei non fumava e non ricordava quando fosse stata l'ultima volta che qualcuno era andato a trovarla, ma non riusciva a costringersi a occuparsi dell'appartamento come avrebbe dovuto.

«E allora? L'ha trovata?» Monociglio fece una smorfia di disapprovazione guardando Laura dalla testa ai piedi e ritorno: i jeans sformati, la maglietta tutta macchie, lo smalto delle unghie sbeccato, i capelli unti.

A volte Laura si dimenticava di fare la doccia, anche per giorni, a volte l'acqua era troppo calda, a volte non lo era per niente, perché lo scaldabagno faceva quel che voleva, un po' funzionava e un po' no, e lei non aveva i soldi per pagare l'intervento di un idraulico e, anche se aveva segnalato il problema al Comune, loro se ne fregavano.

«Che cosa?»

«La chiave» replicò Monociglio con un sorrisetto, come se l'avesse scoperta a tradirsi, a mentire. «Ha ritrovato la chiave?»

Laura bevve l'ultimo sorso, deglutì e inspirò a fondo. Decise di ignorare la domanda. «Le spiace?» gridò, superando Monociglio per seguire il Pelato.

«Per niente» replicò lui. Era in mezzo alla stanza e osservava l'unica decorazione del soggiorno: la fotografia di una famiglia, i genitori e una bambina. Prima di metterla in cornice e appenderla, qualcuno si era preso la briga di cancellare le facce, disegnare un paio di corna sulla testa del padre e una lingua biforcuta che usciva dalla bocca della madre, poi aveva tracciato una X sugli occhi della figlia e le aveva colorato le labbra di rosso sangue. Il Pelato era pensieroso e si voltò a guardarla. «Ritratto di famiglia?» le chiese. Laura fece spallucce. «Il papà è un diavolo, a quanto vedo.»

Lei scosse la testa e lo guardò dritto negli occhi. «È un cornuto» replicò.

Il Pelato strinse le labbra, annuì con solennità e tornò a osservare la foto. «Bene, bene.»

«Sono un'adulta vulnerabile» disse Laura e il detective sospirò.

«No, non lo è» replicò lui, con voce stanca. Si allontanò dalla foto e si lasciò cadere sul divano. «Vive da sola, ha un lavoro part time alla lavanderia Sunshine di Spencer Street e sappiamo per certo che è stata interrogata diverse volte dalla polizia senza la presenza di un tutore, quindi non mi sembra il caso di insistere su questo punto, okay?» La voce era tesa, i vestiti spiegazzati e sembrava stanchissimo, come se fosse di rientro da un lungo viaggio o avesse dormito poco. «Perché non si siede? Mi parli di Daniel Sutherland.»

Laura prese posto al tavolino che si trovava nell'angolo della stanza, dove si sedeva per cenare e guardare la tv. Per un attimo si sentì sollevata. Alzò le spalle. «Che volete sapere di lui?»

«Quindi lo conosce?»

«Ovvio che lo conosco. Ed è ovvio che è venuto da voi a lamentarsi di me. Ma è una cazzata, perché non è successo niente e, in ogni caso, è stato lui a cominciare.»

Il Pelato sorrise. Aveva un sorriso sorprendentemente dolce. «Non è successo niente ma è stato lui a cominciare?»

«Proprio così.»

«E quando è successo questo niente che lui ha cominciato?» intervenne Monociglio, di ritorno dalla cucina. Si sedette vicino al collega, sul brutto divano a due posti in finta pelle. Fianco a fianco erano davvero ridicoli: lei piccola e grassa, lui alto e snello, sembravano Lurch e zio Fester. Laura ghignò.

Monociglio non gradì, si scurì in volto sbottando: «C'è qualcosa che la fa ridere? Pensa ci sia qualcosa di divertente in questa situazione, Laura?».

Lei scosse la testa. «Zio Fester» replicò, sorridendo. «Assomiglia allo zio Fester, ma con i capelli. Non gliel'hanno mai detto?»

La poliziotta aprì la bocca per replicare, ma il Pelato, impassibile, la interruppe. «Daniel Sutherland...» riprese, a voce più alta. «Non ci ha detto niente sul suo conto. Siamo qui perché abbiamo rilevato due impronte digitali su un bicchiere trovato nella sua barca, e quelle che non erano di Daniel appartenevano a lei.»

D'un tratto Laura sentì freddo. Si massaggiò la clavicola con le dita e si schiarì la gola. «Avete rilevato... cosa? Avete rilevato le *impronte digitali*? Che succede?»

«Laura, può parlarci della sua relazione con Daniel Sutherland?» chiese Monociglio.

«Relazione?» La ragazza rise, suo malgrado. «È una parola grossa. Abbiamo scopato due volte, venerdì sera. Non la definirei una *relazione*.»

Monociglio scosse la testa in segno di disapprovazione, o forse di incredulità. «Come vi siete conosciuti?»

Laura deglutì. «L'ho incontrato perché, vedete, a volte aiuto una signora, Irene, che abita a Hayward's Place, vicino alla chiesa, dove c'è quel piccolo supermercato. La conosco da alcuni mesi e, come vi ho detto, ogni tanto le do una mano, perché è anziana, artritica e si dimentica le cose, e tempo fa è caduta, si è slogata una caviglia o qualcosa del genere, e non sempre riesce ad andare a fare la spesa. Non lo faccio per soldi o per altri motivi, anche se lei ogni tanto mi allunga cinque sterline, per il disturbo, è davvero gentile... A ogni modo, Dan... Daniel Sutherland era stato il vicino di casa di Irene, non lo era più da secoli ma sua madre abitava ancora lì, almeno finché non è morta, ed è stato allora che ci siamo conosciuti.»

«Vi siete conosciuti quando è morta sua madre?»

«Dopo» precisò Laura. «Non ero mica lì quando è schiattata.»

Monociglio lanciò una rapida occhiata al collega, ma lo sguardo di lui era fisso altrove, sul ritratto di famiglia, un'espressione triste dipinta sul volto.

«Okay» disse Monociglio. «Okay. Venerdì era con il signor Sutherland, è corretto?»

Laura annuì. «Avevamo un *appuntamento*,» spiegò «che per lui voleva dire farsi due cocktail in un bar di Shoreditch e poi andare a scopare sulla sua barca di merda.»

«E... le ha fatto del male? O l'ha costretta a fare qualcosa contro la sua volontà? Che cosa ha *cominciato*?» chiese il Pelato chinandosi in avanti, ora concentrato su Laura. «Ha detto che è stato lui a cominciare. A cosa si riferiva?»

Laura sbatté le palpebre. Aveva un ricordo, sorprendentemente nitido, della faccia sorpresa che aveva fatto Daniel quando lei gli si era scagliata addosso. «Andava tutto bene» spiegò. «Ci eravamo divertiti. Lo pensavo proprio.» All'improvviso arrossì e sentì un'ondata di calore salirle dal petto al collo e fino alle guance. «E poi d'un tratto lui è diventato, non so come dire, freddo, come se non mi volesse più lì. Aveva un tono... aggressivo.» Guardò la gamba malandata e sospirò. «Ho un problema. Sono un'adulta vulnerabile. Voi dite che non è vero, ma lo sono: vulnerabile.»

«Quindi ha avuto una discussione con lui?» chiese Monociglio.

Laura annuì. Si fissava il piede. «Sì, possiamo dire così.»

«Avete litigato? Siete arrivati alle mani?»

C'era una macchia sulla scarpa da ginnastica, proprio sopra il mignolo del piede sinistro. Una macchia di color marrone scuro. Spostò il piede agganciandolo dietro la caviglia destra. «No, non... non in modo *serio*.»

«Quindi un alterco violento, ma non *seriamente* violento?»

Laura strofinò il piede sinistro contro il polpaccio destro. «Niente di che. Due spintarelle.»

Guardò il Pelato, che si stava passando un dito sulle labbra sottili; lui lanciò un'occhiata a Monociglio e lei ricambiò, un messaggio in codice, senza parole. Erano d'accordo.

«Signorina Kilbride, il cadavere di Daniel Sutherland è stato trovato sulla sua barca domenica mattina. Può dirci con esattezza quando lo ha visto per l'ultima volta?»

All'improvviso Laura aveva la bocca secca, non riusciva a deglutire, sentiva un ronzio nelle orecchie, chiuse forte gli occhi. «Aspettate...» Si alzò e si appoggiò al tavolino, sentiva il mondo capovolgersi. Tornò a sedersi. «Aspettate...» ripeté. «Il suo cadavere? State dicendo che...?»

«Che il signor Sutherland è morto» confermò il Pelato, in tono calmo e piatto.

«Ma... lui non...?» Laura sentì che le si incrinava la voce. Il Pelato annuì. «Domenica mattina? Avete detto domenica mattina?»

«Esatto» confermò lui. «Il signor Sutherland è stato trovato domenica mattina.»

«Ma...» Laura aveva il cuore in gola. «Io l'ho visto venerdì sera, e sono andata via sabato mattina. Me ne sono andata sabato mattina. Intorno alle sette, forse anche prima. *Sabato mattina*» ripeté ancora una volta, per dare maggiore enfasi.

Monociglio iniziò a parlare, la voce era leggera e musicale, come se stesse raccontando una storiella divertente e fosse arrivata alla battuta finale. «Il signor Sutherland è morto a causa di una forte emorragia, dopo essere stato accoltellato al petto e al collo. L'ora del decesso non è stata ancora stabilita con certezza, ma il tecnico della Scientifica ritiene probabile che sia avvenuta tra le ventiquattro e le trentasei ore prima del ritrovamento. Lei ha detto di essere uscita con lui venerdì sera, giusto?»

Laura avvampò, le bruciavano gli occhi. Stupida. Era una stupida. «Sì,» confermò «sono uscita con lui venerdì sera.»

«Venerdì sera. Ed è rientrata con lui alla casa galleggiante, giusto? Ha fatto sesso con lui, secondo quello che ci ha detto. Due volte, o mi sbaglio? E a che ora esattamente ha lasciato il signor Sutherland sabato mattina?»

Una trappola. Era una trappola, e lei ci era cascata in pieno. Stupida. Si morse il labbro con forza. *Non dire niente,* immaginò il suggerimento che le avrebbe dato un avvocato. *Non parlare con nessuno.* Scosse la testa ed emise un debole suono, di gola, senza volerlo.

«Cosa? Laura? Ha detto qualcosa, Laura?»

«Mi dispiace che sia morto, e tutto il resto,» rispose, ignorando i consigli che arrivavano dalla sua testa, «ma io non ho fatto niente. Avete capito? Io non ho fatto niente. Non ho pugnalato nessuno. Se qualcuno dice che l'ho fatto è un bugiardo. Lui era... non so, mi ha detto delle cose, cose che non mi sono piaciute. Io non ho fatto *niente.* Forse l'ho colpito, forse...» Sentiva in bocca il sapore del sangue, deglutì. «Non... Non provate a dire che sono stata io, perché io non c'entro niente. Forse ci siamo dati qualche spinta e qualche pugno, tutto lì, sapete, e poi lui non era più lì, e basta. Non c'è altro. Non è colpa mia, non è colpa mia, neppure... la lite o qualsiasi altra cosa, non è colpa mia.»

Laura sentiva la sua voce che continuava a parlare, si alzava sempre più di tono, e sapeva cosa sembrava, una pazza in preda al delirio, una di quelle matte che si piazzano agli angoli delle strade e gridano al vento, sapeva di sembrare una di loro e non riusciva a fermarsi.

«Non c'era più?» chiese Monociglio. «Ha detto che "lui non era più lì". Cosa intendeva?»

«Che se n'è andato. È uscito, prima era lì e poi non c'era più, mi sembra chiaro, no? Dopo la litigata – che non è stata proprio una litigata – si è infilato i jeans e se n'è andato, mollandomi lì.»

«A casa sua... sulla barca, da sola?»

«Sì. Credo che fosse un tipo che si fida del prossimo» rispose, poi iniziò a ridere, anche se era il momento meno opportuno, ma non riusciva a fermarsi perché faceva ridere che lui si fidasse del prossimo visto quello che gli era capitato, no? Non proprio ridere a crepapelle, forse, però era divertente. Si rese conto che, una volta cominciato, non riusciva più a smettere; si sentì avvampare in viso, come se stesse per soffocare.

I poliziotti si scambiarono un'occhiata.

Monociglio si strinse nelle spalle. «Vado a prenderle un bicchiere d'acqua.»

Qualche secondo dopo, Laura sentì la voce della poliziotta: non proveniva dalla cucina ma dal bagno. «Signore, le spiace venire qui un attimo?»

Il Pelato si alzò, e Laura fu invasa da un'ondata di panico, che le scacciò dal petto ogni residuo di risata. «Aspettate un momento, non vi ho detto che potevate andare lì!» Era troppo tardi. Li seguì fino alla soglia del bagno. Monociglio indicò prima il lavandino, dove Laura aveva appoggiato un orologio (di Daniel Sutherland, era impossibile sbagliarsi, visto che c'erano le sue iniziali incise sul retro), poi la sua maglietta, macchiata di sangue, appallottolata in un angolo della stanza.

«Mi sono tagliata» spiegò Laura, paonazza. «Ve l'ho detto. Mi sono tagliata quando sono entrata dalla finestra.»

«Sì, ce lo ha detto» ribatté il Pelato. «Magari adesso vuole dirci qualcosa anche dell'orologio?»

«Gliel'ho preso» confessò Laura, seccata. «È ovvio che l'ho fatto. Ma non è come pensate. Volevo solo farlo incazzare. Volevo... non so, buttarlo nel canale e dirgli di andare a riprenderselo. Ma poi io... boh, mi sono detta che forse significava qualcosa per lui, sapete, quando ho visto l'incisione sul retro, e ho pensato, tipo, e se sua madre glielo avesse dato prima di morire o qualcosa del genere e fosse insostituibile? Avevo intenzione di riportarglielo.»

Il Pelato la guardò con tristezza, come se stesse per darle delle pessime notizie, e in un certo senso era proprio così. «Quello che succederà adesso è che la porteremo alla centrale di polizia per rispondere ad altre domande. Sarà un interrogatorio di garanzia, capisce cosa significa? E prenderemo qualche campione, per fare un confronto con quanto abbiamo ritrovato sulla scena.»

«Qualche campione? Che vuol dire?»

«Un agente le raschierà sotto le unghie delle mani e le pettinerà i capelli in cerca di fibre, cose del genere, niente di invasivo, non deve preoccuparsi...»

«E se mi rifiuto?» Le tremava la voce, voleva che qualcuno la aiutasse, ma non sapeva a chi rivolgersi. «Posso dire di no?»

«Laura, va tutto bene.» Monociglio era passata di nuovo al tono rassicurante. «Sarà semplice e rapido, non c'è niente di cui aver paura.»

«È una bugia» replicò Laura. «Lei sa che è una bugia.»

«L'altra cosa che faremo» riprese il Pelato «sarà richiedere un mandato di perquisizione per il suo appartamento, e sono certo che capirà che, date le circostanze, non sarà difficile ottenerlo, quindi, se c'è qualcos'altro che pensa dovremmo sapere, sarebbe una buona idea dircelo adesso, okay?»

Laura rifletté sulla domanda, provò a pensare se c'era qualcosa che avrebbe dovuto dire ai poliziotti, ma la sua mente era un buco nero. Monociglio le stava parlando, sfiorandole il braccio, facendola trasalire. «Laura, i suoi vestiti? Può farci vedere cosa indossava venerdì sera?»

Lei recuperò qualche indumento a caso dal pavimento della camera da letto, porse loro un paio di jeans che forse aveva indossato quella sera, o forse no, e lanciò verso i due un reggiseno. Andò in bagno, lasciandoli in mezzo al corridoio. Il Pelato aveva inclinato la testa per ascoltare cosa gli diceva Monociglio. Laura si fermò vicino alla porta del bagno e sentì la poliziotta che mormorava parole come «incisione» e «strano» e «non ha tutte le rotelle a posto, vero?».

Seduta sul water, con le mutande alle caviglie, Laura sorrideva mestamente. Le avevano detto cose peggiori. *Non ha tutte le rotelle a posto?* Non ha tutte le rotelle a posto era quasi un complimento in confronto agli epiteti che le avevano affibbiato negli anni: mongola, mostro, spastica, ritardata, svitata.

«Psicopatica di merda», era così che l'aveva chiamata Daniel Sutherland quando gli era saltata addosso, nel vero senso della parola, lo aveva preso a calci e pugni e lo aveva graffiato. Lui l'aveva afferrata con forza, affondando i pollici nella carne delle braccia. «Sei una psicopatica di merda, sei una... troia fuori di testa.» Era cambiato tutto così in fretta. Un momento prima era a letto con lui e fumava una sigaretta, quello dopo era sull'alzaia con il viso sporco di sangue e l'orologio di Daniel in tasca.

Mentre i poliziotti l'accompagnavano giù per le scale, Laura si chiedeva come avrebbe fatto a raccontare loro la verità: perché aveva preso l'orologio per fargli dispetto, era vero, ma – ed era strano da spiegare – anche per non perdere la speranza. Voleva punirlo, ma allo stesso tempo voleva avere una scusa per tornare, per vederlo di nuovo.

Be', adesso sarebbe stato proprio impossibile, no?

5

Al commissariato, una poliziotta giovane dal sorriso gentile grattò sotto le unghie di Laura, le prese un campione di saliva dall'interno della guancia e le pettinò i capelli, lentamente e con delicatezza, una sensazione che Laura trovò molto rassicurante e che le ricordò l'infanzia, tanto da farle venire le lacrime agli occhi.

Nella sua testa, Deidre stava parlando di nuovo. *Non hai autostima, Laura, è questo il tuo problema.* Deidre, la donna ossuta e severa tra le cui braccia suo padre aveva trovato consolazione quando la moglie lo aveva lasciato, spezzandogli il cuore, avrebbe potuto elencare un'intera litania dei problemi di Laura, se qualcuno glielo avesse chiesto. La scarsa autostima era uno dei suoi preferiti. *Laura, non credi abbastanza in te stessa. Fondamentalmente è questo il tuo problema. Se avessi un po' più di amor proprio, non andresti con chiunque ti conceda un minimo di attenzione.*

Pochi giorni dopo il suo tredicesimo compleanno, Laura era andata a una festa, a casa di amici. Suo padre l'aveva sorpresa che rientrava furtivamente alle sei del mattino. L'aveva presa per le spalle, scuotendola come una bambola. «Dove sei stata? Stavo impazzendo, pensavo che ti fosse successo qualcosa. Non puoi farmi questo, pulcino. Non farlo, ti prego.» L'aveva abbracciata forte, lei gli aveva appoggiato la testa sul petto ampio e si era sentita come quando era ancora una bambina, ancora normale. «Mi spiace, papà» gli aveva detto con calma. «Mi spiace tanto.»

«Non le dispiace neanche un po'» aveva commentato Deidre un'ora dopo, mentre facevano colazione. «Guardala, Philip. Guardala bene. Sembra un gatto che ha appena mangiato un topolino.» Laura le aveva sorriso, sopra la tazza dei cereali. «Hai proprio quell'espressione» aveva insistito Deidre, con una smorfia di disgusto sul volto. «Non ha proprio quell'espressione? Con chi sei stata, ieri sera?»

Più tardi, aveva sentito lei e suo padre che litigavano. «Non ha rispetto per se stessa» aveva detto Deidre. «È questo il suo problema. Si farà mettere incinta prima di compiere quindici anni, Phil, ne sono sicura. Devi fare qualcosa. Devi intervenire in qualche modo.»

Poi aveva sentito la voce del padre, il suo tono supplicante. «Deidre, non è colpa sua, lo sai. Non è colpa sua.»

«Ah, non è colpa sua. Certo che no. Non è mai colpa di Laura.»

Più tardi, Deidre era salita in camera sua per chiamarla a cena e le aveva chiesto: «Almeno hai preso precauzioni? Ti prego, dimmi che non sei stata così stupida da farlo senza preservativo!».

Laura era sul letto, fissava il soffitto. Senza guardare, aveva preso una spazzola dal comodino e l'aveva lanciata in direzione di Deidre. «Vaffanculo.»

«Oh, che eleganza. Scommetto che anche la tua boccaccia non è colpa tua.» Si era voltata per andarsene, ma poi ci aveva ripensato. «Lo sai, Laura, lo sai il problema qual è? Che non credi in te stessa.»

La scarsa autostima era di certo uno dei problemi di Laura, ma non l'unico. Ne aveva un intero battaglione a farle compagnia, tra i quali: ipersessualità, scarso controllo degli impulsi, comportamento sociale inadeguato, attacchi di rabbia, perdita di memoria a breve termine e una zoppia piuttosto pronunciata.

«Ecco fatto» annunciò la poliziotta, quando ebbe finito. «Tutto a posto.» Vide che Laura stava piangendo e le strinse la mano. «Tesoro, andrà tutto bene.»

«Voglio telefonare a mia mamma» disse Laura. «Va bene se chiamo mamma?»

Mamma non rispose al telefono.

«Posso fare un'altra chiamata?» chiese. La poliziotta che era vicino a lei fece segno di no con la testa, ma poi, vedendo il suo sgomento, diede un'occhiata su e giù per il corridoio e annuì. «Okay, fallo. Sbrigati.»

Laura chiamò suo padre. Sentì alcuni squilli, la sua speranza crebbe quando qualcuno prese la chiamata, ma precipitò con un tonfo quando udì la voce di Deidre. «Pronto? Pronto? Chi parla?» Laura riattaccò e rispose allo sguardo interrogativo della poliziotta con un'alzata di spalle. «Ho sbagliato numero.»

L'agente accompagnò Laura in una stanzetta soffocante, con un tavolo al centro. Le diede un bicchiere d'acqua e le assicurò che nel giro di qualche minuto qualcuno avrebbe portato del tè, ma il tè non arrivò mai. La stanza era surriscaldata e impregnata di uno strano odore chimico; le prudeva la pelle e aveva la mente intorpidita dalla stanchezza. Incrociò le braccia, ci appoggiò la testa e provò a dormire, un dormiveglia pieno di voci: sua madre, Deidre, Daniel. Deglutendo sentì un sapore di metallo, e di marcio.

«Cosa stiamo aspettando?» chiese alla poliziotta, che chinò il capo e si strinse nelle spalle.

«L'avvocato d'ufficio, credo. A volte ci vuole un po'.»

Laura pensò alle sue provviste, alle pizze surgelate e al riso al curry pronto che aveva comprato con le ultime dieci sterline che le restavano, e che aveva lasciato sul tavolo della cucina, a scongelarsi lentamente.

Dopo un'attesa che sembrò durare ore ma che non superò, forse, i dieci minuti, comparvero i detective, senza l'avvocato.

«Quanto ci vorrà ancora, secondo voi?» domandò Laura. «Domani ho un turno lungo, e sono distrutta.»

Il Pelato la guardò, poi sospirò, come se lei lo avesse deluso. «Laura, potrebbe volerci ancora un po'. È che... non è in una bella situazione, se ne rende conto? E ha anche un precedente per un reato non troppo diverso, o sbaglio?»

«Non è vero niente. Un precedente? Di cosa state parlando? Io non vado in giro a pugnalare la gente, io...»

«Ha colpito Warren Lacey» la interruppe Monociglio.

«Con una *forchetta*. Nella *mano*. Cazzo, non è la stessa cosa» replicò Laura, poi si mise a ridere perché, sinceramente, era proprio comico, come facevano a paragonare le due cose, non c'entravano niente, ma la verità era che non aveva poi tutta questa gran voglia di ridere, a dirla tutta le veniva da piangere.

«È interessante» replicò Monociglio. «Io penso che sia interessante il fatto che per lei tutto questo sia così spassoso. Perché la maggior parte delle persone, nella sua situazione, non lo troverebbe poi tanto divertente...»

«Nemmeno io. Io non lo trovo *divertente*. Io...» Laura sospirò, frustrata. «A volte faccio fatica a far combaciare il mio comportamento esteriore con il mio stato emotivo. Non lo trovo divertente» ripeté, eppure non smetteva di sorridere, e Monociglio ricambiò la sua espressione, con un ghigno inquietante. Stava per dire qualcosa ma furono interrotte dal tanto atteso avvocato d'ufficio, un tizio dall'aria stressata e vagamente malsana con un alito pesante odoroso di caffè, che di certo non ispirava molta fiducia.

Dopo che tutti si furono sistemati, terminate le presentazioni e le formalità burocratiche, Monociglio riprese a parlare. «Un momento fa, stavamo parlando della sua fatica a far combaciare il suo comportamento esteriore con il suo stato emotivo. È così che ha detto, vero?» Laura annuì. «Laura, deve parlare a voce alta, per la registrazione.» Lei mugugnò una conferma. «Quindi è corretto affermare che non sempre riesce a controllarsi? Che ha degli scatti che non è in grado di trattenere?» Laura confermò. «E sono la conseguenza dell'incidente che ha subito da bambina? È corretto?» Di nuovo, Laura disse di sì. «Può raccontarci dell'incidente?» chiese Monociglio, in un tono rassicurante e persuasivo. Laura si infilò le mani sotto le cosce per evitare di prenderla a schiaffi. «Può parlarci delle conseguenze dell'incidente, dal punto di vista fisico?»

Laura lanciò un'occhiata all'avvocato, come a porgli una domanda silenziosa – *Devo proprio?* – ma lui non sembrò minimamente coglierla, così, sospirando, snocciolò con voce monotona l'elenco delle sue lesioni. «Frattura del cranio, bacino rotto, frattura composta del femore distale. Tagli, escoriazioni. Dodici giorni di coma, tre mesi di ospedale.»

«Ha subito una lesione cerebrale traumatica, vero? Può spiegarci di cosa si tratta?»

Laura sbuffò e alzò gli occhi al cielo. «Non potete cercarlo su Google, cazzo? Cristo! È di questo che stiamo parlando? Di una cosa che è successa quando avevo dieci anni? Credo che adesso dovrei proprio andarmene a casa perché, francamente, non avete un cazzo di niente, vero? Non avete niente contro di me.»

I due detective la fissavano inespressivi, imperturbabili di fronte al suo sfogo. «Può parlarci della natura della lesione alla testa?» chiese il Pelato nel suo solito tono educato, così irritante.

Lei sospirò. «Ho subito una lesione al cervello. Mi ha fatto perdere temporaneamente la parola, e anche i ricordi...»

«La memoria?» chiese Monociglio.

«Sì, la memoria.»

Monociglio fece una pausa. Studiata, secondo Laura. «Una lesione di questo tipo ha avuto conseguenze emotive e comportamentali, giusto?»

Laura si morse il labbro con forza. «Da ragazzina ho avuto problemi di gestione della rabbia» replicò guardando la poliziotta dritto negli occhi, come per sfidarla a darle della bugiarda. «E di depressione. E non ho inibizioni, il che significa che a volte butto fuori cose inopportune o offensive, tipo quando le ho detto che era proprio brutta, ha presente?»

Monociglio sorrise, ci passò sopra, e continuò con le domande. «Fa fatica a controllare i suoi impulsi, è così, Laura? Non sa trattenersi, aggredisce le persone, cerca di far loro del male. È questo che sta dicendo?»

«Be', io...»

«E quindi venerdì sera, sulla barca, quando il signor Sutherland l'ha respinta, quando è diventato, uso il suo stesso termine, "freddo", lei ha perso il controllo, vero? Lo ha aggredito, vero? Prima ci ha detto che l'aveva colpito. Voleva fargli male sul serio, vero?»

«Volevo squarciargli quella maledetta gola del cazzo» replicò Laura, senza rendersene conto. Sentì sobbalzare l'avvocato, seduto vicino a lei.

Ed eccoci qua. No, non era vero che la polizia non aveva un "cazzo di niente". Avevano *lei*. Laura. Non avevano bisogno dell'arma, giusto? Non avevano bisogno di una prova schiacciante. Avevano il movente, l'opportunità e avevano Laura, sulla quale sapevano di poter fare affidamento perché, presto o tardi, avrebbe detto qualcosa di veramente stupido.

6

Seduta nella poltrona del soggiorno, il suo posto preferito per la lettura, Irene aspettava Laura, che era in ritardo. La poltrona, originariamente in coppia con un'altra finita in discarica da tempo, era piazzata proprio sotto la finestra del salotto. Era il punto che riceveva la luce del sole per tutta la mattina e buona parte del pomeriggio; da lì Irene poteva vedere il mondo passare e il mondo, a sua volta, vedeva lei, la perfetta rappresentazione di "persona anziana" che si sarebbe aspettato di trovare: sola, seduta in una stanza a meditare sul passato, gli antichi fasti, le occasioni mancate, i bei tempi andati. Sui morti.

Lei però non stava facendo nulla di tutto ciò. O comunque non solo. Aspettava che Laura arrivasse a portarle la spesa della settimana e nel frattempo metteva in ordine uno dei tre scatoloni di libri polverosi che Carla Myerson le aveva lasciato. I libri erano appartenuti a una persona che non c'era più, Angela: la sorella di Carla e vicina di casa di Irene, nonché la sua migliore amica.

«Non valgono niente» le aveva detto Carla la settimana prima, quando era passata per lasciarglieli. «Sono tascabili. Stavo per portarli al negozio dell'usato, ma poi ho pensato che...» Aveva dato una rapida occhiata al soggiorno e aveva arricciato il naso prima di concludere: «Ho pensato che potessero essere di suo gusto».

Un velato insulto, supponeva Irene. Non che le importasse più di tanto. Carla era il tipo di donna che conosceva il prezzo di tutte le cose e il valore di nessuna. Non valevano niente? Questo la diceva lunga su quanto poco ne capisse.

Quando Irene aprì alcuni dei tascabili Penguin più vecchi, quelli con la copertina arancione consunta e sbrindellata, le pagine iniziarono a sbriciolarsi tra le sue dita. Stavano soccombendo al "fuoco lento", l'acidificazione della carta che rovina le pagine, rendendole fragili e delicate, distruggendole dall'interno. Era molto triste, a pensarci, che tutte quelle parole, tutte quelle storie scomparissero a poco a poco. Quelli avrebbe dovuto buttarli via in ogni caso. Ma gli altri erano davvero di suo gusto, tanto che alcuni li aveva anche già letti. Lei e Angela erano solite scambiarsi libri di continuo, avevano in comune una predilezione per la narrativa gialla di qualità (niente storie sanguinolente, ma piuttosto intrecci ingegnosi, come nei romanzi di Barbara Vine e P.D. James) e per quel genere di volumi da circolo della lettura che sicuramente faceva storcere il naso a gente come Carla Myerson.

Il fatto che Irene avesse letto la maggior parte di quei libri non aveva alcuna importanza. La cosa invece importante da sapere – che Carla con ogni probabilità ignorava, pur trattandosi di *sua sorella* – era che Angela li maltrattava, i libri: distruggeva il dorso, faceva le orecchie alle pagine, scarabocchiava i margini. E così, scorrendo la copia de *L'Incubo di Hill House* appartenuta ad Angela Sutherland, per esempio, potevi notare che alcune frasi erano sottolineate («La odiarono a morte, nel vero senso della parola; a proposito, si è impiccata»*); sfogliando le pagine consumate di *Occhi nel buio*, capivi subito quanto profondamente dovesse aver compreso i sentimenti che Vera nutriva per la sorel-

* Shirley Jackson, *L'incubo di Hill House*, Adelphi, Milano 2004, p. 80.

la. *Proprio così!* aveva scarabocchiato sul margine, a fianco della riga che diceva: «Niente distrugge come il disprezzo e il disprezzo per lei si riversò su di me come un'inondazione».* Ogni tanto, capitava di trovare qualche piccolo residuo del passato di Angela, per esempio un segnalibro, un biglietto del treno, o un pezzo di carta con la lista della spesa: sigarette, latte, pasta. Dentro *Non è un paese per vecchi* c'era una cartolina acquistata al Victoria and Albert Museum, la fotografia di una casa con una staccionata bianca; dentro *Nel bosco* c'era un foglio di carta con un disegno, due bambini che si tenevano per mano. Dentro *Il giardino di cemento* trovò un biglietto di auguri, bianco e azzurro con il disegno di una barca, la carta sgualcita, consumata dall'uso. *Al mio caro Daniel,* diceva il messaggio, *con tutto il mio amore per il suo decimo compleanno. Baci. Zia Carla.*

Non avevano alcun valore? Carla non ne aveva proprio idea. La verità era che, quando leggevi un libro che prima di te era stato letto da Angela Sutherland, partecipavi a una conversazione. E dal momento che, purtroppo, non ci sarebbero più state conversazioni dal vivo con Angela, per Irene quei libri avevano un valore. *Inestimabile.*

Non fosse stato per la fastidiosa preoccupazione per Laura, Irene sarebbe stata quasi felice di starsene lì a crogiolarsi al sole del mattino come una lucertola, scartabellando libri e osservando gli impiegati e le mamme con i bambini che camminavano a passo svelto per la strada.

La sua casetta, due stanze a piano terra e due a quello di sopra, si trovava a Hayward's Place, una stradina nel cuore della città, poco più di un vicolo pedonale che univa due vie più ampie: da una parte c'erano cinque abitazioni piccole e identiche (quella di Irene era la seconda); dall'altra, l'area un tempo occupata dal Red Bull Theatre (che

* Barbara Vine, *Occhi nel buio*, traduzione della citazione a cura di Barbara Porteri.

secondo alcuni, ma chissà se era vero, era bruciato nel Grande incendio di Londra, e sulle cui fondamenta adesso erano stati tirati su degli edifici anonimi adibiti a uffici). Molti la consideravano una comoda scorciatoia e durante i giorni lavorativi era piuttosto affollata, di giorno e di notte.

Dov'era finita Laura? Avevano detto martedì, vero? Di solito passava di martedì, perché iniziava più tardi alla lavanderia. Quel giorno era martedì? Irene credeva di sì, ma iniziava a dubitare di se stessa. Si tirò su dalla sedia, con cautela, – si era slogata una caviglia, ed era uno dei motivi principali per cui aveva bisogno di aiuto con la spesa – aggirò a fatica le piccole pile di volumi sul pavimento, quelli letti e quelli da leggere, i preferiti e quelli da dare in beneficenza, e vagò per il soggiorno, arredato solo con la sua poltrona e un divanetto, un cassettone su cui era appoggiato un vecchio televisore, piccolo e ben poco utilizzato, e una mensola con sopra la sua radio. La accese.

Alle dieci in punto, l'annunciatore confermò che era proprio martedì: martedì 13 marzo, per la precisione. Lo speaker disse che il primo ministro Theresa May aveva dato tempo al premier russo fino alla mezzanotte per fornire spiegazioni sull'avvelenamento di una ex spia a Salisbury; poi aggiunse che un parlamentare del partito laburista aveva negato l'accusa di aver dato una pacca sul sedere a un'elettrice; dopo ancora riferì che una giovane donna era stata interrogata in relazione all'omicidio di Daniel Sutherland, il ventitreenne trovato morto la domenica prima nella sua casa galleggiante nel Regent's Canal. Disse molte altre cose, ma Irene non lo ascoltava più, perché il sangue le ronzava nelle orecchie.

Se lo era immaginato. Per forza. Daniel Sutherland? Non poteva essere vero. Con mani tremanti, spense la radio, poi la riaccese, ma il conduttore era andato avanti, stava parlando di un altro argomento, del tempo, di un fronte freddo che si stava avvicinando.

Forse era un altro Daniel Sutherland? Quanti Daniel Sutherland c'erano? Quella mattina non aveva comprato il giornale, non lo faceva quasi mai in quel periodo, quindi non poteva controllare. Aveva sentito dire che si poteva trovare qualsiasi informazione con il cellulare, ma non sapeva come fare, e in ogni caso non ricordava dove lo aveva messo. Al piano di sopra, probabilmente. Magari con la batteria morta stecchita.

No, doveva fare alla vecchia maniera, andare in edicola e prendersi un quotidiano. E doveva comprare anche il pane e il latte, in caso Laura non si fosse fatta viva. Nell'ingresso si infilò la giacca, afferrò la borsa e le chiavi di casa e, mentre stava per aprire la porta, si accorse, appena in tempo, che indossava ancora le ciabatte. Tornò nel soggiorno e si infilò le scarpe.

Ogni tanto dimenticava le cose, tutto qui. Però era strano il nervosismo che provava quando usciva di casa, adesso. Prima era sempre in giro, andava a fare la spesa, in biblioteca, a fare volontariato al negozio della Croce Rossa, ma bastava poco per perdere l'abitudine, dopo un periodo di permanenza forzata in casa. Doveva stare attenta. Non voleva fare la fine di *quei* vecchi che avevano troppa paura per oltrepassare la soglia della propria abitazione.

Doveva ammetterlo, era felice di poter evitare il supermercato, così pieno di giovani impazienti, sconsiderati e maldestri. Non che li odiasse, i giovani. Non voleva diventare neanche come *quegli altri* vecchi, amareggiati, chiusi in se stessi, tutti contenti dei loro sandali beige ortopedici, ordinati dopo aver visto un annuncio sull'inserto del giornale della domenica. Irene indossava un paio di New Balance blu e arancione, con la chiusura a strappo. Erano un regalo di Angela per Natale. Non aveva proprio niente contro i giovani, anche lei era stata giovane, una volta. Solo che i giovani credevano di sapere tutto, no? *Alcuni* giovani. Credevano che un anziano dovesse essere per forza sordo, cieco, debole. Su certe cose magari avevano ragione, su altre no: per esempio Irene aveva le orecchie fini. A dire il vero, spesso avrebbe preferito un udito meno sviluppato, dato che le pareti della sua casa erano sottili come carta velina. A ogni modo, quei pregiudizi facevano male.

Di ritorno dalla spesa, Irene non trovò nulla su Daniel Sutherland nel giornale (si era pure dimenticata di comprare la marmellata d'arance per i toast, quindi la spedizione era stata un fiasco). Alla fine localizzò il telefonino (era in bagno), ma la batteria (come aveva previsto) era scarica e non riusciva a ricordare dove aveva messo il caricatore.

Era *seccante*.

Ma lei non si stava rimbambendo. Non si trattava di demenza senile. Era la conclusione a cui saltavano tutti quando una persona anziana dimenticava le cose, come se i giovani non perdessero le chiavi e non si scordassero di comprare quello che non avevano scritto nella lista della spesa. Irene era sicura di non soffrire di demenza senile. Dopotutto, non diceva "tostapane" al posto di "tovaglia", e non si scordava la via di casa al rientro dal supermercato. Non perdeva (quasi mai) il filo della conversazione, non metteva il telecomando nel frigo.

Aveva alti e bassi. Ma *di certo* non la demenza senile, il suo medico glielo aveva detto. Però, se si trascurava, se dimenticava di bere acqua a sufficienza e non mangiava regolarmente, si sentiva stanca e andava in confusione, e prima di rendersene conto si ritrovava come smarrita. «Signora Barnes, le sue risorse sono esaurite» le aveva detto il dottore l'ultima volta che l'aveva visitata. «*Molto esaurite.* Deve prendersi più cura di sé, mangiare bene, rimanere idratata. Altrimenti, è ovvio che si sentirà confusa e frastornata! E potrebbe cadere di nuovo. E noi non vogliamo che questo accada, vero?»

Come faceva a spiegare a quel giovane gentile (anche se un po' accondiscendente), dalla voce delicata e gli occhi azzurrissimi, che a volte lei *voleva* perdersi nella confusione? Come spiegargli che, anche se la spaventava, quella sensazione a tratti era persino *eccitante*? Che ogni tanto si concedeva di saltare il pranzo sperando di provarla di nuovo, la sensazione che qualcuno mancasse dal quadro ma che, se avesse aspettato con pazienza, sarebbe infine ritornato?

Perché in quei momenti lei dimenticava che William, l'uomo che aveva amato, con il quale aveva condiviso il letto per oltre quarant'anni, era morto. Riusciva a scordare che se n'era andato da sei anni perdendosi nella fantasia che fosse appena uscito per recarsi al lavoro o per incontrare un amico al pub. E alla fine avrebbe sentito il suo fischio familiare in strada, si sarebbe sistemata il vestito e lisciata i capelli con le mani e, dopo un minuto, un minuto soltanto, avrebbe sentito la chiave nella toppa.

La prima volta che aveva incontrato Laura, stava aspettando William. Era il giorno in cui avevano trovato il cadavere di Angela.

Faceva un freddo tremendo. Irene era agitata, perché si era svegliata e William non c'era, e non sapeva dove fosse. Perché non era rientrato a casa? Era scesa al piano di sotto e si era infilata la vestaglia, era uscita e fuori si *congelava*, e di lui non c'era traccia. Non c'era traccia di nessuno in strada. Dov'erano finiti tutti? Irene si era voltata per rientrare e aveva visto che la porta si era chiusa alle sue spalle, ma non era un problema perché lei non era così ingenua da uscire senza la chiave in tasca, non avrebbe commesso di nuovo lo stesso errore, non dopo l'ultima volta. Ma poi – e quella era la cosa più ridicola – non era riuscita a infilare la chiave nella serratura. Aveva le mani rattrappite per il freddo, e *non ci era riuscita*, la chiave le era caduta a terra, ed era tutto così stupido, ma si era ritrovata in lacrime. Faceva tanto freddo, e lei era sola, non aveva idea di dove fosse finito William. Aveva urlato, ma non era arrivato nessuno, poi si era ricordata di Angie! Angela abitava di fianco a lei, no? E se avesse bussato con delicatezza, non avrebbe svegliato il bambino.

Così aveva fatto. Aveva aperto il cancello accanto al suo e aveva bussato piano alla porta: «Angela! Sono io, sono Irene. Sono chiusa fuori di casa. Non riesco ad aprire la porta. Puoi aiutarmi?».

Non aveva ottenuto risposta e aveva ritentato, sempre senza successo. Aveva provato di nuovo a usare la chiave, ma le facevano male le dita! Il suo fiato formava una nuvoletta bianca davanti alla bocca e aveva i piedi addormentati, e mentre si voltava era inciampata, aveva sbattuto il fianco contro il cancello e aveva urlato, le lacrime che le scorrevano sulle guance.

«Sta bene? Oddio no, no che non sta bene. Ehi, non si preoccupi, lasci che l'aiuti.» Una ragazza. Una sconosciuta vestita in modo stravagante, pantaloni a fiori e una voluminosa giacca color argento. Era bassa e minuta, con i capelli biondi e una spruzzata di lentiggini sul naso. Aveva enormi occhi azzurri, le pupille erano profonde come buchi neri. «Porca miseria, sta congelando...» Aveva preso le mani di Irene tra le sue per poi strofinarle con delicatezza. «Ha freddo, vero? Abita qui? Si è chiusa fuori?» Irene sentiva odore di alcol nel fiato della ragazza, non le sembrava che avesse l'età per bere, ma chi poteva dirlo. «C'è qualcuno dentro? Ehi!» gridò, mentre si dirigeva verso la porta di Angela e bussava con forza. «Ehi! Fateci entrare!»

«No, non così forte» la ammonì Irene. «È tardi, non voglio svegliare il bambino.»

La ragazza lanciò all'anziana un'occhiata perplessa. «Sono le sei e mezza di mattina, se hanno dei bambini, a quest'ora saranno svegli.»

«Oh no...» replicò Irene. Non poteva essere vero. Non potevano essere le sei e mezza di mattina. Perché voleva dire che William non era rientrato, che era stato fuori tutta la notte. «Oh!» aveva esclamato portandosi le dita ghiacciate davanti alla bocca. «Dov'è? Dov'è William?»

La ragazza sembrava mortificata. «Mi spiace, non lo so» aveva risposto, poi aveva preso un fazzolettino di carta stropicciato dalla tasca e aveva tamponato la faccia di Irene. «Sistemeremo tutto, okay? Glielo prometto, ma prima dobbiamo entrare in casa. È fredda come un ghiacciolo.»

La ragazza aveva lasciato la mano di Irene, era tornata alla porta di Angela e aveva bussato forte con il pugno, poi si era accovacciata per raccogliere un sasso e lo aveva scagliato contro la finestra.

«Oddio» aveva esclamato Irene.

La ragazza non aveva battuto ciglio. Si era inginocchiata e aveva infilato le dita nella fessura per la posta sulla porta, tenendola aperta. «Ehi!» aveva urlato, poi all'improvviso aveva fatto un balzo all'indietro, fluttuando per un istante nell'aria prima di atterrare pesantemente sul lastricato con il sedere ossuto. «Ma che cazzo!» aveva esclamato rivolta a Irene, con gli occhi sgranati. «Oddio, ma è casa sua? Da quanto... *Cristo*. Ma chi è che...?» Si era alzata e aveva afferrato di nuovo la mano di Irene, stavolta con decisione. «Chi c'è lì dentro?»

«Non è casa mia, è casa di Angela» aveva risposto Irene, turbata dallo strano comportamento della ragazza.

«E lei dove abita?»

«Be', ovviamente qui di fianco» aveva replicato Irene, allungandole la chiave.

«E perché mai dovrebbe essere ovvio, cazzo?» aveva sbottato la ragazza, poi però aveva preso la chiave, aveva passato un braccio intorno alle spalle di Irene e l'aveva guidata verso casa sua. Aveva aperto la porta senza alcun problema. «Forza, entri, le preparo una tazza di tè. Si metta addosso una coperta o qualcosa del genere, capito? Deve scaldarsi.»

Irene era entrata nel soggiorno, aveva raggiunto la sua poltrona preferita e aveva aspettato che la ragazza le portasse il tè, come aveva annunciato, ma niente. Invece, sentiva rumori provenire dall'ingresso: la ragazza stava usando il suo telefono per fare una chiamata.

«Stai telefonando a William?» aveva chiesto.

«Chiamo la polizia» aveva replicato lei.

Irene sentiva le parole della ragazza. «Sì, c'è qualcuno lì dentro.» E poi: «No, non c'è dubbio, è troppo forte, davvero, al cento per cento. Si sente dall'odore».

Infine era corsa via. Non prima di aver portato a Irene una tazza di tè con un paio di zollette di zucchero, essersi seduta ai suoi piedi, averle preso le mani tra le sue e averle detto di restare lì fino all'arrivo della polizia. «Quando arriveranno, deve farli andare nella casa accanto, capito? Ma lei non ci vada, okay? Poi loro la aiuteranno a trovare William, intesi? Però... non esca di nuovo, me lo promette?» Si era alzata in piedi, aggiungendo: «Devo filarmela, mi spiace, ma tornerò». E, chinandosi su di lei: «Mi chiamo Laura. Torno più tardi. Stia bene, mi raccomando».

Quando erano arrivate due giovani donne in divisa, Irene si era già dimenticata il nome della ragazza. Non sembrava molto importante, perché la polizia non era interessata a lei, ma solo a quello che stava succedendo nella casa a fianco. Dalla soglia, Irene le aveva viste accovacciarsi, sbirciare attraverso la fessura per la posta, come aveva fatto la ragazza, e poi scattare all'indietro, proprio come lei. Avevano detto qualcosa alla radio, avevano riportato Irene nel soggiorno, una di loro aveva messo a bollire l'acqua e aveva preso una coperta al piano superiore. Dopo un po', era arrivato un tizio giovane, con una giacca dal colore vivace, le aveva misurato la febbre e delicatamente pizzicato la pelle, poi le aveva fatto un sacco di domande: quando aveva mangiato per l'ultima volta, che giorno era e chi era il primo ministro.

Sapeva la risposta. «Oh, quella tremenda May» aveva replicato in tono pungente. «Non sono una sua sostenitrice. E neanche lei, vero?» Il tizio aveva sorriso, scuotendo la testa. «No, immagino di no, visto che viene dall'India.»

«Sono di Woking» aveva ribattuto lui.

«Ah, d'accordo.» Irene non sapeva cosa dire, si sentiva un po' agitata e molto confusa, e non le era di aiuto il fatto che quel tizio fosse bello, molto bello, con occhi scuri e ciglia lunghissime, e aveva le mani delicate, ed era gentile, e quando le aveva toccato il polso lei si era sentita arrossire. Aveva un sorriso splendido e modi molto cortesi, anche quando l'aveva rimproverata con garbo perché non si prendeva cura di sé, le aveva detto che era disidratata e che doveva bere molta acqua con integratori, che era la stessa cosa che le aveva detto il medico di base.

Dopo che quell'uomo se n'era andato, Irene aveva fatto ciò che le aveva suggerito: aveva mangiato una fetta di pane tostato con il miele e bevuto due bei bicchieroni di acqua, senza integratori perché non ne aveva, e finalmente stava cominciando a sentirsi un pochino meglio quando aveva udito un rumore tremendo provenire dall'esterno, un suono terrificante e, con il cuore impazzito, che batteva a mille all'ora, si era avvicinata alla finestra del soggiorno. C'erano alcuni uomini, in divisa, e stavano usando una specie di ariete metallico per abbattere la porta di Angela. «Oddio!» aveva esclamato Irene a voce alta, pensando – stupidamente – che Angela non avrebbe gradito.

Non aveva ancora capito che Angela non avrebbe più gradito niente, e solo quando un'altra poliziotta in borghese le si era avvicinata, l'aveva fatta accomodare e le aveva detto che Angela era morta, che era caduta dalle scale e si era spezzata l'osso del collo, soltanto allora le era diventato tutto chiaro.

Mentre l'agente le spiegava che Angela doveva essere lì da giorni, forse un'intera *settimana*, Irene non era riuscita ad aprir bocca per la vergogna. Povera Angela, lì da sola, dall'altra parte della parete, mentre lei, Irene, aveva uno dei suoi "bassi" e si era concessa di scivolare nella confusione, tanto da non sentire neppure la sua mancanza.

«Non ha gridato» aveva detto, quando aveva ritrovato la voce. «L'avrei sentita. Le pareti sono sottili come carta velina.» La poliziotta era stata gentile, le aveva spiegato che probabilmente Angela era morta sul colpo. «Ma voi potete stabilire con certezza quando è morta?» Grazie alle sue letture, qualcosa di medicina legale Irene la sapeva. Invece l'agente aveva risposto che il riscaldamento era acceso, a una temperatura elevata, e il corpo di Angela era finito in fondo alle scale, vicino al termosifone, rendendo impossibile accertare con precisione l'ora del decesso.

Nessuno avrebbe mai saputo cos'era capitato per davvero. La polizia aveva detto che era stato un incidente, e Irene lo aveva accettato, anche se tutta la faccenda le suonava strana, conclusa troppo in fretta. Di rapporti conflittuali, nella vita, Angela ne aveva intrattenuti parecchi: aveva litigato con la sorella, aveva litigato con suo figlio, o almeno, a Irene pareva che l'uno o l'altra fossero andati da lei a farle la paternale, lasciandola sconvolta, desiderosa soltanto di ubriacarsi. Irene aveva riferito alla polizia di quelle discussioni, sui soldi, su Daniel, ma loro non si erano mostrati interessati. Angela era un'alcolista. Beveva troppo, era caduta e si era spezzata l'osso del collo. «Succede molto più spesso di quanto si pensi» aveva commentato la poliziotta gentile. «Ma se le venisse in mente altro, qualsiasi cosa che ritenga rilevante,» le aveva detto allungandole un biglietto con un numero di telefono «non esiti a contattarmi.»

«L'ho vista con un uomo» aveva esclamato Irene di colpo, proprio mentre l'agente stava per andarsene.

«Okay» aveva replicato la poliziotta, cauta. «E quando è successo?»

Irene non lo sapeva, non con certezza. La sua mente era un buco nero. No, non proprio un buco nero, era più *annebbiata*. C'erano delle cose, lì dentro, ricordi, anche importanti, però tutto scivolava via confusamente, non riusciva a concentrarsi su nulla. «Due settimane fa, forse?» aveva azzardato, speranzosa.

La poliziotta aveva serrato le labbra. «Okay... Ricorda qualcosa di quest'uomo? Sarebbe in grado di descriverlo, oppure...»

«Parlavano là fuori, in strada» aveva detto Irene. «C'era qualcosa di strano. Angela piangeva.»

«Piangeva?»

«Sì. Anche se...» Irene si era fermata, combattuta tra il desiderio di non essere sleale e il bisogno di dire la verità. «Lei piange spesso quando beve troppo, diventa... malinconica.»

«Ho capito.» La poliziotta aveva annuito, sorridendole, era pronta ad andarsene. «Non ricorda niente di quell'uomo? Era alto, basso, grasso, magro...?»

Irene scosse la testa. «Era... normale, nella media. Aveva un cane!» aveva esclamato alla fine. «Un cagnolino, nero e beige. Poteva essere un airedale. No, l'airedale è più grande, vero? Forse un fox terrier?»

Erano passate otto settimane. Prima era morta Angela, e poi anche suo figlio. Irene ignorava se la polizia avesse mai indagato sul tizio che lei aveva visto con Angela; se lo avevano fatto, non avevano scoperto nulla, perché il decesso era stato archiviato come accidentale. Gli incidenti capitano, soprattutto agli ubriachi. Ma madre e figlio, a otto settimane di distanza?

In un romanzo, non sarebbe credibile.

7

La finestra della camera da letto di Theo affacciava su un piccolo giardino recintato, oltre il quale si scorgeva il canale. In un giorno primaverile come quello la vista offriva una tavolozza di verdi: la tinta brillante delle foglie nuove dei platani e delle querce, la sfumatura oliva tenue dei salici lungo l'alzaia, il color lime sgargiante della lenticchia d'acqua sulla superficie del canale.

Carla era seduta vicino alla finestra, con il mento sulle ginocchia, avvolta nell'accappatoio di Theo, quello che aveva rubato dal Belles Rives Hotel di Juan-les-Pins una vita fa. Erano quasi sei anni, ormai, che non abitava più lì, eppure era ancora quello il posto in cui si sentiva più a proprio agio. Era lì, da Theo, che si sentiva davvero a casa, più che nell'imponente abitazione di Lonsdale Square nella quale era cresciuta, e certamente più che nella sua piccola e scialba villetta a due piani, situata poco oltre, nella stessa strada.

Theo era a letto, fuori dalle coperte; leggeva qualcosa sul cellulare e fumava.

«Pensavo avessi detto di voler smettere» disse Carla, guardandolo con un sorriso appena accennato.

«Infatti» confermò lui, senza alzare lo sguardo. «Adesso fumo solo dopo aver fatto sesso, dopo mangiato e quando prendo il caffè. Quindi sono al massimo cinque sigarette al giorno, ammesso che riesca a farmi una scopata, il che purtroppo non è un'ipotesi così scontata.»

Carla sorrise, suo malgrado. «Devi iniziare a prenderti cura di te stesso. Dico sul serio.»

Lui la guardò, con un ghigno indolente. «Perché,» replicò, battendosi una mano sul petto, «ti sembro fuori forma?»

Lei alzò gli occhi al cielo. «*Sei* fuori forma!» Sporse il mento in avanti, indicando la pancia di lui. «Non è questione di punti di vista. Dovresti prenderti un altro cane, Theo. Avere un cane ti fa muovere molto di più, ti costringe a uscire di casa, lo sai che è così, altrimenti te ne stai seduto tutto il tempo a mangiare, fumare e ascoltare musica...»

Lui riprese a guardare il cellulare. «Dixon potrebbe tornare» disse, calmo.

«Theo...» Carla si alzò dirigendosi di nuovo verso il letto. Ci salì su, l'accappatoio semiaperto mentre si posizionava in ginocchio davanti a lui. «È scomparso da sei settimane. Mi spiace dirlo, ma quel poverino non tornerà.»

La guardò con tristezza. «Non si può mai dire» ribatté Theo, e le appoggiò con delicatezza la mano sul fianco.

Era abbastanza caldo da poter fare colazione fuori, nel patio. Caffè e pane tostato. Theo fumava un'altra sigaretta e si lamentava del suo editor. «È un ignorante. Avrà sedici anni. Non sa niente della vita. Vuole che tolga tutta la parte politica che, a ben guardare, è il cuore stesso del romanzo. No, non è il cuore, non è corretto. È la radice. Lui vuole che lo *sradichi*. Che lo sradichi e butti tutto sul sentimentale! Te l'ho raccontato, questo? Ritiene che a Siobhan serva una storia d'amore, per *umanizzarsi*. Ma lei *è* umana! È l'essere umano più compiutamente realizzato di cui abbia mai scritto...»

Carla spinse indietro la sedia e appoggiò i piedi scalzi su quella di fronte, con gli occhi chiusi: lo ascoltava solo a metà. Aveva già sentito quel discorso, o una qualche variante. Aveva imparato che non valeva la pena esporre il proprio punto di vista perché alla fine lui avrebbe fatto in ogni caso quello che voleva. Dopo un po', Theo smise di parlare e restarono seduti lì, in un piacevole e conviviale silenzio, ascoltando i rumori del vicinato: i bambini che strillavano in strada, i campanelli delle biciclette sull'alzaia, il *qua qua* delle anatre. Il ronzio di un cellulare sul tavolo. Era quello di Carla. Lo prese, guardò il display e, sospirando, lo rimise dov'era.

Theo inarcò un sopracciglio. «Un ammiratore molesto?»

Lei scosse la testa. «La polizia.»

Lui la guardò per un lungo istante. «Non rispondi alle loro chiamate?»

«Lo farò. Più tardi.» Si morse il labbro. «Lo farò. Io... voglio smettere di pensarci, di vederlo. Voglio smettere di immaginarlo.»

Theo appoggiò la mano sulla sua. «Va tutto bene. Non sei costretta a parlare con loro, se non vuoi.»

Carla sorrise. «No, voglio farlo, almeno credo.» Sollevò i piedi dalla sedia e li infilò nelle ciabatte, troppo grandi, che aveva preso in prestito da Theo. Si chinò in avanti e si versò mezza tazza di caffè, lo assaggiò e scoprì che era freddo. Si alzò, sparecchiò il tavolo della colazione, appoggiò la caffettiera d'argento e le tazze sul vassoio, poi salì i gradini di pietra per entrare in cucina. Ricomparve un attimo dopo, con una vecchia shopper di Daunt Books in spalla. «Vado a cambiarmi» annunciò. «Devo tornare a Hayward's Place.» Si sporse in avanti e posò brevemente le labbra sulle sue.

«Non hai ancora finito lì?» le chiese, prendendole il polso e cercando il suo volto.

«Quasi» rispose lei, abbassando lo sguardo, mentre si allontanava liberandosi dalla presa. «Ho quasi finito.»

«Quindi lo farai, o no?» gli chiese dopo un istante, voltandosi indietro mentre rientrava in casa. «*Umanizzerai* Siobhan? Potresti concederle un cane, credo, se non vuoi proprio concederle un amante. Un cucciolo di staffordshire, magari, o un meticcio del canile, che fa tanta tenerezza.» Theo rise. «È vero, però, no? Devi dare al tuo personaggio qualcosa di cui preoccuparsi.»

«Ha un sacco di cose di cui preoccuparsi. Il lavoro, l'arte...»

«Be', ma questo non basta, non credi? Una donna senza un uomo, un figlio o un cucciolo da amare è fredda, non ti pare? Fredda e tragica, per certi versi disfunzionale...»

«Tu non lo sei» replicò lui.

Carla era sulla soglia della cucina. Si voltò a guardarlo, un sorriso triste sulle labbra. «Davvero, Theo? Tu non credi che la mia vita sia tragica?»

Lui balzò in piedi, attraversò il prato e salì le scale per raggiungerla, prendendole le mani. «Io non credo che la tua vita sia solo questo.»

Tre anni dopo il matrimonio, Theo aveva pubblicato un romanzo, una tragicommedia ambientata in una città siciliana durante la Seconda guerra mondiale. Era stato finalista a un premio (anche se non aveva vinto nulla) ed era diventato un best seller. Ne era seguito un modesto adattamento cinematografico. Aveva guadagnato un sacco di soldi.

All'epoca, Carla si era chiesta se il romanzo potesse significare la fine del loro matrimonio. Lui non era mai a casa, andava in giro per le presentazioni, partecipava ai festival accompagnato da giovani e belle addette stampa, socializzava con ambiziose ventenni che promuovevano scrittori debuttanti molto quotati, alle feste si scambiava pacche sulle spalle con produttrici hollywoodiane dal fascino irresistibile. Carla lavorava nella City, si occupava delle vendite per un gestore di fondi. Alle cene, gli occhi dei suoi interlocutori diventavano vitrei quando diceva loro quello che faceva; ai cocktail party, gli altri ospiti si guardavano intorno in cerca di qualcuno che avesse argomenti di conversazione più interessanti.

Ma non si era dovuta preoccupare molto delle distrazioni di Theo. Si era stufato presto dei tour promozionali, dello sfiancante brivido di tutte quelle novità. L'unica cosa che voleva davvero era stare a casa, con lei, e scrivere: aveva in mente un prequel del suo romanzo, che descrivesse le esperienze della madre della protagonista durante la Prima guerra mondiale. Quando Carla rimase incinta, si rese ancora meno disponibile a viaggiare e, alla nascita del figlio, smise del tutto.

Theo aveva già sforato due scadenze e stava per bucare la terza quando, subito dopo il terzo compleanno del figlio, Carla annunciò che sarebbe andata a Birmingham per una conferenza. Era rientrata da poco al lavoro ed era fondamentale, spiegò, che partecipasse a trasferte come quella per non essere messa da parte, per non essere considerata solo una madre che lavora.

«Potrei venire con te, che ne dici?» suggerì Theo. «Io, tu e Ben potremmo passare il fine settimana insieme, no?»

Carla ne fu un po' delusa: immaginava le ore che avrebbe trascorso da sola, indisturbata nella vasca da bagno, con una maschera di bellezza sul viso, preparandosi un long drink con le bevande del minibar. «Non sarebbe male,» replicò con cautela «ma non so come potrebbe essere considerata la cosa. Capisci, presentarmi con marito e figlio al seguito? Non guardarmi in quel modo, Theo! Non hai idea di come sia! Se tu ti portassi Ben a un appuntamento di lavoro, ti darebbero la medaglia di padre dell'anno. Se lo facessi io, direbbero che sono in difficoltà, poco concentrata, che ho altro per la testa, che non potrei mai gestire un ruolo di maggiore responsabilità.»

Invece di cedere, invece di dire soltanto: «Va bene, cara, vai pure, io resterò a Londra con Ben», Theo suggerì di lasciare il figlio dai suoi genitori.

«Nel Northumberland? E come faccio a portarlo ad Alnmouth prima di venerdì?»

«Potrebbero venire a prenderlo. Ne sarebbero felici, Cee, lo sai che la mamma lo adora...»

«Per *l'amor di Dio*! Se insisti a voler venire, andrà da mia sorella. E non fare quella faccia, anche Angie lo adora, abita a cinque minuti da noi e non ho il tempo di organizzarmi diversamente.»

«Ma...»

«Per questa volta lo lasceremo ad Angie, la prossima andrà da tua madre.»

Non ci sarebbe mai stata una prossima volta.

La domenica mattina, ricevettero una telefonata in camera. Stavano facendo le valigie, si preparavano per il rientro a Londra e discutevano su quale strada fosse meglio prendere. Il tizio al telefono chiese loro di scendere alla reception, poi parve cambiare idea, parlò con qualcuno e disse che potevano restare in camera, che sarebbero saliti da loro.

«Che diavolo è successo?» chiese Carla, ma non ottenne risposta.

«Scommetto che qualche idiota ci ha scassinato l'auto» ipotizzò Theo.

C'erano due poliziotti, un uomo e una donna. Dissero che c'era stato un incidente a casa della sorella di Carla. Ben era caduto dal balcone del primo piano, finendo sui gradini del giardino.

«Ma lei tiene la porta dello studio chiusa» replicò sciocamente Carla. «La ringhiera del balcone è rotta, quindi la porta resta sempre chiusa.»

La porta non era chiusa, però, e il piccolo Ben aveva trotterellato fino al balcone, era scivolato giù dalla ringhiera ed era caduto sui gradini di cemento, sette metri più sotto. Il cugino di otto anni lo aveva trovato mentre giocava in giardino e aveva subito chiamato l'ambulanza.

«Si riprenderà? Si riprenderà?» Carla continuava a porre la stessa domanda, Theo invece era in ginocchio, ululava come un animale. La poliziotta aveva le lacrime agli occhi e le tremava la mano. Scosse la testa e disse che le dispiaceva molto, i soccorsi erano arrivati in pochi minuti ma non c'era più niente da fare. «Ma si riprenderà?» chiese di nuovo Carla.

Dopo che la madre di Carla e Angela era morta, prematuramente, a causa di un tumore al seno, il padre era rimasto ad abitare nella casa di famiglia, una villetta a tre piani in Lonsdale Square, malgrado fosse ovvio che non andava più bene, per lui: salire dal suo studio al primo piano fino alle camere da letto, al secondo, era diventato sempre più faticoso, e pericoloso.

Il giardino era finito in stato di abbandono, invaso dalla vegetazione, le grondaie non erano più state pulite, il tetto perdeva, gli infissi erano marci. E le ringhiere del balconcino in ferro battuto dello studio si erano completamente arrugginite.

Sei mesi prima di morire, il padre si era trasferito in una casa di riposo, e poiché Carla a quell'epoca abitava già con Theo, Angela era tornata a vivere nella vecchia casa. Aveva grandi progetti, prevedeva anni di minuziose ristrutturazioni, aveva abbozzato affreschi che intendeva dipingere nei corridoi e sopra la scala. Ma prima di tutto c'erano i lavori di riparazione essenziali, a cominciare dal tetto. Già solo quello aveva prosciugato i fondi a sua disposizione, quindi tutto il resto era stato accantonato.

Nessuno aveva più pensato alle ringhiere arrugginite, fino alla nascita di Daniel. Quando era stato abbastanza grande da gattonare, Angela aveva chiuso a chiave la porta dello studio, lasciando tutto com'era. La regola era che la porta dello studio doveva restare chiusa. Doveva sempre restare chiusa.

«Dov'era Angela?» Carla e Theo erano sul sedile posteriore di una volante della polizia. Nessuno dei due era in grado di guidare. «Dov'era?» La voce di Carla era poco più di un sussurro, le palpebre serrate. «Io... Io non capisco. Dov'era Angela?»

«Era nella sua camera» disse la poliziotta. «Al piano superiore.»

«Ma... perché è stato Daniel a chiamare i soccorsi? Cosa stava facendo mia sorella?»

«Pare che stesse dormendo al momento dell'incidente» spiegò la donna.

«Non stava dormendo» insinuò Theo. «Stava smaltendo la sbornia, vero?»

«Non possiamo saperlo» replicò Carla, cercando di prendergli la mano.

Theo la ritirò di scatto, come se le dita di lei fossero bollenti. «Ah no?»

La polizia li accompagnò al Whittington Hospital. Li aspettava un'altra agente che cercò di convincerli a non vedere il corpo di Ben. «Sarebbe molto meglio che ricordaste il vostro bambino nei suoi momenti più felici, mentre correva o andava in bicicletta...» Non la ascoltarono. Nessuno dei due poteva tollerare l'idea di non rivederlo più, era una pretesa assurda.

I due genitori rimasero oltre un'ora in una stanza fredda e con una luce fortissima, passandosi il loro piccolo l'un l'altro. Gli baciarono incessantemente le dita cicciottelle, le piante dei piedi. Scaldarono il corpicino freddo con le mani e le lacrime.

In seguito, la polizia li accompagnò a casa, in Noel Road, dove i genitori di Theo li stavano aspettando. «Dov'è lei?» furono le prime parole che Theo rivolse alla madre.

La donna sollevò la testa in direzione delle scale. «Di sopra.» Il volto e la voce erano tesi come corde di violino. «Nella stanza degli ospiti.»

«Theo, per favore» implorò Carla.

Lo sentì urlare. «Sei collassata perché eri sbronza, vero? Avevi bevuto, ammettilo! L'hai lasciato, l'hai lasciato solo, ti sei dimenticata la porta aperta, lo hai lasciato da solo. L'hai lasciato lì, l'hai lasciato solo.» Angela emetteva dei lamenti disperati, gemeva, in agonia, ma lui non si placava. «Fuori da casa mia! Non tornare mai più! Non voglio vederti mai più.»

Carla sentì la voce di Daniel, che piangeva a sua volta: «Lasciala stare! Zio Theo, per favore, lasciala stare!».

Infine scesero al piano inferiore, Angela e Daniel, tenendosi per mano. Angela cercò di abbracciare Carla, ma lei non glielo permise; si scostò, incassò le spalle e si raggomitolò su se stessa, come un animale che vuole proteggersi da un predatore.

Quando se ne furono andati ed ebbero chiuso la porta, la madre di Theo si rivolse a Carla. «Perché non hai voluto che venisse da me? Io mi sarei presa cura di lui.»

Carla si alzò, strinse i pugni, attraversò la cucina e uscì in giardino, dove il triciclo di suo figlio giaceva in mezzo all'erba, e si mise a gridare.

Carla e Theo si accusarono a vicenda per molto tempo; ogni frase iniziava con un se.

Se tu non fossi andata alla conferenza...

Se tu non avessi insistito per venire...

Se tu non fossi stata così preoccupata dell'opinione degli altri...

Se lo avessimo portato dai miei genitori...

Avevano il cuore a pezzi, distrutto per sempre, e non c'era amore – per quanto profondo e tenace – grande abbastanza da guarirli.

8

Ventitré ore dopo averla prelevata, la polizia disse a Laura che poteva tornare a casa. Fu il Pelato a darle la notizia. «Potremmo avere ancora bisogno di parlare con lei, Laura. Quindi non vada da nessuna parte.»

«Nessun problema, vorrà dire che rinuncerò a quel fantastico viaggio a Disney World che avevo prenotato, non preoccupatevi» replicò lei.

Il Pelato annuì. «Ecco, lo faccia» disse lui, e le rivolse quel sorriso triste che per Laura voleva dire che le cose non stavano affatto andando bene.

Erano passate le dieci quando uscì dalla centrale e si incamminò sotto una pioggerellina fitta e fredda. Prese l'autobus a Gray's Inn Road e crollò sfinita sull'unico posto libero al piano inferiore. La donna vicino a lei, robusta e ben vestita, arricciò il naso e si fece più vicina al finestrino, nel tentativo di ridurre al minimo il contatto con la nuova arrivata, bagnata e puzzolente. Tratteneva il respiro. Laura la ignorò e si voltò dall'altra parte. La donna sospirò. Laura sentì la mascella irrigidirsi e strinse i pugni. «Conta fino a dieci» le ripeteva sempre suo padre, e lei ci provò. *Uno due tre uno due tre uno due tre.* Non riusciva ad andare oltre il tre, non riusciva a fare proprio nulla e la vicina sospirò di nuovo, muovendo il grosso sedere, e Laura avrebbe voluto gridare: *Non è colpa mia non è colpa mia cazzo non è colpa mia.*

Si alzò. «Lo so,» esordì, guardando la donna negli occhi, «*puzzo*. Lo so. Sono stata in un commissariato per ventiquattr'ore, prima ero andata a fare la spesa e prima ancora avevo fatto un turno di otto ore al lavoro, quindi non mi faccio la doccia da tipo due giorni. Non è colpa mia. Ma sai una cosa? Tra mezz'ora io profumerò di rose e tu invece sarai ancora una cicciona di merda, hai capito?»

Si allontanò e scese dall'autobus tre fermate prima della sua. Mentre camminava verso casa, non poteva fare a meno di ripensare all'espressione ferita della donna, che era diventata paonazza per l'imbarazzo, e si morse l'interno della guancia per non piangere.

L'ascensore era ancora guasto. Si trascinò fino al settimo piano, combattendo con le lacrime: era stanca, le faceva male la gamba, il taglio sul braccio pulsava e stava *morendo di fame*. Le avevano offerto qualcosa da mangiare al commissariato, ma era troppo nervosa per riuscire a mandar giù un solo boccone. Aveva una fame da lupo, e sentiva la testa leggera, mentre infilava la chiave di riserva nella serratura, la girava e apriva la porta. La cucina sembrava essere stata saccheggiata. *Era stata* saccheggiata, dalla polizia, suppose Laura: sportelli e cassetti erano aperti, c'erano pentole e piatti sparsi dappertutto. In mezzo, le provviste, ormai immangiabili, quelle che aveva comprato al supermercato con gli ultimi soldi che le restavano.

Voltò le spalle a tutto. Spense la luce e andò nella sua stanza, senza farsi la doccia né lavarsi i denti. Si infilò nel letto, singhiozzando sommessamente, cercando di calmarsi accarezzandosi la nuca, come faceva suo padre per tranquillizzarla quando era preoccupata o stava male.

Ne aveva avuto in abbondanza, di preoccupazioni e di dolore. I primi anni della sua infanzia, vissuti nella sudicia South London, erano stati tranquilli. Così tranquilli da non lasciarle quasi nessun ricordo, tranne l'immagine mentale – curiosamente virata nei toni del seppia –, di una villetta a schiera in una stradina stretta, la sensazione dell'erba secca e pungente sotto i piedi in estate. La sua memoria sembrava riempirsi di colori solo verso l'età di nove anni, quando lei e i suoi genitori si erano trasferiti in un paesino del Sussex. Dove erano iniziati tutti i problemi.

Non c'era niente che non andasse in quel paese. A Laura piaceva, era bello e pittoresco, con le case di pietra e la gente che giocava a cricket nei prati; i vicini di casa erano cortesi, avevano figli con i capelli biondi e cani di razza labradoodle. Janine, sua mamma, lo aveva definito "ottundente" che, a quanto pareva, era una brutta cosa. A Laura piaceva. Le piaceva la scuola, c'erano soltanto quindici studenti nella sua classe e gli insegnanti trovavano che leggesse molto bene per la sua età. Le piaceva andare in bici per le stradine di campagna, senza alcuna supervisione, in cerca di more.

Philip, suo padre, aveva un buon posto di lavoro in una città vicina. Aveva abbandonato i sogni di diventare scenografo teatrale e ora lavorava come contabile, cosa che faceva alzare gli occhi al cielo a Janine ogni volta che ne parlavano. «Un *contabile*» sibilava, dando un tiro alla sigaretta e sistemandosi le maniche della camicetta floreale. «Sai che divertimento!»

«Janine, la vita non è fatta solo di divertimento. A un certo punto bisogna diventare adulti.»

«E Dio non voglia che anche gli adulti si divertano, vero, Philip?»

I suoi non erano sempre stati così, non secondo Laura. Ricordava vagamente che la madre in passato sembrava più felice. Una volta Janine non se ne stava seduta a braccia conserte, a cena, quasi senza toccare cibo, rispondendo scontrosamente a tutte le domande del marito. C'era stato un periodo in cui sua madre rideva sempre. E cantava!

«Potremmo tornare a Londra» suggeriva ogni tanto Laura, e la madre sorrideva per un istante, si passava la mano tra i capelli e guardava nel vuoto con nostalgia. Ma il padre in genere rispondeva, in tono troppo deciso ed energico: «Pulcino, non possiamo tornare, qui ho un lavoro. E abbiamo una casa così bella, non è vero?».

Di notte, Laura li sentiva litigare.

«Tu hai un lavoro come consulente finanziario!» sibilava la madre con voce alterata. «Per l'amor di Dio, Philip, è *davvero* quello che vuoi fare nella vita? Passare tutto il giorno a contare i soldi degli altri?»

E ancora: «È questa la vita che hai in mente per noi? Una vita *ordinaria*? In *campagna*? Nel *Sussex*? Sai bene che non erano questi gli accordi, all'inizio!».

«Gli accordi? Janine, siamo sposati, mica soci in affari.»

Da bambina fiduciosa qual era, Laura fingeva di non sentire le discussioni; si era convinta che, se si fosse impegnata tanto e avesse continuato a comportarsi bene, il motivo della tristezza di sua madre, qualunque fosse, sarebbe scomparso. Faceva del suo meglio per compiacerla, le riferiva prontamente i complimenti degli insegnanti e le mostrava i disegni che faceva a scuola.

Durante i pomeriggi a casa, Laura stava con sua mamma. La aiutava a fare le pulizie, si sedeva accanto a lei a leggere o la seguiva in silenzio da una stanza all'altra nel suo incessante andirivieni per la casa. Provava a interpretare le espressioni del suo viso, a immaginare a cosa stesse pensando, cosa la facesse sospirare o spostare la frangia dagli occhi, provava a indovinare cosa fare per conquistarsi un sorriso, e a volte le riusciva, mentre altre volte la madre finiva per gridare: «Laura, per l'amor di Dio, vuoi lasciarmi in pace per un minuto? Un minuto soltanto?».

In autunno, Janine si iscrisse a un corso di arte. Quando arrivarono le vacanze di Natale, qualcosa era cambiato. Un vento gelido soffiava da est, portando con sé cieli azzurri incredibilmente belli, un freddo pungente e, quasi dal nulla, il disgelo in famiglia. Era come se fosse stata dichiarata una tregua. Laura non sapeva spiegarselo, ma doveva essere capitato qualcosa, perché le liti cessarono. Il padre non sembrava più triste e avvilito. La mamma sorrideva mentre lavava i piatti, abbracciava Laura quando guardavano la tv di sera, invece di sedersi da sola nella poltrona a leggere. Erano persino stati a Londra, una volta da Hamleys e un'altra allo zoo.

Il nuovo anno iniziò con una ventata di ottimismo, la mamma la accompagnava a scuola con il sorriso sulle labbra. Ci fu persino la promessa di una gita con lo slittino nel fine settimana, se avesse nevicato.

Nevicò, ma non andarono sullo slittino.

Quel venerdì, in meno di un'ora caddero sei centimetri di neve, sufficienti a far cancellare l'allenamento di calcio. Erano ormai le tre del pomeriggio quando Laura scese come una scheggia dalla collina, verso casa, pedalando in mezzo alla strada dove il passaggio delle auto aveva fatto sciogliere la neve, ma stava già cominciando a fare buio e lei non vide né sentì la macchina che sterzò nella carreggiata. Sembrava sbucata dal nulla.

Laura fece un volo di quattro metri e cadde di schiena sulla strada, il rumore del suo caschetto che si rompeva sull'asfalto fu sentito persino dalla mamma, che era nel vialetto davanti a casa. Riportò una lesione al cranio, e brutte fratture alla gamba e al bacino. Il conducente dell'auto che l'aveva investita non si fermò.

E a quel punto arrivarono le preoccupazioni, e il dolore. Sei interventi chirurgici, mesi e mesi di ricovero in ospedale, infinite ore di penosa e sfiancante fisioterapia, logopedia, sedute dallo psicologo per superare il trauma. Alla fine, tutto guarì. Più o meno. Ma un cattivo seme era stato piantato e quindi, anche se ogni cosa sembrò migliorare, Laura ne uscì peggiorata. Più lenta, più scostante, meno amabile. Un'amara oscurità le cresceva dentro mentre guardava, con impotente disperazione, i suoi orizzonti un tempo sconfinati restringersi.

La mattina, Laura infilò tutto il cibo scongelato nel microonde e lo riscaldò. Mangiò finché non fu sazia, buttò gli avanzi nella pattumiera e si vestì per andare al lavoro.

«Cosa credi di fare?» le chiese Maya, la sua responsabile alla lavanderia, quando uscì dalla stanza sul retro e vide che Laura si era tolta la giacca e stava per appenderla dietro il bancone.

«Sono di turno» replicò Laura. «È mercoledì.»

«Già, e anche ieri che era martedì eri di turno, però non ti sei fatta vedere, o sbaglio?» Laura fece per replicare, ma Maya alzò la mano. «No, non mi interessa. Mi dispiace, ma non me ne frega minimamente, Laura. Non mi importa quale sia la tua scusa stavolta, sono proprio...»

«Maya, mi dispiace.»

«Lo sai che giorno era ieri? Eh, lo sai? Era il quinto compleanno di mio nipote, e sua madre lo ha portato a fare una gita speciale allo zoo e io sarei dovuta andare con loro. Invece non ci sono andata, sai? Perché ero *qui*, a sostituire *te*, e tu non hai avuto neppure la decenza di farmi una telefonata.»

«Non potevo, Maya. Mi dispiace, davvero, mi dispiace di averti delusa...»

«Non potevi *chiamarmi*? E perché mai? Ti sei cacciata in qualche guaio?» Laura abbassò la testa. «Hai voglia di scherzare, spero! Scusa la schiettezza, ti sei fatta arrestare *di nuovo*?» Maya alzò le braccia, in segno di resa. «Mi spiace, tesoro, non ce la faccio. Davvero, non ce la faccio più. Quando è troppo, è troppo. Ho già sopportato abbastanza le tue stupidaggini. Ed eri stata avvertita, no? Più di una volta. Ritardataria, inaffidabile, sgarbata con i clienti...»

«Ma, Maya, non è stata...»

«Lo so! Lo so cosa stai per dire. Non è stata colpa tua. Non è mai colpa tua. Forse è vero. Forse non è colpa tua, ma non è neppure colpa mia, ti pare?»

Laura vomitò sul marciapiede davanti alla lavanderia. Pizza e bastoncini di pesce dappertutto. «Non l'ho fatto apposta!» gridò attraverso la vetrina in direzione di Maya, che la guardava a bocca aperta, sbigottita. Non l'aveva fatto apposta. Non sarebbe proprio stata in grado di vomitare a comando, era solo che aveva infilato la carta nel bancomat vicino all'ingresso del negozio e aveva avuto la conferma che nel conto corrente le restavano sette sterline e cinquantasette centesimi che, con le quattro sterline in moneta che teneva nel portafoglio, erano tutti i suoi averi. Ed era appena stata licenziata. Fu allora che se ne rese conto, e fu come ricevere un pugno in pieno petto: il licenziamento comportava delle sanzioni. Potevano revocarle il sussidio per la casa, lo avevano fatto ad alcuni che conosceva, a volte per mesi. Si disse che sarebbe diventata una barbona, ammesso di non finire in galera per omicidio. E, a quel pensiero, le venne da vomitare. Poi si pulì la bocca e si allontanò, mordendosi il labbro, cercando di reprimere la sensazione di terrore puro che sentiva salire dalla pancia appena svuotata.

Arrivata a casa, chiamò sua madre perché, anche se l'aveva delusa profondamente, e in più di un'occasione, Laura non riusciva a smettere di volerle bene e di pensare che forse, quella volta, sarebbe stato diverso.

«Mamma? Mi senti?» La linea era disturbata, rumori in sottofondo. «Mamma?»

«Laura! Come stai, tesoro?»

«Mamma... non tanto bene. Puoi venire a trovarmi?» Ci fu una lunga pausa. «Mamma?»

«Come dici, tesoro?»

«Ti ho chiesto se puoi venire a trovarmi.»

«Al momento siamo in Spagna, potrebbe essere un po' complicato!» Si mise a ridere, una risata bassa, di gola, che ferì Laura. «Torneremo tra qualche settimana, forse potrei passare allora.»

«Okay. Tra qualche settimana? Io... Dove sei?»

«A Siviglia. Sai, la città degli aranci.»

«Sì, ho sentito parlare di Siviglia.» Deglutì. «Ascolta, mamma, sono successe delle cose brutte e sono nei guai...»

«Laura! Di nuovo!»

Si morse il labbro. «Sì, di nuovo. Mi dispiace, ma... mi chiedevo se... potresti prestarmi un po' di soldi, per tirare avanti. Sono stata un po' sfortunata, non è stata colpa mia, davvero.»

«Laura...» Un altro disturbo nella linea.

«Mi sei mancata, mamma.»

«Ascolta, non è un bel periodo per noi, siamo in gravi ristrettezze.»

«A Siviglia?»

«Sì, a Siviglia. Richard ha esposto alcuni pezzi in una fiera d'arte, ma deve pagare gli organizzatori per lo spazio, e quindi...»

«E non ha venduto niente?»

«Non ancora.»

«Okay.»

Ci fu una lunga pausa, un altro disturbo nella linea. Sentì la madre sospirare, e in quel momento qualcosa si ruppe. La delusione le strinse il cuore, come in un pugno.

«Laura, stai piangendo? No, Laura. *Ti prego,* non piangere. Lo sai che non sopporto le persone che cercano di manipolare i miei sentimenti.»

«Non sto piangendo» protestò Laura, ma ormai stava singhiozzando. «Non sto piangendo.»

«Stammi a sentire» riprese la madre con voce ferma, come se stesse parlando d'affari. «Adesso ti fai un bel pianto, poi mi richiami, va bene? Parlerò dei soldi con Richard, okay? Laura? Ora riprenditi.»

Laura pianse per un po', e quando ebbe finito, dando sfogo a tutte le sue emozioni, chiamò suo padre, che non rispose. Gli lasciò un messaggio. «Ciao, papà. Senti, ieri mi hanno arrestata, sono sospettata di omicidio, mi hanno rilasciata senza accuse ma sono stata licenziata perché non sono andata al lavoro, visto che ero in stato di fermo, e tutta la roba che avevo comprato da mangiare è andata a male e non ho più manco un centesimo quindi puoi richiamarmi? Ciao. Ah, sono Laura.»

La fuggitiva

Quando si sveglia, quella mattina, non può immaginare come andrà la giornata, non può immaginare come andrà a finire, tutti gli alti e bassi. Non immagina, mentre si fa la barba nello specchio sporco del bagno sul retro, con l'acqua rossastra di ruggine nel lavello, la puzza di merda dappertutto, non immagina che incontrerà una ragazza così carina.

Come poteva immaginare come sarebbe andata? Che lei lo avrebbe stuzzicato e avrebbe flirtato con lui e avrebbe ferito i suoi sentimenti e poi sarebbe tornata, con il pollice in aria, chiedendogli di aiutarla, di farle compagnia, di metterle la mano sulla coscia morbida sul sedile anteriore dell'auto.

Quando si sveglia, quel giorno, non immagina tutto il caos che seguirà, l'eccitazione, l'aspettativa.

9

Quattro giorni alla settimana, Miriam lavorava da Books on a Boat, una libreria galleggiante sul canale, poco oltre Broadway Market. Il negozio vendeva libri nuovi e usati, ed era ormai da anni sull'orlo della bancarotta. Nicholas, il proprietario, negli ultimi tempi era stato costretto a fare affidamento, per dirla con parole sue, sul buon cuore degli hipster (leggi: sul crowdfunding) per tenerlo a galla. (In senso letterale: con le donazioni avevano di recente finanziato le riparazioni allo scafo della chiatta, che aveva iniziato a imbarcare acqua.)

Il ruolo di Miriam era, in gran parte, di segreteria: si occupava dei conti, stava dietro alle faccende amministrative, riempiva gli scaffali e teneva in ordine il negozio. Non le era più consentito servire i clienti (era troppo brusca) né scrivere le etichette promozionali, i brevi messaggi con cui il personale esprimeva la propria opinione sulle ultime uscite (era troppo diretta). Inoltre, in molti la trovavano sgradevole. Nicholas non si era mai espresso in quei termini, ma non era necessario. Miriam sapeva bene di non essere una persona attraente, che lo sguardo altrui tendeva a scivolare su di lei senza soffermarsi; che, qualunque cosa fosse l'esatto opposto del fascino, lei ne aveva in abbondanza.

Ne era consapevole e sapeva come gestirlo. Perché non

avrebbe dovuto? Quali alternative aveva? Era inutile fingere che le cose fossero diverse, che *lei* fosse diversa.

Il mercoledì Nicholas andava dallo psicologo ed era Miriam ad aprire il negozio. Sempre in orario, mai in ritardo, neppure di un minuto, non poteva permetterselo. Quella mattina passò sotto il Cat and Mutton Bridge alle nove meno un quarto esatte e fu sorpresa di vedere un cliente in attesa fuori dal negozio, con le mani a coppa intorno al viso nel tentativo di sbirciare attraverso la vetrina. *Un turista*, pensò, poi il tizio fece un passo indietro e guardò nella sua direzione, Miriam si fermò e sentì l'adrenalina entrare in circolo. Era Theo Myerson.

Si riprese e ricordò a se stessa che la ruota gira per tutti. Fece un bel respiro, si drizzò nel suo metro e cinquantasette di altezza e si diresse verso di lui, senza esitazioni. «Posso fare qualcosa per lei?» chiese.

Lui si scurì in volto, si girò e le andò incontro. «Sì, a dire il vero.»

Fortuna volle che ci fosse un momento di calma nel traffico di passanti, così si trovarono da soli lungo il canale. Il ponte alle spalle di Miriam, la barca di fronte, e Theo Myerson nel mezzo. «Non siamo ancora aperti» spiegò, poi si diresse verso l'acqua, cercando di superarlo. «Apriamo alle nove, dovrà tornare più tardi.»

Myerson si spostò verso di lei, bloccandole di nuovo il passaggio. «Non sono qui per dare un'occhiata ai libri» spiegò. «Sono qui per avvertirla di non impicciarsi dei miei affari. Di lasciare in pace la mia famiglia.»

Miriam si infilò le mani tremanti in tasca. «Non mi sono avvicinata in alcun modo alla sua famiglia» replicò. «A meno che... sta forse parlando di suo nipote?» Lo fissò dritto negli occhi. «Brutto affare, quello.» Recuperò la chiave della libreria dalla borsa e si fece strada, superandolo. «Sono una testimone, gliel'hanno detto? La polizia è venuta a cercarmi, mi hanno fatto un sacco di domande, e io ho risposto.»

Si girò a guardarlo, un sorriso teso sul volto. «Avrebbe voluto che mi comportassi diversamente? Le dirò...» Frugò nella borsa e prese il cellulare. «Devo chiamarli? Ho il numero del detective in rubrica, mi ha detto di telefonargli se avessi ricordato qualcosa, o se avessi notato qualcosa di strano. Vuole che lo chiami adesso? Che gli dica che lei è venuto a cercarmi?» Miriam vide la costernazione passare sul volto di Theo come un'ombra, e avvertì un'intensa e inaspettata ondata di piacere. «Signor Myerson?»

Quindi è così, pensò Miriam, *che ti fa sentire il potere.*

Quella sera, quando tornò a casa dal lavoro, ancor prima di prepararsi una tazza di tè e lavarsi le mani, Miriam prese la scatola di legno, quella in cui teneva le sue chincaglierie, dalla mensola sopra la stufa e la appoggiò sul tavolo della cucina. La aprì e controllò il contenuto, un rituale che si concedeva di tanto in tanto per placare l'ansia, per calmarsi, mettere ordine nei pensieri, concentrarsi su cosa era davvero importante per lei.

Era strana, e ne era consapevole. Sapeva chi era e come la vedevano gli altri. Una donna grassa, di mezz'età, senza soldi, senza marito, senza potere. Vedevano un'emarginata, che abitava in una casa galleggiante, si vestiva con abiti di seconda mano e si tagliava i capelli da sola. Alcuni la guardavano e non la degnavano di una seconda occhiata, altri pensavano di potersi prendere quello che volevano, credendola indifesa e inerme.

Dalla scatola Miriam tirò fuori un foglio di carta, formato A4, piegato in due e poi in quattro; lo aprì, lo stese di fronte a sé e passò il palmo della mano sull'intestazione. Rilesse le parole, lo aveva fatto così tante volte che avrebbe potuto recitarle a memoria, almeno quelle più ostili.

Cara signora Lewis,
le scrivo in qualità di legale di Harris Mackey, editore di Theo Myerson, in risposta alla sua lettera del 4 febbraio. Scrivo per conto sia dell'azienda sia del signor Myerson, che ha approvato i contenuti della presente. Desideriamo chiarire da subito che il signor Myerson respinge completamente le accuse di violazione del diritto d'autore contenute nella sua lettera: le sue rivendicazioni sono del tutto prive di fondamento.
La sua affermazione secondo la quale *La fuggitiva*, il romanzo scritto dal signor Myerson e pubblicato con lo pseudonimo di Caroline MacFarlane, abbia copiato «argomenti e ampi stralci della trama» dal suo memoir è fallace per molte ragioni.
Al fine di stabilire una fondata accusa di violazione del diritto d'autore, deve esistere un nesso causale tra il lavoro del ricorrente e l'opera accusata della violazione; pertanto, lei deve dimostrare che il suo memoir è stato usato dal signor Myerson durante la stesura de *La fuggitiva.*
Il signor Myerson riconosce che lei gli aveva chiesto di leggere il suo manoscritto e che lui aveva accettato di farlo, nonostante la sua agenda fosse fitta di impegni e avesse importanti scadenze da rispettare. Come le ha spiegato il signor Myerson quando lei si è recata a casa sua, il 2 dicembre, aveva messo il manoscritto in valigia in occasione del suo volo per Cartagena, per l'Hay Festival; purtroppo, la British Airways ha smarrito il suo bagaglio, che non è mai stato recuperato. Ragion per cui il signor Myerson non ha potuto leggere il suo manoscritto.
Le similitudini che lei rileva tra *La fuggitiva* e il suo memoir non sono nulla più che idee e argomenti generici...
Non riteniamo ragionevole né necessario rispondere puntualmente a tutti i deboli raffronti che lei tenta di stabilire...
Lei ha mosso accuse gravi e false nei confronti del signor Myerson...
Qualsiasi azione legale da parte sua sarebbe irragionevole e inopportuna e verrebbe respinta con forza dal mio assistito; il quale inoltre chiederà che lei lo risarcisca delle spese legali sostenute,

cosa che, alla luce di quanto detto finora, la corte senza dubbio gli accorderebbe.

Era lì, nero su bianco. Malgrado gli insulti e le accuse sgradevoli e offensive, malgrado respingessero le sue accuse come del tutto prive di fondamento, fallaci, deboli, false, inopportune, irragionevoli, la sostanza del loro ragionamento, ridotta all'osso, era tutta nell'ultima frase: noi abbiamo i soldi, e quindi anche il potere. Tu non hai niente.

Con mani tremanti, Miriam ripiegò la lettera e la infilò di nuovo sul fondo della scatola, poi recuperò il piccolo quaderno nero sul quale annotava chi andava e veniva dal canale. Viveva lì, in quella casa galleggiante, da sei anni e aveva imparato che era necessario essere vigili. C'era gente di tutti i tipi: persone perbene, dignitose, lavoratrici e generose in mezzo a ubriaconi, drogati, ladri e via dicendo. Era necessario stare in allerta. Tenere gli occhi aperti. Guardarsi dai predatori. (Miriam lo sapeva bene, meglio di tutti gli altri.)

Quindi, lei annotava quello che succedeva. Per esempio, venerdì aveva annotato l'ora in cui Laura, la pazza della lavanderia, era comparsa insieme a Daniel Sutherland; si era appuntata anche l'arrivo di Carla Myerson, la zia del ragazzo, con il suo bel taglio di capelli, la giacca elegante e i denti perfetti. Era stato il mercoledì precedente. Due giorni prima che Daniel morisse. Aveva in mano una bottiglia di vino.

Poi, prese la chiave – la chiave di Laura la pazza, quella che aveva raccolto dal pavimento, sulla barca del morto – e se la rigirò tra le dita, toccandone i bordi, ancora appiccicosi di sangue. Miriam sentiva che la ragazza doveva essere protetta, qualsiasi cosa avesse fatto. Dopotutto, era anche lei una debole, no? Certo, era carina, snella e con gli occhi chiari, ma era povera e tormentata. C'era qualcosa di strano in lei. Zoppicava, e anche mentalmente aveva qualcosa che non andava. Non era a posto. La gente poteva approfittarsi di una persona così, una ragazzina minuta e indifesa come Laura, proprio come si era approfittata di Miriam.

Ma il potere passa di mano, giusto? A volte in maniera inaspettata. I rapporti di forza mutano, e la ruota gira.

E se invece, contrariamente a quanto aveva scritto nel quaderno, Miriam non avesse visto Laura? E se, come aveva riferito ai poliziotti, avesse visto soltanto Carla Myerson con Daniel Sutherland? E se, a pensarci bene, avesse visto Carla Myerson più di una volta? Il detective le aveva chiesto di farsi sentire se le fosse venuto in mente qualcos'altro, no? Se avesse ricordato qualcosa, non importa quanto insignificante, che poteva essere rilevante? E se – giusto adesso le riaffiorava alla memoria! – le fosse tornato in mente di aver sentito qualcosa, delle voci, che all'inizio le erano sembrate allegre ma forse non lo erano? Magari si era trattato di una lite?

Si preparò una tazza di tè e mise i piedi a mollo, sgranocchiò senza fretta mezza confezione di biscotti secchi ragionando su cosa avrebbe dovuto riferire al detective Barker. Per esempio, avrebbe dovuto menzionare l'incontro con il signor Myerson, avvenuto quella mattina? O era meglio tenersi quella carta, e giocarsela in un altro momento? Era consapevole di dover prestare la massima attenzione a come gestiva la situazione, di non dover essere precipitosa, per evitare che il potere appena conquistato le desse alla testa.

Chiamò il detective al cellulare, ascoltò il messaggio della segreteria.

«Pronto, detective Barker? Sono Miriam Lewis. Ha detto che avrei dovuto chiamarla, se mi fosse venuto in mente qualcosa, giusto? Be', insomma... Mi sono ricordata che la donna che ho visto, quella di cui le ho parlato, quella più vecchia, ha presente? Ecco, era qui quel venerdì sera. Sa, pensavo di averla vista giovedì, quando stavo rientrando dal lavoro, l'ho notata che passava, aveva una bottiglia di vino in mano, non che questo sia importante, però il fatto è che ero appena rientrata dal lavoro, ma io giovedì scorso non ci sono andata al lavoro, perché avevo un po' di mal di stomaco, il che è strano per me, perché di solito digerisco qualsiasi cosa. A ogni modo, giovedì non mi sentivo bene e quindi ho spostato il mio turno al venerdì...»

Miriam chiuse la chiamata. Si chinò in avanti per prendere un altro biscotto dalla scatola e si mise comoda, sollevando i piedi sulla panca. Che soddisfazione avere qualcosa di concreto contro Myerson! Per un attimo immaginò quel grand'uomo, in piedi nello studio, con il cellulare in mano: una telefonata della polizia forse, per informarlo che erano andati a prelevare la sua amata Carla per interrogarla. Immaginò il suo panico. Come avrebbe reagito a una simile prova? Per non parlare della stampa negativa!

Questo gli avrebbe dato una bella lezione, no? Così imparava a prendersi quello che non era suo. A trattare Miriam come se non contasse niente, come se fosse un *oggetto*, da usare e buttare via a suo piacimento.

E se Carla avesse sofferto, be', non sarebbe stato il massimo, ma se è vero che il nemico del mio nemico è mio amico, a volte l'amico del mio nemico è mio nemico: non si poteva evitare, era così che andava il mondo. Era ingiusto, certo, ma funzionava a quel modo. In ogni conflitto era inevitabile che ci fossero vittime innocenti.

Miriam chiuse il quaderno. Lo mise nella scatola e vi ripose la chiave di Laura, adagiandola contro il mogano, insieme agli orecchini d'oro a cerchio di Lorraine, alla croce d'argento che suo padre le aveva regalato per la cresima, quando aveva quattordici anni, e a una medaglietta presa dal collare di un cane, con sopra il nome DIXON.

La fuggitiva

I singhiozzi si sono fermati. Sente dei suoni diversi, adesso.

La ragazza approfitta della copertura di questi nuovi rumori per rompere il vetro della finestra. Poi, alla svelta, cerca di togliere i frammenti prima di provare a uscire. Ciononostante, si taglia malamente, sulle spalle, sul petto, sulle cosce mentre la sua carne soda passa attraverso il piccolo riquadro della finestra.

Si siede sui talloni, con la schiena contro il muro. Il sangue cola dalle ferite e inzuppa il terreno duro sotto i suoi piedi. Quando si metterà a correre, lascerà una scia. La sua unica salvezza sarà riuscire ad arrivare in città prima che lui la raggiunga: se se ne va subito ha una possibilità, forse.

È buio, non c'è neanche la luna. A parte il gracidio ritmico di una rana, la notte è immobile. Tuttavia, li sente dentro di sé. I rumori che fa lui, e quelli di lei, in risposta.

Chiude gli occhi, e ammette a se stessa la verità. C'è un'altra opportunità di salvezza. Potrebbe entrare in casa dalla porta principale e andare in cucina, a cercare un coltello. Sorprenderlo. Tagliargli la gola.

Immagina, per un attimo, il sollievo della sua amica. Come si abbraccerebbero. Immagina di raccontare alla polizia quello che è successo, immagina di essere accolta come un'eroina a scuola, e quanto le sarebbe grata la famiglia della sua amica!

Quanto le sarebbero grati?

Si figura il bel volto della sua amica, il suo corpo slanciato, i genitori gentili, i vestiti costosi. È sopraffatta dal pensiero della sua vita, della sua felicità.

La ragazza immagina di entrare nella stanza, impugnando un coltello, immagina lui che si gira e la afferra, colpendola alla gola. Immagina lui che si china su di lei, le preme le ginocchia contro il petto, immagina il suo peso, la lama contro la clavicola, contro la guancia, contro il labbro.

Non è neppure sicura che ci sia un coltello in cucina.

Potrebbe provare a fare qualcosa, potrebbe combattere. O approfittare del fatto che lui le ha preferito la sua bella amica. Potrebbe scappare.

Non è colpa sua.

Lei non ci voleva neppure salire, su quell'auto.

Le dispiace. Davvero. Le dispiace, ma si mette a correre.

10

Il detective Barker, con la pelata luccicante come un penny nuovo di zecca al sole del mattino, osservava la poliziotta in uniforme che infilava un bastoncino di plastica nella bocca di Carla, lo strofinava all'interno delle guance, lo ritirava e lo metteva in un sacchettino trasparente. Quando ebbe finito, lui annuì soddisfatto. Chiese alla collega di aspettarlo fuori, in macchina. Aveva già spiegato a Carla che quella di Daniel era una barca a noleggio, ed era sporca. C'erano tracce di almeno una dozzina di persone, forse di più, per questo stavano prelevando campioni di dna e impronte digitali a tutto e tutti, le disse, per poter escludere il maggior numero di persone.

Seduta al tavolo del suo soggiorno, Carla si asciugò la bocca con un fazzolettino. «Bene,» replicò, facendo ruotare le spalle per allentare la tensione nella parte alta della schiena, «è molto probabile che troverete le mie impronte.» Il detective Barker alzò il sopracciglio con aria perplessa e incrociò le braccia sul petto. «Ho mentito quando ho detto di non sapere che abitava in una casa galleggiante» continuò lei. «E ho mentito quando ho detto di non averlo visto.» Barker rimase in silenzio; attraversò la stanza e andò a sedersi al tavolo, di fronte a lei, intrecciando le dita. «Ma questo lei lo sa già, giusto? Qualcuno le ha detto qualcosa, no? Qualcuno mi ha vista?» Il detective non rispose. Un vecchio trucchetto per farti parlare, per indurti a riempire il silenzio.

Era così ovvio da risultare irritante, ma Carla era troppo stanca per opporre resistenza, non aveva dormito più di una o due ore di fila da quando i poliziotti erano stati da lei, cinque giorni prima. Continuava a vedere cose, continuava a spaventarsi per le ombre, puntini neri danzavano nel suo campo visivo. Quella mattina, era passata davanti a uno specchio ed era trasalita nel vedere la faccia di sua sorella che la guardava, le guance incavate, l'espressione spaventata.

«Daniel mi ha detto che aveva noleggiato un'imbarcazione quando è venuto a prendere le sue cose. Mi ha invitata a farci un salto. Mi ha avvertito di non aspettarmi granché. Ci sono andata. Due volte. Non mi chieda il giorno esatto, perché non sono in grado di dirglielo.» Fece una pausa. «Vi ho mentito perché non volevo ammettere davanti a Theo di essere stata lì.»

Barker si appoggiò allo schienale della sedia. «E perché non voleva che lo sapesse?» chiese, scrocchiando le dita in modo fastidioso.

Carla chiuse gli occhi per un attimo. Si concentrò sul rumore del proprio respiro. «Sa che cosa è successo a mio figlio?» domandò al poliziotto.

Lui annuì, serio in volto. «Sì, l'ho letto sui giornali. Una cosa terribile.»

Carla fece un leggero cenno del capo. «Sì. Quando è capitato, mia sorella si stava occupando di lui. Non sono certa che i giornali l'abbiano riportato. A ogni modo, avrebbe dovuto occuparsi di lui. Mio marito Theo non l'ha mai perdonata. Non ha più voluto avere niente a che fare con lei da allora, dal giorno della morte di nostro figlio. Non voleva che facesse parte della nostra vita. Quantomeno, non voleva che facesse parte della sua, che allora era anche la *mia*.

Capisce quello che le sto dicendo? Vedevo mia sorella e Daniel di nascosto. Ovviamente Theo sospettava che ogni tanto ci incontrassimo, e abbiamo anche litigato per questo, ma poi abbiamo divorziato e io mi sono trasferita qui, e non sembrava più così importante. Però ho continuato a non parlare di loro con lui. Questo è tutto. Ho mentito a Theo per così tanto tempo su questa parte della mia vita che a volte dimentico quando è necessario farlo e quando non lo è. Non volevo che sapesse che ero stata a trovare Daniel sulla barca.»

Il detective aggrottò la fronte, in un'espressione accigliata. «Quindi lei ci ha mentito, ha mentito alla polizia, *nel corso di un'indagine per omicidio*, solo perché non voleva che il suo ex marito sapesse che aveva incontrato suo nipote?» Aprì i palmi delle mani, allargando le dita. «Mi sembra strano, mi sembra...» Alzò le sopracciglia. «Ha paura del suo ex marito, signora Myerson?»

«No.» Carla scosse il capo. «No. È che io... non volevo turbarlo» spiegò con calma al detective. «Faccio del mio meglio per non turbarlo, e sapere che ero in contatto con Daniel lo avrebbe turbato.»

«Il signor Myerson è un tipo irascibile?»

Carla scosse di nuovo la testa. «*No*» insistette, esasperata, «non è... non è come pensa.»

«E allora com'è?» la incalzò Barker. Sembrava genuinamente interessato, la guardava come se fosse un animale raro, una curiosità. «Il signor Myerson temeva che lei cercasse di sostituire il figlio che ha perduto? Con suo nipote? È per questo motivo che il suo rapporto con Daniel lo turbava?»

Carla negò ancora con un cenno del capo, ma rimase in silenzio. Distolse lo sguardo dal detective e fissò il cortile asfaltato e vuoto, il capanno chiuso con un lucchetto e le piante annerite, morte nei vasi.

Nel capanno non c'era nulla, tranne un piccolo triciclo rosso, con i fiocchetti azzurri ancora attaccati ai manubri. Era un regalo per il terzo compleanno di Ben. Avevano organizzato una festa a casa loro, a Noel Road, solo con i familiari: i genitori di Theo, Angela e Daniel, il fratello maggiore di Theo con la moglie e i loro figli. Dopo la torta, dopo le candeline, avevano portato il triciclo sull'alzaia. Il petto di Carla si era gonfiato di tenerezza, mentre guardava i tentativi di Ben, le gambette che spingevano i pedali su e giù, più veloce che poteva. La faccia di Theo! Com'era *orgoglioso*. «Ha un talento naturale, vero?» E Angela che fumava, le sopracciglia arcuate. «Theo, è un *triciclo*. Tutti sanno andarci.» Poi lungo la strada di casa, mentre scendeva l'oscurità e la folla si diradava, Daniel spingeva Ben, la madre di Theo diceva: «Attento, Daniel, non così veloce!» e i due la ignoravano del tutto e ridevano e strillavano mentre svoltavano l'angolo e per poco non finivano entrambi a terra.

Dopo la morte di Ben, dopo che il funerale era finito e tutti i maledetti partecipanti se n'erano finalmente andati, Carla si era messa a letto e ci era rimasta. Theo non si coricava quasi mai. Rimaneva tenacemente e rabbiosamente sveglio; offuscata dai farmaci, Carla lo sentiva passeggiare nello studio e sul pianerottolo, scendere le scale e attraversare la cucina per uscire a fumare, e poi tornare in casa. Lo sentiva accendere e spegnere la radio, cambiare canale alla televisione, ascoltare metà traccia di un disco prima di far saltare la puntina sul vinile.

A volte saliva al piano di sopra e si fermava sulla soglia, non guardava Carla ma fissava fuori dalla finestra, con una mano sul viso, tormentandosi la barbetta incolta con le dita. A volte diceva delle cose, mezze frasi che parevano portare a domande che non venivano mai pronunciate. A volte parlava di Angela, di come era da bambina. «Hai detto che aveva un brutto carattere», oppure: «Hai sempre parlato della sua immaginazione folle. *Assetata di sangue,* dicevi. Aveva un'immaginazione assetata di sangue».

A volte le rivolgeva domande dirette. «Pensi che fosse invidiosa? Per com'era Ben?»

Quando Ben era vivo, avevano parlato in diverse occasioni di come dovesse essere difficile per Angela non fare paragoni tra suo figlio e il loro. Ben aveva bruciato le tappe, era sveglio e loquace, sensibile e capace di contare prima dei tre anni. «Imparerà a leggere prima di compierne quattro» diceva Theo. Carla dovette dirgli di non pavoneggiarsi troppo.

Daniel era diverso. Era un bimbo viziato, pigro, ci aveva messo una vita a imparare a gattonare e aveva cominciato a parlare a due anni e mezzo. Era goffo e nervoso, faceva sempre un sacco di capricci.

«Credi che la infastidisse che Ben fosse tanto speciale? Perché Dan come bambino era strano, non trovi? Lo so che non sono obiettivo, nessuno lo è riguardo ai propri figli, ma comunque, in questo caso, credo di poter dire che Ben era speciale, meraviglioso. Era...»

«Cosa dici?» La voce di Carla sembrava quella di un'altra persona, di una vecchia. «Cosa intendi dire?»

Si era avvicinato al letto, gli occhi sbarrati, il volto arrossato. «Ti ho chiesto se pensi che Angela fosse invidiosa. Se in qualche modo lei...»

Carla aveva afferrato le lenzuola e si era messa a sedere, a fatica. «Mi stai chiedendo se penso che mia sorella abbia lasciato la porta aperta di proposito? Perché pensava che nostro figlio fosse più speciale del suo? Mi stai chiedendo se penso che desiderasse la morte di Ben?»

«No, perdio, no! Non che *desiderasse* la sua morte. Cristo, non sto dicendo che l'abbia fatto di proposito, mi chiedo se a livello inconscio abbia...»

Carla era crollata su un fianco e si era tirata il copriletto sulle spalle, sulla testa. «Lasciami in pace, Theo. Ti prego, lasciami in pace.»

Era passato un anno prima che Carla riprendesse l'abitudine di alzarsi tutte le mattine, farsi la doccia e vestirsi. E un anno e mezzo prima che incontrasse sua sorella, di nascosto. Aveva detto a Theo di essersi iscritta a un corso di yoga, aveva indossato sul corpo appesantito e fiacco i pantaloni della tuta e una maglietta e si era diretta verso Hayward's Place, a casa di Angela. Quando le aveva aperto la porta, Carla era indietreggiata per la sorpresa: non era invecchiata di diciotto mesi, ma di decenni. Era emaciata, la pelle giallognola era tesa sul cranio. Sembrava prosciugata, essiccata.

I capelli di Angela erano diventati bianchi dalla sera alla mattina. O almeno, così diceva lei. Entrambe avevano iniziato presto a ingrigire, ma lei sosteneva di essere andata a letto castana il martedì e di essersi svegliata il mercoledì completamente bianca. Così, di colpo. Portava i capelli lunghi e non li tingeva. «Sembro una strega delle favole, vero? Al supermercato, faccio paura ai bambini.» Era una battuta, ma Carla non la trovava divertente. Nemmeno lei si tingeva i capelli, ma li aveva tagliati corti quando avevano cominciato a farsi grigi. «Sei fortunata» aveva detto Angela, facendo trasalire Carla. «Hai una bella testolina. Se io mi tagliassi i capelli corti, sembrerei un'aliena.»

Era un complimento, ma Carla ne fu infastidita. Non le piaceva il suono della parola "fortunata" in bocca alla sorella, e di certo non gradiva che fosse rivolta a lei. «Non ti vengono i capelli bianchi così di botto» aveva replicato bruscamente. «Ho cercato, ma dicono che è solo una leggenda.» Era vero, ma era altrettanto vero che aveva letto di ragazze russe, molto più giovani di lei e della sorella, che combattevano per la madrepatria durante la Seconda guerra mondiale e avevano affrontato un terrore così indicibile da ritrovarsi tutti i capelli grigi nel giro di una notte. Aveva letto di donne cambogiane che avevano perso la vista dopo aver assistito a orrori inenarrabili.

«A me è capitato» aveva ribattuto la sorella. «Non puoi negare che mi sia successo quello che mi è successo. Non puoi saperlo, tu non c'eri.»

Le "lezioni di yoga" diventarono un appuntamento settimanale, un esercizio di determinazione da parte di Carla. Lei credeva nell'impegno; era convinta, di fatto, che gli obiettivi più importanti fossero spesso i più difficili da raggiungere. Era convinta che l'impegno costante garantisse quasi sempre i risultati. La chiamava "la teoria delle diecimila ore": se si fosse impegnata per diecimila ore nel tentativo di perdonare sua sorella, ci sarebbe riuscita? Non poteva saperlo, ma le pareva un modo di agire ragionevole. Dopotutto, i suoi genitori erano morti, e anche suo figlio. Nel mondo erano rimaste poche cose preziose per lei: solo Angela, il piccolo Daniel, e ovviamente Theo, anche se sapeva, nella parte più triste del suo cuore, che lei e Theo non sarebbero sopravvissuti a quello che avevano passato.

Un giorno, quando Carla andò a trovare Angela, sentì dei rumori mentre si avvicinava all'ingresso, qualcuno parlava a voce alta. Non aveva neppure finito di bussare che la porta si spalancò, sua sorella la aprì con un violento strattone, come se volesse scardinarla. «Cristo!» esclamò vedendola. «Avevo dimenticato che era il tuo giorno. Daniel non è a scuola. Lui...» Si fermò e si strinse nelle spalle. «Lui... non è a scuola.»

Si accomodarono nel soggiorno, come sempre, e dopo un po' Daniel scese a salutare. Nei diciotto mesi di separazione, Angela era invecchiata di dieci anni ma Daniel, invece, non era cresciuto. A nove anni era ancora basso per la sua età, ombroso e goffo. Era solito muoversi di soppiatto, spuntava all'improvviso, senza avvertire, torcendosi le mani davanti alla pancia. «Come un animaletto» commentò Carla con un sorriso.

«Come un piccolo selvaggio» puntualizzò sua madre.

Quel giorno, quando sbucò dal nulla e si materializzò sulla soglia per dire: «Ciao, zia Carla», le spalancò davanti la bocca piena di metallo.

«Gesù, Daniel, non fare quella faccia!» sbottò Angela. «È quel maledetto apparecchio» spiegò. «Non è più capace di sorridere normalmente. Gli altri bambini che lo portano cercano di nascondere i denti. Lui no. Fa quell'espressione orrenda in continuazione.»

«Angela,» sibilò Carla, mentre Daniel spariva senza far rumore, così come era arrivato, «guarda che ti sente.»

Il suo cuore, quel poco che ne era rimasto, si strinse pensando a lui.

Alla visita successiva, gli regalò un'enorme confezione di matite colorate, che lui portò nella sua stanza. Gli brillarono gli occhi quando le vide. «Oh!» esclamò, così felice da non trovare le parole. «Zia Carla!» Fece il suo sorriso terrificante, e gettò le braccia magre intorno alla vita della zia.

Carla si irrigidì. Non era preparata a quella sensazione, il corpo di un bambino contro il suo, per la prima volta dopo tanto tempo; respirava a fatica, riusciva a stento a guardare quella testolina, i capelli castani, la nuca, sulla quale aveva notato due lividi. Avevano la forma di un pollice e un indice, come se qualcuno lo avesse afferrato e pizzicato con forza. Quando alzò lo sguardo, vide che la sorella li stava osservando.

«A scuola non fa altro che azzuffarsi» spiegò, poi si voltò. Carla sentì che scendeva le scale, il passo stranamente pesante per una persona così leggera.

Lasciò che il bambino la abbracciasse ancora un po' e

poi, con delicatezza, gli spostò il braccio e si accovacciò per guardarlo negli occhi. «È vero, Daniel? Litighi spesso, a scuola?»

Per un attimo lui non la guardò. Quando lo fece, la sua espressione era seria. «A volte» rispose, con calma. «A volte gli altri non... loro non...» Sbuffò forte gonfiando le guance paffute. «Oh, non è importante.»

«Invece sì, Dan. È importante.»

«No, non lo è» ribatté il bambino, scuotendo appena la testa «perché sto per andarmene. Andrò in un'altra scuola. Vado ad abitare lì, non abiterò più qui.» La strinse di nuovo, stavolta con le braccia intorno al collo. Lei sentiva il suo respiro, rapido e lieve, quello di una preda in trappola.

Angela confermò: Daniel stava per entrare in collegio. «È suo padre a pagare. È la stessa scuola che ha frequentato lui, da qualche parte nell'Oxfordshire. A quanto pare, è molto buona.»

«Da qualche parte nell'Oxfordshire? Angela, sei sicura di questa cosa?»

«Non hai idea di quanto sia problematico, Carla.» Abbassò la voce. «*Lui* è problematico.» La sua voce aveva di nuovo un tono duro. «*No*, non guardarmi così. Tu non lo sai, tu non... Vieni qui una fottuta volta alla settimana, non vedi come si comporta quando siamo da soli, tu non... Lui è traumatizzato. *Seriamente* traumatizzato da quello che gli è successo.»

Carla scosse la testa e Angela riprese: «Lo so che non vuoi ascoltare, ma è così». Prese il pacchetto delle sigarette e ne tirò fuori una. Le tremavano le mani, senza sosta. Prima tremavano solo al mattino, dopo una sbronza, ma ormai era un tremore costante, si muovevano sempre, come a cercare qualcosa che le tenesse occupate: un bicchiere, un libro, un accendino.

«Sì, è ovvio che sia traumatizzato.»

«La psicologa dice» aggiunse Angela, accendendo la sigaretta e facendo un tiro, «che adesso lui racconta di aver visto... sai, dice di averlo visto cadere, di aver visto Ben cadere. Dice che non l'ha soltanto trovato, ma che l'ha proprio visto cadere.» Chiuse gli occhi. «Dice che ha urlato e urlato, e che non arrivava nessuno. Dice che...»

Carla alzò una mano: Angela aveva ragione, non voleva ascoltarla. «Ti prego» la implorò. Si concesse un momento per riprendere fiato. «Ma la psicologa non può davvero pensare che la soluzione al suo trauma sia separarlo dalla madre. E neppure *tu*.»

«*La madre* è il problema» disse Angela, spegnendo nel posacenere la sigaretta fumata a metà. «Lui accusa me di quello che è successo, Carla.» Guardò la sorella, asciugandosi le lacrime dalle guance. «Ha detto alla psicologa che è stata colpa mia.»

È stata *colpa tua,* pensò Carla. *Certo che è stata colpa tua.*

11

«Signore, può aprire un po' di più la bocca, per favore?» Una giovane in divisa, dai modi spicci, si chinò su di lui e gli infilò in bocca un bastoncino di plastica; anche se l'esperienza avrebbe dovuto risultargli sgradevole e inopportuna, Theo dovette ammettere, suo malgrado, di trovarla stranamente eccitante. Chiuse gli occhi, ma fu ancora peggio. Cercò di non guardarla mentre gli prendeva le impronte digitali, ma alla fine, quando i suoi occhi incrociarono quelli della poliziotta, capì che lei si era accorta di qualcosa, qualcosa che l'aveva messa a disagio, e si sentì una merda. Avrebbe voluto dirle: *Mi dispiace, davvero, io non sono così. Non sono uno di quelli, io sono un uomo fedele.*

Theo aveva amato solo Carla, da sempre. C'erano state altre donne prima di lei, e un'avventura dopo, ma Carla era l'unica, senza alcun dubbio. Una e tante, a dire il vero, perché c'era la Carla di oggi e la Carla di un tempo; era come se, nel corso della vita, lui avesse conosciuto più versioni di Carla e le avesse amate tutte, e continuasse ad amarle, non importava quale sua incarnazione si trovasse davanti.

Carla era tutto ciò che aveva. C'era stato Ben, ovviamente, per quel breve e meraviglioso interludio, quei tre anni e quarantasette giorni di gioia, ma ormai c'era solo Carla. Lei e il suo lavoro.

Quindici anni prima, quando Ben era morto, Theo era

immerso nella scrittura del suo terzo romanzo. Lo aveva abbandonato senza pensarci troppo, non riusciva a leggere quelle parole che erano state scritte mentre Ben giocava nel prato o cantava in cucina con la mamma. Per un anno o due non era riuscito a scrivere affatto, ci aveva provato qualche volta, ma non gli era venuto niente. Per mesi e mesi, per *anni*, non gli era venuto niente. Come poteva farlo con quel suo cuore che non era stato spezzato, ma strappato via a forza dal petto? Di che argomento avrebbe mai potuto scrivere? «Scrivi qualsiasi cosa» gli diceva il suo agente. «Non ha importanza. Qualsiasi cosa andrà bene.» E così aveva fatto. Aveva scritto la storia di un tizio che perde il figlio ma salva la moglie. Aveva scritto la storia di un tizio che perde la moglie ma salva il figlio. Aveva scritto la storia di un tizio che uccide la cognata. Erano tutte tremende. «È come strapparsi un dente» aveva spiegato al suo agente. «Anzi, forse peggio. È come strapparsi le unghie.» Senza cuore, tutto ciò che faceva era inutile, sterile, privo di senso. «Cosa succederebbe» aveva chiesto al suo agente, mentre sedeva terrorizzato davanti allo schermo vuoto, «se non riuscissi più a lavorare perché l'uomo che un tempo scriveva libri adesso non esiste più?»

Carla intanto si stava allontanando da lui. Era lì, ma non c'era, uno spettro nella casa, che usciva dalla stanza quando lui entrava, chiudeva gli occhi quando lui si affacciava nel suo campo visivo. Andava a lezione di yoga ma tornava tutt'altro che zen, sconvolta, arrabbiata, si precipitava in casa e poi fuori in giardino, dove restava seduta a grattarsi le braccia fino a farle sanguinare. I suoi tentativi di entrare in contatto con lei erano goffi e sbagliati, come avrebbe capito in seguito. L'idea di provare ad avere un altro figlio era stata accolta con gelida furia.

Theo aveva iniziato a passare sempre meno tempo a casa. Andava ai festival di letteratura, teneva conferenze nelle università più remote. Aveva avuto una storia breve e poco soddisfacente con un'addetta stampa, molto più giovane di lui. Alla fine, Carla lo aveva lasciato, un abbandono che tuttavia mancava di convinzione. Aveva comprato una casa a cinque minuti a piedi dalla sua.

Theo aveva provato a scrivere saggi; aveva provato a scrivere dello scarso valore attribuito alla paternità, aveva riflettuto sull'emancipazione femminile mettendone in discussione alcune conquiste, aveva meditato sul ritorno a valori più tradizionali (sessisti). *Odiava* se stesso. E non riusciva a trovare le parole per descrivere la portata della sua perdita, la profondità della sua rabbia.

Senza suo figlio, sua moglie e il suo lavoro, Theo era caduto nella disperazione.

Dopo che la polizia se ne fu andata, Theo andò a fare una passeggiata. Era solito uscire per un rapido giro del quartiere verso quell'ora, appena prima di pranzo, per evitare di mettersi a tavola troppo presto. Mangiare gli piaceva parecchio e tendeva a esagerare. Nell'ingresso, allungò la mano per prendere la giacca e, d'istinto, il guinzaglio del cane, ritrovandosi a mani vuote. Non era strano che cercasse il guinzaglio: lo faceva ancora ogni giorno, non si era abituato all'assenza di Dixon. Era strano che il guinzaglio non ci fosse. Si guardò intorno, ma non lo vide da nessuna parte. Forse la donna delle pulizie lo aveva spostato, pensò, anche se non gli veniva in mente un valido motivo.

Di solito si dirigeva verso l'alzaia, ma era ancora transennata dalla polizia, così si incamminò verso il Danbury Street Bridge. Anche lì c'era un tizio in divisa, un ragazzo con il volto irritato, probabilmente dalla rasatura, che gli sorrise quando lo vide, alzando la mano per salutarlo per poi abbassarla con imbarazzo.

Theo intravide una possibilità.

«State ancora cercando, vero?» chiese, avvicinandosi. «Siete alla ricerca di indizi?»

Il giovane agente arrossì. «Be', ecco... sì. A dire il vero, di un'arma.»

«Ma certo» ribatté Theo. «Certo, l'arma. Be'...» continuò, guardando su e giù per il canale, come se potesse scorgere il coltello dall'alto del ponte, «allora è meglio che la lasci lavorare. Buona fortuna!»

«Anche a lei!» replicò il poliziotto, sempre più rosso in volto.

«Come ha detto, scusi?»

«Intendevo per... per la scrittura e il resto. Mi scusi, io...»

«No, non si preoccupi.»

«Sono un suo ammiratore, ecco. Ho letto *La fuggitiva*, bellissimo. Ho trovato davvero interessante il modo in cui ha ribaltato la prospettiva, scegliendo di raccontare per flashback e anticipazioni, portandoci all'interno della mente dell'assassino: davvero brillante! All'inizio non capisci cosa succede ma poi... wow! Una figata. Mi è piaciuta proprio la maniera in cui ha stravolto le aspettative, giocando con le simpatie del lettore, con la nostra empatia e tutto il resto...»

«*Davvero?*» Theo scoppiò a ridere, fingendo incredulità. «Credevo che tutti la ritenessero una pessima idea!»

«Be', non io. Mi è parsa una trovata geniale. Un nuovo modo di raccontare una storia come quella, ti fa pensare, no? Crede che ne scriverà un altro? Un altro giallo, intendo. Un altro...» Fece una pausa, mimando il gesto delle virgolette in aria. «"Caroline MacFarlane"?»

Theo si strinse nelle spalle. «Non lo so. Ovviamente, ci sto pensando.» Sollevò un braccio in direzione dell'acqua. «Potrei prendere ispirazione da questo casino, non crede? Potrei intitolarlo *Il ragazzo sulla barca*.» Risero entrambi, con un po' di imbarazzo.

«Quindi è così che nascono le sue idee?» chiese l'agente. «Dalla vita reale?»

«Be', è una bella domanda, di sicuro...» attaccò Theo, poi si interruppe nella speranza che il poliziotto non si aspettasse davvero una risposta.

Ci fu un attimo di imbarazzo prima che il ragazzo riprendesse a parlare. «Perché, vede, se lei volesse discutere di qualche idea per un giallo, non so, aspetti delle indagini di polizia, o della Scientifica, o cose del genere...» Il ragazzo stava parlando con lui, cercò di ricordare a se stesso Theo, doveva prestargli attenzione. «Io potrei aiutarla con questo genere di cose. Per esempio...»

«È molto gentile da parte sua» replicò, sorridendogli. «Davvero molto gentile. Per il momento, be', mi stavo chiedendo se aveste fatto qualche progresso. Su questo caso, il caso di mio nipote...» L'agente serrò le labbra. Theo fece un passo indietro e sollevò le mani. «Lo so che non potete rivelare *dettagli*. Era solo una domanda perché, vede, è stato sconvolgente per noi, per mia moglie, per Carla, ha passato davvero un bruttissimo periodo, e se un arresto fosse imminente... per noi due sarebbe un bel sollievo, ovvio...»

Il poliziotto fece un respiro profondo. «Be',» rispose, chinando la testa, «come ha detto lei, non posso rivelare dettagli...»

Theo annuì comprensivo, con aria afflitta. Prese un pacchetto di sigarette dalla tasca della giacca. Ne offrì una al ragazzo, che accettò.

«Senta, quel che posso dirle» riprese, chinandosi verso Theo per accendergli la sigaretta «è che al momento la Scientifica sta procedendo con le analisi, e sono certo che lei sappia che queste cose vanno per le lunghe, ci vuole tempo per ottenere i risultati, non è come in CSI e in tutte quelle schifezze...»

«Analisi della Scientifica?» lo interruppe Theo.

«Sugli indumenti» spiegò il ragazzo, abbassando la voce. «Gli indumenti insanguinati.»

«Ah!» Questa era una notizia rassicurante. «Vestiti insanguinati appartenenti a... quella ragazza? Quella che avete interrogato? Sa, io l'ho vista. Si allontanava correndo dalla scena. Quella mattina, io l'ho vista e non ho fatto niente. Che stupido. Ho pensato che fosse ubriaca o qualcosa del genere.»

«Signor Myerson...» Il poliziotto assunse un'espressione compunta. «Non c'era niente che potesse fare. Non c'era più niente da fare per il signor Sutherland. Le ferite erano troppo profonde.»

Theo annuì. «Certo, certo. Ma, tornando alla ragazza, è lei la principale sospettata, per il momento? Non c'è... non so, una storia di droga, o un furto, o...?»

Il poliziotto scosse la testa, tristemente. «Non posso dirle nulla di preciso. Stiamo seguendo diverse piste.»

«Chiaro» replicò Theo, annuendo con decisione, mentre pensava che quel suo: «Stiamo seguendo diverse piste» volesse dire in realtà: «Non abbiamo la più pallida idea di cosa sia successo». Era sul punto di andarsene, ma si rese conto che il poliziotto, quel giovane brufoloso, voleva disperatamente dargli *qualcosa*, per dimostrare la sua importanza, il suo valore, così gli domandò: «Mi può dire qualcosa di lei? Della ragazza? Non il nome, ovvio. Mi chiedevo, visto che immagino abiti da queste parti, sul giornale dicono che è di Islington, ed è a piede libero, adesso, e dato che io sono... un personaggio pubblico, non è difficile scoprire qualcosa su di me, su mia moglie, e... forse sono paranoico, ma quello che vorrei sapere è... questa persona è pericolosa? Be', è evidente che sia pericolosa, ma può rappresentare una minaccia per me? Per noi?».

Il ragazzo, decisamente a disagio, ma al tempo stesso

fremente dalla voglia di rivelare informazioni riservate, si chinò verso Theo. «Ha dei precedenti» disse in un sussurro.

«Precedenti?»

«Per violenza.»

Theo trasalì, spaventato.

«Tranquillo, non c'è niente di cui aver paura. È solo... instabile. Tutto qui, non posso aggiungere altro. Guardi, voglio rassicurarla: oggi pomeriggio dragheremo di nuovo il canale. Stiamo ancora cercando l'arma, e quando l'avremo trovata, sarà tutto chiaro. Una volta che avremo trovato l'arma, un arresto sarà imminente.»

Di ritorno alla scrivania, sentendosi in qualche modo sollevato, Theo controllò la posta, tra cui le poche lettere di ammiratori inoltrate dal suo agente. Un tempo ne riceveva anche decine al giorno, e se ne occupava uno degli stagisti dell'agenzia, ma nel corso degli anni il flusso si era decisamente ridotto. Theo non aveva profili social, non rispondeva alle e-mail, ma se qualcuno si prendeva la briga di scrivergli a mano, era solito rispondere di persona.

Caro signor Myerson/signora MacFarlane,
spero di non disturbare, sono un grande ammiratore del suo romanzo *La fuggitiva*, e mi chiedevo: quali sono le fonti di ispirazione per le sue idee?

Theo non riuscì a trattenere un gemito di esasperazione. *Buon Dio!* Le *idee* erano davvero così difficili da trovare? Tradurle in parole, su un foglio di carta, era tutta un'altra faccenda, ma le idee si trovavano dappertutto.

In particolare dove ha preso ispirazione per questo libro? Da un articolo di giornale o parlando con la polizia? Anch'io voglio scrivere un giallo e mi piace leggere la cronaca nera su internet. Ha

mai parlato con dei poliziotti per farsi aiutare con la trama, per crimini specifici, per fare in modo che tutto tornava e cose del genere?
Sono anche curioso di sapere come mai ne *La fuggitiva* nessuno dei personaggi ha un nome. Bello strano, se posso dirlo.
Se non è un problema può rispondermi via e-mail, non vedo l'ora di leggere le sue risposte alle mie domande.
Saluti,
Henry Carter
henrycarter759@gmail.com

P.S. non sono d'accordo con le critiche che dicevano che il libro era "misogino" e "pretenzioso", per me non l'hanno capita proprio, la storia.

A Theo venne da ridere, e infilò la lettera in cima al cassetto della corrispondenza, ripromettendosi di rispondere l'indomani. Si alzò per prendere le sigarette dall'altra parte della scrivania, e guardò fuori dalla finestra, oltre il giardino, verso la riva, dove, ferma immobile con lo sguardo fisso su di lui, c'era Miriam Lewis.

«Gesù Cristo!» Theo balzò all'indietro, quasi cadendo dalla sedia per lo spavento. Imprecando a voce alta, si precipitò giù per le scale, corse fuori nel giardino e spalancò il cancello sul retro, guardandosi freneticamente intorno. Era sparita. Passeggiò su e giù per l'alzaia per qualche minuto, con i pugni stretti all'altezza dei fianchi, attirandosi le occhiate nervose degli altri passanti. Era proprio lì? Oppure vedeva cose che non esistevano? Era arrivato a quel punto?

Senza sua moglie, suo figlio e il suo lavoro, Theo era caduto nella disperazione, e proprio per disperazione aveva scritto un giallo. Era stato un suggerimento del suo agente.

«Quando ti ho detto di scrivere qualsiasi cosa, era proprio quello che intendevo. Va bene tutto per riprendere l'abitudine. Prova la fantascienza, un romanzo d'amore, quello che vuoi: non hai idea della sbobba che viene pubblicata sotto l'etichetta di narrativa. Non importa che sia buono, o che valga qualcosa. Useremo il nome di qualcun altro. Scrivi e *basta*.» Così ci aveva provato. Nelle storie d'amore era un disastro, e la fantascienza non era nelle sue corde, ma un giallo? Poteva farcela. L'*Ispettore Morse* gli piaceva molto, e aveva letto Dostoevskij. Quanto poteva essere difficile? Aveva bisogno soltanto dell'attacco giusto, dell'idea giusta, e si sarebbe buttato. E poi un'idea era arrivata, gli era stata recapitata a domicilio, e lui l'aveva presa e se l'era portata via, ci aveva lavorato, l'aveva rifinita e trasformata in qualcosa di originale.

La fuggitiva, pubblicato con lo pseudonimo di Caroline MacFarlane, era un romanzo decisamente sperimentale, con una trama che si sviluppava per flashback in alcune parti, e anticipazioni in altre, con il punto di vista che a volte virava di centottanta gradi in modo da svelare al lettore i pensieri più reconditi dell'assassino. Era un romanzo che mostrava come possono essere manipolate le simpatie del lettore e metteva a nudo la rapidità con la quale saltiamo a conclusioni riguardo la colpevolezza e l'innocenza, il potere e la responsabilità.

L'esperimento non ottenne una popolarità *senza riserve*. Sebbene Theo fosse stato molto attento a nascondere la propria identità, scegliendo un nome di donna per lo pseudonimo («Le donne adorano i gialli!» gli aveva detto il suo agente. «A loro piace la catarsi del vittimismo»), il segreto non era durato a lungo. Qualcuno vuotò il sacco, il che fece diventare subito il libro un grande successo di pubblico, cosa che fece affilare le lame ai critici (alcune recensioni furono abbastanza feroci) e gli attirò l'attenzione di un sacco di pazzi («Hai rubato la mia storia!»). Ma l'obiettivo principale era stato centrato: Theo era tornato a scrivere. Era quello il punto: quando l'ispirazione era scomparsa, Theo non si era arreso, aveva afferrato un frammento di storia e l'aveva fatta sua. Ecco la verità.

La fuggitiva

Anticipazione. A volte è la parte migliore, perché non sempre le cose finiscono per andare come vuoi, ma almeno, nel mentre, puoi goderti il sole che ti scalda la schiena e le ragazze che vanno in giro in minigonna e top striminziti, no?

Al pub vede una ragazza seduta con un'amica bruttina, indossa una gonna, sì, ma niente top striminzito, al suo posto una maglietta bianca, senza reggiseno, ed è bellissima.

Lei tira un po' su la gonna per offrirgli una vista migliore e lui gliene è grato, quindi le sorride, ma invece di ricambiare il sorriso lei fa una smorfia e dice all'amica bruttina: «Neanche per sogno».

Neanche per sogno.

Lui si sente tutto sbagliato, come svuotato dall'interno, come se qualcosa lo divorasse, e prova una brama incontenibile, un desiderio frustrato per la mancanza del sorriso di lei laddove si era aspettato di trovarlo.

12

Miriam credette di non farcela a tornare alla barca. Temeva di svenire, proprio lì, sulla riva del canale; la sentiva arrivare, l'ondata di panico pronta a schiantarsi su di lei, il campo visivo che si restringeva, il buio che incombeva, il petto chiuso, il respiro affannoso, il cuore che batteva impazzito. Scese di corsa le scale che portavano alla cabina e crollò sulla panca, la testa bassa, il mento sul petto, i gomiti sulle ginocchia, cercando di calmare il respiro, di rallentare il battito del cuore.

Stupida, stupida, stupida. Non sarebbe mai dovuta andare là per vederlo: aveva idea di cosa poteva succedere? Lui avrebbe potuto chiamare la polizia, accusarla di molestie, lei avrebbe finito per mettere in pericolo tutto ciò per cui stava lavorando.

Aveva ceduto al desiderio, il desiderio impaziente di vedere Myerson, di lanciargli solo uno sguardo. Le notizie non le davano alcuna soddisfazione: erano passati due giorni dalla sua telefonata al detective Barker, e non aveva ancora sentito di un nuovo interrogatorio in relazione alla morte di Daniel.

E se non l'avessero presa sul serio? Aveva cominciato a temerlo. Non sarebbe stata la prima volta che qualcuno diceva di avere a cuore i suoi interessi, fingeva di ascoltarla e poi la liquidava. Forse Myerson aveva parlato di lei, aveva detto qualcosa per screditarla? Era per quello che aveva avuto bisogno di vederlo, guardarlo in faccia, per capire se c'erano tracce di paura, stress o infelicità sul suo volto.

E sapeva perfettamente dove cercarlo: la finestra che si affacciava sul giardino. Era la finestra del suo studio, di fronte alla quale si trovava la solida scrivania di mogano dove Theo Myerson lavorava, con la testa china sul computer, la sigaretta accesa nel posacenere quadrato, mentre era intento a cesellare frasi ed evocare immagini. Mentre, con un affronto che era stato per lei un vero atto di violenza, estrometteva Miriam dalla sua stessa storia.

Quando lei si immaginava Myerson a casa sua, seduto alla scrivania, e lo vedeva scendere in cucina per prepararsi uno spuntino, fermandosi per un attimo, forse, davanti alla foto incorniciata dell'ingresso che lo ritraeva insieme alla moglie, giovane, vitale, sorridente, non stava inventando tutto di sana pianta. Aveva visitato la splendida casa vittoriana di Theo in Noel Road, era entrata nell'ingresso, poi aveva percorso un corridoio buio, con le parenti dipinte in una tonalità alla moda, tortora o color pietra, grigio talpa o pesce morto. Aveva ammirato i dipinti appesi alle pareti, il tappeto persiano dalle tinte brillanti sul parquet d'epoca, il soggiorno con le mensole che gemevano sotto il peso dei volumi patinati e rilegati; aveva notato, con una fitta di compassione, la cornice appoggiata sul tavolo dell'ingresso con la foto di un bambino sorridente dai capelli scuri.

Miriam lavorava alla libreria da non più di sei mesi quando Myerson era apparso per la prima volta, passeggiando lungo la riva con il suo cane, un piccolo terrier, che abbaiava in continuazione, e che lui era solito legare a un ormeggio mentre dava un'occhiata ai volumi. Myerson e Nicholas, il capo di Miriam, chiacchieravano di libri, dei best seller e dei fiaschi, di chi veniva attaccato nelle pagine della «London Review of Books» e di chi si sarebbe aggiudicato il Booker Prize. Dietro gli scaffali, Miriam origliava, senza essere vista.

Come molti, aveva letto i suoi libri. Il primo, pubblicato a metà degli anni Novanta, aveva venduto poco ma aveva ottenuto buone recensioni; il secondo era stato un inaspettato successo. In seguito, era scomparso, non soltanto dalla classifica dei libri più venduti, ma dalle librerie; il suo nome saltava fuori ogni tanto in qualche supplemento domenicale, descrivendo la sua parabola personale, un grande successo degli anni Novanta mandato all'aria dalla tragedia che gli aveva sconvolto l'esistenza.

Miriam aveva sempre pensato che la sua scrittura fosse sopravvalutata. Ma si era accorta di non essere immune al fascino della celebrità: era strano quanto si era disposti a modificare le proprie opinioni sull'opera di qualcuno quando quel qualcuno smetteva di essere solo un nome, un'entità astratta, una fotografia in posa sulla copertina di un libro, e diventava un uomo in carne e ossa, con un sorriso timido e un cane puzzolente.

Un giorno, era un mercoledì mattina di inizio estate, forse sei mesi dopo la sua prima visita alla libreria, Myerson era passato quando Miriam era da sola. Legò il cane come al solito e lei gli portò una ciotola di acqua. La ringraziò educatamente e le chiese se avessero l'ultimo libro di Ian Rankin. Miriam controllò e scoprì che non era stato ancora pubblicato, sarebbe uscito la settimana seguente. Gli avrebbe tenuto da parte una copia, se era interessato. Lui disse di sì e si misero a chiacchierare. Gli chiese se stesse lavorando a qualcosa di nuovo, e lui le raccontò che aveva intenzione di provare a scrivere un giallo. «Davvero?» Miriam era sorpresa. «Non avrei mai detto che fosse il suo genere.»

Lui scosse la testa e sorrise divertito. «Be'... in effetti non lo è, ma pare che io sia a un punto morto.» Era vero, erano passati più di dieci anni da quando aveva pubblicato qualcosa di significativo. «Ho pensato che potrei tentare una strada completamente diversa» spiegò, battendosi la tempia con l'indice. «Per vedere cosa ne viene fuori.»

La settimana seguente, quando arrivò l'ultimo di Rankin, Miriam mise da parte una copia. Però Theo non si presentò a ritirarla, né quel giorno né l'indomani, e neppure il giorno successivo. Lei ricordava il suo indirizzo, in passato gli avevano spedito alcuni volumi, e sapeva esattamente dove si trovava, non lontano dalla sua casa galleggiante, a meno di un chilometro lungo il canale, così decise di andare a consegnarglielo di persona.

Aveva paura di essere troppo invadente, ma a dire il vero, quando aprì la porta, lui sembrò davvero contento di vederla. «Molto gentile da parte sua» commentò, invitandola a entrare. «Non sono stato bene, ultimamente.» Si vedeva. Le borse scure, il bianco degli occhi che virava al giallo, il volto arrossato. La casa puzzava di fumo. «È difficile per me,» spiegò con voce rotta «in questo periodo dell'anno.» Non aggiunse altro e Miriam non fece domande. Gli mise una mano sul braccio, un po' goffamente, e lui si ritrasse, con un sorriso imbarazzato. Miriam aveva provato una gran tenerezza per lui, la prima volta che aveva conosciuto il vero Theo Myerson.

Presero il tè all'aperto, nel piccolo patio della cucina, e parlarono di libri. L'estate era appena iniziata, le giornate si erano allungate, il profumo del glicine invadeva l'aria, si sentiva la musica provenire da una radio in lontananza. Appoggiata alla sedia, con gli occhi chiusi, Miriam provò un grande senso di soddisfazione, di privilegio. Era in un bellissimo giardino, al centro della città, e stava chiacchierando di innumerevoli argomenti con un illustre scrittore al suo fianco! Vide schiudersi davanti a sé la possibilità di una vita molto diversa dalla sua, più ricca (in senso culturale), con più socialità. Non immaginava nulla di romantico, non con Theo. Non era stupida. Aveva visto le foto della moglie, sapeva di non reggere il confronto. Eppure lui era lì, e la trattava da pari. Da amica. Quella sera, quando se ne andò, lui le strinse la mano con calore. «Torni quando vuole» aveva detto, sorridendole. E lei, come una stupida, lo aveva preso alla lettera.

Quando tornò a trovarlo, gli portò un'offerta. Qualcosa che, secondo lei, poteva creare un legame tra di loro. Un libro, il *suo* libro, che raccontava la sua storia, un memoir al quale lavorava da anni, ma che non aveva mai avuto il coraggio di mostrare a nessuno, perché di nessuno si era mai fidata al punto da rivelare la sua verità segreta. Finché non aveva incontrato Myerson, un vero scrittore, un uomo che, come lei, aveva conosciuto la tragedia. Aveva scelto lui.

Aveva scelto male.

Credeva di affidare la sua storia a un uomo di integrità morale, di buon carattere, in realtà stava mettendo a nudo la propria anima di fronte a un ciarlatano, un predatore.

Eppure, a quel punto della sua vita, avrebbe dovuto saper riconoscere quelli come lui.

Il primo predatore che Miriam aveva incontrato si chiamava Jeremy, detto "Jez". In un afoso pomeriggio di giugno, aveva caricato Miriam e la sua amica Lorraine su una Volvo station wagon azzurra. Loro stavano facendo l'autostop, cosa piuttosto comune negli anni Ottanta, persino nell'Hertfordshire. Avevano saltato le ultime due ore di scuola ed erano dirette in città per fare un giro, fumare qualche sigaretta e provare abiti che non potevano permettersi di acquistare.

Quando l'auto accostò, Lorraine salì sul sedile davanti,

perché non avrebbe dovuto? Era quella magra, la più carina (anche se, a dire il vero, nessuna delle due era attraente). L'autista si era fermato per lei. Quindi lei si sedette davanti. Miriam si sistemò sul sedile posteriore, dietro Lorraine. Lui le salutò, presentandosi e chiedendo loro come si chiamavano, senza però mai guardare Miriam, nemmeno una volta.

Il pianale era pieno di vuoti che sbattevano intorno alle gambe di Miriam: lattine di birra e una bottiglia di whisky. C'era un odore strano, si sentiva sotto il fumo delle sigarette di Jez e Lorraine, un odore acido, come latte andato a male. Miriam provò il desiderio di scendere da quell'auto nell'istante stesso in cui ci mise piede. Sapeva che non avrebbero dovuto accettare quel passaggio, sapeva che era una pessima idea. Aprì la bocca per parlare, ma la macchina si stava già muovendo, accelerando con decisione. Si chiese cosa sarebbe successo se avesse aperto la portiera: lui avrebbe rallentato? Probabilmente avrebbe pensato che era pazza. Abbassò il finestrino, respirando l'aria calda dell'estate.

La radio trasmetteva una canzone, un lento, e Jez allungò la mano per cambiare stazione, ma Lorraine gli appoggiò la sua sul braccio. «No» gli disse. «A me piace, questa. A te non piace?» E cominciò a cantare.

For the time I had with her, I won't be sorry
*what I took from her, I won't give back.**

Jez non le accompagnò in città, le portò invece a casa sua, "per una fumatina".

«Guarda che di sigarette ne abbiamo» commentò Miriam, facendo ridere sia Jez sia Lorraine.

* *Per il tempo che ho passato con lei, non sarò triste / quello che le ho portato via, non lo restituirò.*

«Non *quelle* sigarette, Miriam.»

Jez abitava in una fattoria malandata, a pochi chilometri dalla città. La casa si trovava alla fine di una strada stretta e piena di curve, che non portava da nessuna parte, l'asfalto era sempre più sottile man mano che si procedeva fino a scomparire del tutto una volta arrivati al cancello, lasciando il posto a una strada sterrata. Miriam aveva lo stomaco attorcigliato, temeva di farsela addosso. Jez scese dall'auto per aprire il cancello.

«Credo che dovremmo andarcene» suggerì Miriam a Lorraine, con voce tremante, agitata. «È una situazione strana, lui è un tipo strano. Non mi piace.»

«Non essere così fifona» replicò Lorrie.

Jez entrò nel vialetto e parcheggiò accanto a un'altra auto, una vecchia Citroën bianca; vedendola, Miriam ebbe un tuffo al cuore. Sua madre ne aveva una come quella. Era il tipo di macchina che guidavano le donne di mezz'età. Pensò che forse la madre di Jez era lì, e proprio allora si accorse che le ruote della Citroën erano sgonfie, il telaio era appoggiato al terreno. Malgrado la calura, le vennero i brividi.

Jez scese per primo, seguito da Lorraine. Miriam esitò per un attimo. E se fosse rimasta in macchina? Lorraine la guardò sgranando gli occhi. «Avanti!» mimò con le labbra, facendole cenno con la mano di seguirla.

E allora scese, incamminandosi verso la casa con le gambe tremanti. Quando passarono dal sole pieno a una zona più ombreggiata, notò che la casa non era solo malandata, ma un vero e proprio rudere. Le finestre al piano superiore avevano i vetri rotti, mentre al piano inferiore erano chiuse da assi inchiodate. «Tu non abiti qui!» esclamò Miriam, indignata. Jez si girò e la guardò per la prima volta, il volto inespressivo. Non disse una parola. Si voltò di nuovo e prese Lorraine per un braccio. L'amica la fissò da sopra la spalla, e Miriam si accorse che era spaventata anche lei.

Entrarono in casa. Era sporca, c'erano bottiglie, sacchetti di plastica e pacchetti di sigarette sparsi sul pavimento. Si sentiva puzza di merda, e non di animale. Miriam si coprì naso e bocca con una mano. Voleva andarsene, correre fuori, ma qualcosa le impediva di farlo, qualcosa la costringeva a continuare, un passo dopo l'altro, dietro Lorraine e Jez, lungo un corridoio, oltre una scala, dentro una stanza che un tempo doveva essere stata un soggiorno, dato che c'era un divano sfondato appoggiato alla parete.

Miriam pensò che, se si fosse comportata in modo normale, forse non sarebbe successo nulla di anormale. Poteva costringersi a farlo. Solo perché sembrava di essere in un film dell'orrore, non voleva dire che sarebbe stato un film dell'orrore, anzi, tutto il contrario. Nei film dell'orrore, le ragazze non capivano mai quello che stava per succedere. Erano troppo stupide.

Erano troppo stupide.

La fuggitiva

Lei si sveglia.

Le articolazioni rigide, il fianco dolorante, mezza cieca, non riesce a respirare. Non riesce a respirare! Si muove a scatti, si sospinge fino a tirarsi su e mettersi seduta, il cuore batte forte nel petto. È stordita dall'adrenalina. Inspira pesantemente dal naso. Respira, ma ha qualcosa in bocca, qualcosa di morbido e umido, un bavaglio. Scossa da conati di vomito, prova a sputarlo fuori. Ha le mani dietro la schiena, si divincola, nonostante il dolore. Alla fine riesce a liberare la mano destra e si toglie lo straccio dalla bocca. È una maglietta azzurra, scolorita.

In un'altra stanza, non lontano, qualcuno piange.

(Non può pensarci adesso.)

In piedi. L'occhio destro non si apre. Con le unghie, la ragazza arpiona una crosta di sangue dalle ciglia e la toglie con delicatezza. Va meglio, un po' meglio. Si apre, un pochino. Vede qualcosa.

La porta è chiusa a chiave, ma c'è una finestra, e lei è al pianterreno. La finestra è piccola, è vero, e lei non è magra. Non è ancora calato il buio. Verso l'orizzonte, a occidente, si forma uno stormo, poi si dissolve e ricompare. Il cielo si riempie di uccelli, si svuota, si riempie di nuovo, ed è bellissimo. Se rimane lì, pensa la ragazza, se rimane ferma in quel punto, se guarda, il buio non scenderà mai e lui non verrà mai a cercarla.

I singhiozzi sono più forti e lei si allontana dalla finestra. Non riesce più a vedere gli uccelli.

Come la porta, anche la finestra è chiusa, ma il vetro è sottile, si può rompere. Si può rompere, ma non senza fare rumore: farà in tempo a uscire, prima che lui arrivi? Riuscirà a far passare la sua carne attraverso la stretta apertura? La sua amica ci riuscirebbe. La sua amica è snella, ha preso lezioni di danza classica fino all'età di tredici anni, ha un fisico atletico, non come il suo.

(Non può pensare alla sua amica, adesso, al suo corpo flessuoso, a quanto potrà essere piegato prima di spezzarsi.)

Il pianto si ferma, ricomincia di nuovo, e lei sente una voce che implora: «Ti prego, ti prego». La cosa buffa (anche se non è buffa, a dire il vero) è che non si tratta della voce della sua amica, è la voce di lui. È lui che sta implorando.

13

Laura si svegliò sul divano, completamente vestita, con la bocca secca. Si girò e si mise in piedi, poi prese il telefono. C'erano alcune chiamate perse: Irene, due diversi numeri che non conosceva, suo padre. Fece il numero della segreteria per ascoltare il suo messaggio.

«Laura,» non era la voce del padre «sono Deidre, chiamo dal telefono di Philip. Mmm...» Tra le tante cose di quella donna che la irritavano al punto da farle digrignare i denti, c'era la sua abitudine di interrompere i discorsi con uno strano mugolio, come se volesse intonare una canzone e non riuscisse a trovare la nota giusta. «Abbiamo ricevuto il tuo messaggio e il fatto è, vedi, Laura, il fatto è che te lo abbiamo già detto, non so se ti ricordi, che non ti avremmo dato del denaro ogni volta che ti cacci nei guai. Devi imparare a risolvere questioni del genere da sola. Mmm. La mia Becky si sposerà la prossima estate, come sai, quindi le nostre finanze sono già messe alla prova. Dobbiamo darci delle priorità. Mmm. Okay, allora. Ciao, Laura.»

Laura si domandò se suo padre avesse sentito il messaggio che lei gli aveva lasciato o se li ascoltava prima Deidre, eliminando quelli che non riteneva importanti. Sperò che fosse così; le faceva meno male credere che lui non sapesse che si era cacciata nei guai. *Avrebbe potuto* chiamarlo. Avrebbe potuto verificare. Però non era sicura di riuscire a sopportare quello che avrebbe scoperto.

Con il cuore in gola, controllò il sito di BBC News per cercare notizie sulla morte di Daniel, ma rimase delusa. Non c'erano novità dal giorno prima, la polizia stava ancora seguendo diverse piste investigative, aveva lanciato un appello ai possibili testimoni perché uscissero allo scoperto. Si chiese quanti ce ne fossero, quante persone l'avessero vista quel mattino, sull'alzaia, con le labbra sporche di sangue.

Per distrarsi mandò un messaggio a Irene.

Mi spiace tanto ho avuto qualche problema ☹
Esco ora tenga pronta la lista a presto ☺

Di solito chiedeva a Irene di inviarle la lista sul cellulare, in modo da passare a fare la spesa mentre andava da lei, ma quel giorno doveva chiederle i soldi in anticipo.

Una donna dall'aria vagamente familiare aprì la porta di Irene, quando Laura bussò.

«Oh» esclamò. «La... signora Barnes è in casa? Sono Laura, io...»

Non fece in tempo a finire la frase che la donna si era già voltata, dicendo: «Sì, sì, è qui, entra pure» in un tono che pareva infastidito. «Alla fine, pare che la sua piccola aiutante sia arrivata» le sentì dire.

Laura fece capolino dalla porta del soggiorno. «Tutto bene, ragazzaccia?» chiese, sorridendo a Irene, che di solito rideva a quel nomignolo, ma non quel giorno. Sembrava agitata.

«Laura!» esclamò, sollevando le piccole mani ricurve. «Ero così preoccupata. Dove sei stata?»

«Mi spiace molto.» Laura attraversò la stanza per darle un bacio sulla guancia. «Ho avuto una settimana, guardi, a dir poco *incredibile*. Le racconterò ogni cosa, ma lei come sta? Tutto bene?»

«Dal momento che la sua *amica* è qui,» stava dicendo l'altra donna, con voce tagliente, «penso che me ne andrò. Okay?» Piegò la testa di lato. «Irene?» Si mise a tracolla una borsetta che a Laura pareva molto costosa, raccolse un paio di altre borse dall'ingresso e allungò un pezzo di carta verso Laura. «La lista» spiegò, lanciandole un'occhiata feroce. «Ci pensi tu, vero?»

«Sì, certo» replicò Laura, poi guardò Irene, che fece una smorfia.

«Vado» annunciò la donna, poi attraversò la stanza con passo deciso e si chiuse l'uscio alle spalle con un tonfo. Dopo un attimo, Laura sentì sbattere un'altra porta.

«Chi è quella?» chiese.

«È Carla» rispose Irene, alzando un sopracciglio. «Carla Myerson, la sorella della mia amica Angela.»

«Tipetta calorosa, eh?» commentò Laura, strizzandole l'occhio.

Irene sospirò. «Non so perché, ma in presenza di Carla mi sento sempre guardata dall'alto in basso, e non c'entra la sua statura. Mi parla come se fossi stupida. Una vecchia stupida. Mi manda al manicomio.» Si fermò e scosse piano la testa. «Ma non dovrei essere scortese con lei. Forse non è la persona più simpatica del mondo, ma sta passando un momento terribile. La morte di sua sorella, poi del nipote...»

«Ah, ecco!» esclamò Laura, che all'improvviso aveva capito perché le era sembrata familiare: gli assomigliava. Gli occhi, la forma della bocca, il modo in cui sollevava il mento quando parlava. «Mio Dio. Non ci ero mica arrivata. È sua zia?»

«Sì» confermò Irene, perplessa. «Quindi sai cosa è successo a Daniel?» chiese a Laura, che annuì.

«Sì, può ben dirlo.»

«Ne hanno parlato tutti i notiziari, vero? E non hanno preso i colpevoli...»

«È presto, credo» replicò Laura, distogliendo lo sguardo, grata di poter usare la lista che le aveva dato Carla per cambiare discorso. La lesse aggrottando le sopracciglia. «E questa lista? L'ha scritta Carla?»

Irene annuì. «Sì, non poteva aspettare che io pensassi alle cose che mi mancano, è andata in cucina, ha guardato negli scaffali e ha *dedotto*.»

Laura alzò gli occhi al cielo. «*Muesli?* A lei non piace il muesli, preferisce i cornflakes croccanti alla nocciola.»

«Gliel'ho detto, ma non mi ha ascoltato.»

«Riso selvatico? Ma cosa cavolo... *Cristo!*» Laura strappò la lista e lanciò i brandelli in aria come coriandoli. «Quello che dovrebbe fare, quando le viene in mente qualcosa da comprare, è prendersi un appunto sul cellulare...»

«Ma io non sono capace di digitare su quel coso, è troppo piccolo, non ci vedo neppure con gli occhiali e la metà delle volte quel maledetto aggeggio cambia le parole senza neppure chiedere, e finisce che scrivo stupidaggini.»

«No, no,» obiettò Laura «non deve *digitare* proprio nulla. Intendo... sì, ecco, può registrare. Io ho una memoria terribile, così ogni volta che mi viene in mente qualcosa da fare, da comprare, o altro, uso il registratore vocale. Non deve digitare, deve soltanto parlare.»

Irene scosse la testa. «No, non ci penso neanche. Non ho idea di come funzioni. Non sono nemmeno sicura che il mio telefono possa farlo.»

«Certo che sì.» Laura prese il cellulare e fece scorrere le pagine. Trovò l'applicazione per la registrazione vocale e cliccò. «Cornflakes croccanti alla nocciola» scandì a voce alta. «Non quello schifo di muesli.» Fece l'occhiolino a Irene. «Adesso, guardi qui, può riascoltarlo.»

«*Cornflakes croccanti alla nocciola. Non quello schifo di muesli*» ripeté il telefono.

«Sembra facile!» Irene rise. «Fammelo vedere un'altra volta.»

Dopo aver compilato una nuova lista, Irene disse a Laura di prendere una banconota da venti sterline dal suo portafoglio per pagare la spesa. Irene le lasciava cinque sterline ogni volta che andava al supermercato, ed era una somma generosa perché di solito non ci metteva più di un quarto d'ora, ma quel giorno Laura prese qualcosa in più, due banconote da venti. Spese quattordici sterline e intascò il resto, facendo sparire lo scontrino sulla strada del rientro.

Mentre sistemava le provviste, aggiornò Irene sulle sue vicissitudini: aveva perso la chiave di casa e aveva dovuto rompere la finestra per entrare, si era fatta male al braccio e, come se non bastasse, era stata licenziata. Tralasciò la parte di Daniel. Non era il caso che Irene sapesse della scopata, della discussione e dell'arresto.

«Mi dispiace di non averla chiamata prima» concluse dopo aver riposto la spesa, preparato una tazza di tè e messo alcuni biscotti al cioccolato su un vassoio. «Ho girato come una trottola, sa?» Irene si era accomodata nella sua sedia preferita e Laura era appoggiata al termosifone sotto la finestra, le gambe distese davanti a sé. «Però mi spiace, non volevo deluderla.»

«Oh, Laura!» Irene scosse la testa. «Non mi hai delusa, ero solo preoccupata per te. Se ti capita di nuovo qualcosa del genere, devi chiamarmi. Posso aiutarti.»

Laura pensò al denaro che le aveva rubato e si detestò. Avrebbe dovuto restituirlo, infilare la banconota nel portafoglio di Irene e poi, senza tanti giri di parole, chiederle un prestito, come avrebbe fatto una persona normale. Chiederle aiuto, come aveva suggerito Irene. Ma ormai era tardi, no? La borsa dell'anziana era vicina alla sedia, non poteva rimettere a posto la banconota, adesso, non senza che se ne accorgesse. E comunque il momento di chiedere aiuto, se mai c'era stato, era passato, l'istante in cui Irene stessa glielo aveva offerto, era andato e basta.

Si trattenne ancora un po', prese un'altra tazza di tè, altri due biscotti, ma non aveva fame: la sua disonestà le si stava rapprendendo dentro, inacidendo tutto.

Si scusò e se ne andò.

Mentre usciva, vide che la porta del civico tre – la casa della vicina, Angela Sutherland – era socchiusa. La aprì, con delicatezza. Sbirciò all'interno e vide la giacca di Carla Sutherland appoggiata sulla ringhiera, la borsetta costosa appesa al pilastro della scala e le altre due borse, un sacchetto della spesa e una shopper, sul pavimento. Lasciate lì, davanti a una porta aperta! Maledetti ricchi. A volte se le andavano proprio a cercare.

Rientrata a casa, rovesciò il contenuto della shopper sul pavimento del soggiorno e il cuore accelerò i battiti quando, insieme a una vecchia sciarpa consumata e a una giacca Yves Saint Laurent, in buono stato ma ormai fuori moda, rotolarono fuori due piccoli astucci portagioielli. Afferrò il primo, quello viola, e lo aprì: un anello d'oro, con una pietra che sembrava un rubino, piuttosto grosso. Nel secondo, che era marrone e un po' più grande, c'era una medaglietta d'oro di San Cristoforo, con le iniziali BTM incise sul retro, insieme a una data: 24 MARZO 2000. Forse un regalo di battesimo? Non di Daniel, le iniziali non corrispondevano. Un altro bambino. Chiuse la scatola con uno scatto. Peccato per le iniziali, pensò, la medaglietta era meno vendibile. Ma l'anello, se la pietra era vera, doveva avere un certo valore.

Era proprio un pezzo di merda.

In cucina, svuotò le tasche e contò il denaro che le era

rimasto: neanche quaranta sterline, di cui ventisei rubate alla sua amica Irene.

Spregevole, ladra e bugiarda.

Laura ascoltò i promemoria registrati nel telefono, sentì la sua voce che le ricordava di chiamare il Comune per il sussidio, di chiamare i tizi della manutenzione per la caldaia (di nuovo), di chiamare l'infermiera dello studio medico per le ricette, di comprare latte, formaggio, pane, assorbenti...

Mise in pausa l'audio, era già spossata al pensiero di tutte le cose da fare, degli ostacoli che vedeva ergersi sul suo cammino. Scorse rapidamente i messaggi, da parte di ragazzi con i quali aveva chattato, prospettive che coltivava ma che non aveva l'interesse e l'energia di approfondire. Ascoltò la segreteria, una fredda chiamata dell'assicuratore e un messaggio della psicologa.

«Laura, hai saltato due appuntamenti, se non ti presenti la prossima volta, temo che saremo costretti a escluderti dal programma, capisci? Non vorrei proprio, perché credo che abbiamo fatto progressi e che tu abbia raggiunto un certo equilibrio, e non vogliamo sprecare tutto il lavoro fatto finora, vero? Mi aspetto di vederti lunedì pomeriggio alle tre e, se sei impegnata, telefonami per fissare un altro appuntamento.»

Laura scivolò sulla sedia, si massaggiò delicatamente la testa con la punta delle dita, strizzando gli occhi, le lacrime che scivolavano giù dalle palpebre chiuse e le scorrevano sulle guance. *Basta basta basta,* ripeté piano a se stessa. *Se solo la smettesse...*

Era stata mandata dalla psicologa dopo l'incidente della forchetta. Era una donna abbastanza piacevole, con il viso piccolo e gli occhi grandi, sembrava una creatura dei boschi. Aveva spiegato a Laura che doveva smetterla di *reagire*. «Sembra che tu trascorra la vita a spegnere incendi, Laura.

Passi da una crisi alla successiva, quindi quello che dobbiamo fare è trovare il modo di spezzare questo schema di reazione, dobbiamo provare a elaborare una strategia che...»

Agli psicologi piaceva moltissimo elaborare strategie: per farla smettere di fare scenate, di urlare, di perdere il controllo. Per farla fermare a riflettere, per impedirle di prendere la strada sbagliata. *Sai qual è il tuo problema, Laura? Fai le scelte sbagliate.*

Be', forse sì, ma quello era solo un modo di vedere le cose, no? Un altro modo di vederle poteva essere: Laura, sai qual è il tuo problema? Sei stata investita da un'auto quando avevi dieci anni e hai battuto la testa sull'asfalto. Hai riportato fratture al cranio, al bacino, al femore distale e un trauma cerebrale, sei rimasta dodici giorni in coma e tre mesi in ospedale, hai subito sei dolorosi interventi chirurgici e hai dovuto imparare a parlare di nuovo. E, come se non bastasse, mentre eri ancora nel letto d'ospedale, hai scoperto di essere stata tradita dalla persona che amavi di più al mondo, quella che avrebbe dovuto amarti e proteggerti. C'è quindi da meravigliarsi se ti offendi facilmente? Se sei così arrabbiata?

La fuggitiva

Nel posto dove avrebbe dovuto esserci il sorriso di lei si era formata una domanda: allora, dov'è che andiamo? Adesso però quel posto non esiste più, perché il sorriso è ritornato, e lui non è più arrabbiato, si immagina come sarà, vorrebbe che non ci fosse anche l'amica, lì dietro, ma se evita di guardarla e di pensare a lei, allora forse andrà tutto bene.

Non gli piace come lo guarda l'amica. Il modo in cui lo guarda gli ricorda sua madre, una persona che avrebbe proprio dovuto cancellare dalla sua memoria, e invece non lo ha mai fatto. Anche lei era brutta, era stata morsa da un cane quando era bambina, e da allora non parlava d'altro, la bocca sfregiata, il labbro storto come se si stesse facendo beffe di te, il che era vero.

Ferita dentro e fuori, urlava sempre, a lui o a suo padre, voleva che anche lui fosse infelice come lei, non sopportava che ridesse, cantasse o fosse di buon umore.

Ecco. Sta di nuovo pensando a sua madre. Perché è sempre nella sua testa? È colpa di quell'altra, di quella racchia lì dietro, gli ha ricordato sua madre, pensa a lei spesso, quando fa qualsiasi cosa: quando guida, quando prova a dormire, quando guarda la tv, quando è con le ragazze, e quel che è peggio è che si sente svuotato, come se non avesse abbastanza sangue in corpo. E così non riesce a concludere niente. Non vede niente, tranne il rosso.

14

Irene era molto in pensiero per Laura. In cucina, mentre riscaldava un tegamino di fagioli da mettere sul pane tostato (Carla non avrebbe approvato), pensò di chiamarla per accertarsi che stesse bene. Aveva detto di sì («Da dio!»), ma le era sembrata distratta e nervosa. Certo, aveva perso il lavoro, era ovvio che fosse preoccupata, no? Però le sembrava che ci fosse dell'altro. Quel giorno, Laura le era parsa a disagio in sua compagnia, come mai prima di allora.

Non che la conoscesse da molto. Erano entrate l'una nella vita dell'altra da un paio di mesi, eppure Irene si era subito presa a cuore la ragazza. C'era qualcosa di così puro in Laura, così indifeso, che Irene aveva paura per lei. Sembrava vulnerabile, esposta ai peggiori mali del mondo. E Irene ormai faceva affidamento su di lei, su quella giovane così vulnerabile, perché senza Angela si era ritrovata sola. Era consapevole, ovviamente, di quanto fosse pericoloso considerare Laura un rimpiazzo di Angela.

In un certo senso, erano abbastanza simili: entrambe allegre, gentili, palesemente fragili. Dal punto di vista di Irene, il più grande pregio di entrambe era che non avevano pregiudizi. Laura non dava per scontato che Irene non fosse in grado di imparare a utilizzare una nuova app del cellulare, così come Angela non dava per scontato che non potesse trovare interessanti i libri di Sally Rooney. Nessuna delle due dava per scontato che Irene non avrebbe riso per una barzelletta sconcia (rideva, se era divertente). Non davano per scontato che lei fosse fisicamente incapace, di mentalità ristretta o poco interessata ai fatti del mondo. A differenza di Carla non la vedevano come una ficcanaso, come una vecchia demente.

Irene aveva compiuto ottant'anni, eppure non si sentiva un'ottantenne. Non solo perché era una donna agile e vivace, caviglia a parte, ma perché era impossibile sentirsi un'ottantenne. Nessuno ci sarebbe riuscito. Pensandoci, lei stessa avrebbe detto di sentirsi sui trentacinque. Quaranta, forse. Era una bella età, vero? Sapevi chi eri, a quel punto della vita. Non eri più volubile e insicura, però non avevi ancora avuto il tempo di indurirti, di diventare intransigente.

Il fatto era che tu ti sentivi in un certo modo, e chi ti conosceva da sempre probabilmente continuava a vederti per quello che eri davvero, ma le persone nuove in grado di apprezzare *te*, quello che avevi *dentro*, senza limitarsi a prendere in considerazione tutti gli acciacchi dell'età, erano poche.

E di persone che la conoscevano da sempre non ce n'erano più molte. Quasi tutti i vecchi amici, suoi e di William, erano andati a vivere fuori città, alcuni da tanti anni, per stare più vicini ai figli e ai nipoti. All'epoca Irene non ci aveva fatto caso, perché non si era mai sentita sola, finché c'era stato William. E poi, una mattina di marzo di sei anni prima, William era uscito per comprare il giornale e non era più tornato a casa: un attacco di cuore l'aveva stroncato mentre era in edicola. Irene credeva che lui fosse forte come un toro, che sarebbe vissuto per sempre; all'inizio pensò che non sarebbe sopravvissuta allo shock della notizia, ma poi quello passò, e arrivò il dolore, e fu ancora peggio.

Una porta sbatté e Irene sobbalzò. Era la casa accanto. Irene si era abituata a quel particolare rumore di porta sbattuta. Si alzò a fatica e si sporse in avanti per guardare dalla finestra, ma non vide nessuno. Possibile che fosse Carla, chissà cosa stava facendo. Angela era morta da due mesi, e lei continuava a venire, giorno dopo giorno, "per mettere in ordine le cose", anche se Irene faticava a capire che cosa ci fosse da mettere in ordine, visto che Angela non possedeva molto. Appartenevano a una famiglia benestante, ma sembrava che il denaro fosse rimasto in gran parte a Carla. Angela aveva la casa, ma nulla di più. Sbarcava il lunario lavorando in proprio, come editor e copywriter. Aveva avuto il bambino che era molto giovane, quello era il punto: il padre era uno dei suoi professori all'università. Una relazione infelice, una gravidanza indesiderata, e la vita di Angela era deragliata. Irene sapeva che era stato difficile per lei, che aveva lottato molto, per i soldi, per il bambino, contro tutti i suoi demoni.

La gente pensava che la vita non fosse granché per chi non aveva figli, ma non era vero. Irene e William avrebbero voluto dei bambini. Non erano arrivati, ma Irene aveva comunque avuto una vita piena. Aveva un marito che l'amava, un lavoro come segretaria in uno studio dentistico che le piaceva più di quanto avrebbe mai immaginato, il volontariato per la Croce Rossa. Andava a teatro, era stata in vacanza in Italia. Cosa poteva desiderare di più? A essere sincera, le sarebbe piaciuto poterne avere un po' di più, di quella vita. Però non si sentiva alla fine dei suoi giorni, malgrado quello che la gente pensava di lei. Non era ancora nella sala d'attesa della morte. Avrebbe voluto visitare Villa Cimbrone a Ravello, e Positano, dove avevano girato *Il talento di Mr. Ripley*. E Pompei!

Irene aveva letto un articolo dove si diceva che le persone più felici al mondo erano le donne non sposate e senza figli. Lei ne capiva la ragione, quel tipo di libertà ha molti aspetti positivi, non dover rendere conto a nessuno, vivere esattamente come ti pare e piace. Però, una volta che ti sei innamorata, non sei più davvero libera, vero? A quel punto, è troppo tardi.

Dopo la morte di William, Irene era caduta in uno dei suoi "cattivi umori". Oggi la chiamano depressione, ma quando lei era più giovane era soltanto tristezza, cattivo umore. Angela lo chiamava il "cane nero". Irene era stata visitata dal cane fin da quando era una ragazza, anche se non di frequente. Talvolta rimaneva tutto il tempo a letto, altre cercava di andare avanti come poteva. Quei periodi iniziavano all'improvviso, potevano essere scatenati da un malessere che aveva fondati motivi (il suo terzo aborto spontaneo, l'ultimo), o la sorprendevano nelle giornate più serene. Teneva la testa fuori dall'acqua, non era mai annegata, perché William non l'avrebbe permesso. Lui l'aveva sempre portata in salvo. E quando era morto, come per miracolo, era arrivata Angela.

Nell'anno della morte di William, il 2012, il Natale aveva colto Irene di sorpresa. In qualche modo, era riuscita a non accorgersi degli scaffali pieni di decorazioni e cibi natalizi, era diventata sorda alle fastidiose canzoncine, e all'improvviso faceva un gran freddo, dicembre era arrivato e tutti trasportavano alberi lungo la strada.

Aveva ricevuto alcuni inviti, dalla sua amica Jen, che si era trasferita a Edimburgo con il marito, e da un lontano cugino che abitava a Birmingham, nientemeno, ma li aveva declinati senza pensarci due volte. Spiegò che non se la sentiva di intraprendere un viaggio in un periodo festivo, ed era abbastanza vero, ma il motivo reale per il quale sentiva di dover rimanere a casa era che se non avesse trascorso il

Natale da sola quell'anno, allora si sarebbe ritrovata l'anno seguente, oppure il successivo, a dover affrontare il primo Natale senza William. Ogni Natale della sua vita sarebbe stato senza William. Pensò che fosse meglio farla finita subito, e fronteggiare il primo senza esitare.

Angela, che era sensibile a quel genere di cose, le propose di fare un salto da lei per la vigilia. «Io e Daniel prenderemo un curry al Delhi Grill. Fanno delle costolette di agnello deliziose. Vuoi mangiare con noi?»

Irene rispose che le sembrava una bella idea. Il pomeriggio del 24, uscì per farsi la piega e la manicure e per comprare alcuni regalini: una copia di *Un'eredità di avorio e ambra* per Angela e un buono in un negozio di belle arti per Daniel.

Tornata a casa, ebbe appena il tempo di mettere a posto gli acquisti quando sentì un rumore stranissimo, un lamento profondo, quasi un muggito. Quello strano suono animalesco fu interrotto di colpo dal frastuono di qualcosa che andava in frantumi, un bicchiere o una tazzina. Poi iniziarono le grida. «Non ce la faccio più con te! Sono le quattro del pomeriggio, e guarda come sei ridotta! Guardati! Cristo!» La voce di Daniel era acuta e strozzata, era la voce di uno che è al limite della sopportazione; quella di Angela segnalava che quel limite lo aveva già superato. «Vattene! Fuori di qui... *bastardo*. Dio, come vorrei...»

«Cosa? Cosa vorresti? Avanti, dillo! Cosa vorresti?»

«Vorrei che tu non fossi mai nato!»

Irene sentì il rumore di qualcuno che scendeva le scale di corsa, la porta sbattuta con tanta forza da far tremare tutto il palazzo. Dalla finestra vide Daniel andare via infuriato, scuro in volto, le mani strette a pugno lungo i fianchi. Poi Angela scese in strada, barcollava, crollò a terra, ubriaca. Irene si precipitò fuori per aiutarla a rialzarsi. Riuscì – dopo averla consolata, blandita, e convinta, con le buone e con le cattive – a riportarla in casa e su per le scale fino al letto.

Angela parlava da sola, borbottava, a tratti non si capiva quel che diceva. Tuttavia Irene qualche frase riuscì a coglierla: «Tutti mi dicevano di liberarmene, sai? Io non ascoltavo, non ascoltavo. Irene, vorrei aver avuto la tua fortuna».

«La mia fortuna?» replicò lei.

«Essere sterile.»

Irene vide di nuovo Angela il giorno di Santo Stefano. Si presentò con un libro (una raccolta di racconti di Shirley Jackson) e una scatola di cioccolatini, scusandosi per la cena saltata. «Irene, mi dispiace tanto... Mi sento malissimo, davvero, ma... il fatto è che... io e Daniel abbiamo litigato...»

Sembrava non ricordare nulla della caduta e di quel che aveva detto in seguito. Irene era ancora arrabbiata, aveva una mezza idea di ripeterle le parole che le aveva rivolto, di dirle quanto ci era rimasta male. Forse Angela capì qualcosa dalla sua espressione, forse ebbe un lampo di memoria, perché di colpo arrossì, sembrò in imbarazzo e spiegò: «Non sono io. È l'alcol». Sospirò. «So bene che non è una giustificazione.» Aspettò un attimo per vedere la reazione di Irene, che non ci fu, così si avvicinò per darle un bacio leggero sulla guancia. Poi si voltò e si diresse verso la porta. «Quando nascono» disse, con la mano sulla maniglia, «li prendi in braccio e immagini per loro un futuro dorato, meraviglioso. Non soldi, successo, fama, nulla di tutto questo, ma soltanto felicità. Tanta felicità! Lasceresti bruciare il mondo intero, se solo servisse a renderli felici.»

15

Carla, la mente altrove, era nella cucina di Angela, ormai vuota tranne che per un vecchio bollitore appoggiato sul ripiano vicino alla stufa. Il suo cellulare stava vibrando; continuava a vibrare, senza sosta. Non si prese la briga di guardare chi fosse, poteva trattarsi di Theo oppure della polizia, e non era nella giusta disposizione d'animo per parlare con loro. Aveva già sentito l'agente immobiliare, che voleva fissare un appuntamento per vedere la casa, in modo da metterla sul mercato in tempo per la tarda primavera, il momento migliore per le vendite. Impegnarsi a fare conversazione – con l'agente e con Irene, la vicina – l'aveva quasi sopraffatta.

Aprì gli armadietti sopra il lavandino e poi li richiuse, controllò in basso. Erano vuoti. Sapeva che erano vuoti, era stata lei a svuotarli. Che diavolo stava facendo? Cercava qualcosa. Cosa? Il suo telefono? No, ce l'aveva in tasca. La shopper! Dove l'aveva messa?

Uscì dalla cucina e tornò nell'ingresso, dove si accorse di avere lasciato la porta aperta. Cristo. Stava davvero perdendo la testa. Diede un calcio alla porta, che si chiuse con un colpo secco. Si voltò e restò lì, confusa, fissando un punto sulla parete, vicino all'ingresso della cucina, dove un tempo era appeso un quadro. Che cosa rappresentava? Non se lo ricordava. Era importante? Cosa stava facendo? Perché era venuta lì?

La smemoratezza era una novità. Immaginò che fosse causata dalla privazione del sonno, c'era un motivo se la impiegavano come forma di tortura, ti toglieva ogni capacità. Ricordava una sensazione vagamente simile, subito dopo la nascita di Ben. Solo che allora la sbadataggine era pervasa di gioia, come quando sei un po' fatto. Stavolta invece era come essere sedati, o trattenuti con la testa sott'acqua. Era più come quando lui era morto.

Tornò in cucina e si fermò vicino al lavandino, guardava fuori, in strada; si sporse in avanti, con la testa appoggiata al vetro, e vide per un attimo la ragazza, quella che aveva incontrato da Irene, che si stava allontanando. Camminava con una strana andatura. C'era qualcosa che non andava in lei. Aveva un'aria subdola. Carina, ma tagliente. Sessualmente disponibile. A Carla ricordava quella ragazza che faceva la ruota, quella di cui avevano parlato tutti i giornali alcuni anni prima, che aveva ucciso l'amica. O forse non l'aveva uccisa. In Francia? No, in Italia. Era successo a Perugia. Cristo, *cosa diavolo* andava a pensare? Non sapeva quasi nulla di *quella* ragazza: a dire il vero, l'unica cosa che sapeva per certo era che nel tempo libero faceva visita alle vecchiette per aiutarle a fare la spesa. Ed ecco che lei la stava dipingendo come se fosse un membro della setta di Charles Manson.

Nella tasca, il telefono vibrò un'altra volta, sembrava un insetto arrabbiato, chiuso in un barattolo, e lei digrignò i denti. Lo ignorò. *Un tè*, pensò. *Mi faccio una tazza di tè. Con un sacco di zucchero*. Tornò in cucina e accese il bollitore. Aprì gli armadietti sopra il lavandino. Ancora vuoti. *Oh, per l'amor di Dio!*

Carla spense il bollitore e si avviò lentamente al piano superiore; era esausta, aveva le gambe pesanti. Giunta in cima alle scale, si fermò, si voltò e si sedette, fissando i gradini e la porta d'ingresso, lo spazio accanto al termosifone dove un tempo c'era un piccolo tappeto persiano. Vicino a lei, sull'ultimo gradino, c'era uno strappo nella moquette. Lo pizzicò, facendo scorrere il dito sul taglio netto, lungo cinque o sei centimetri. L'usura del tempo. Sentì una lacrima scenderle giù per il naso. *Logoro e strappato, Angie,* pensò. *Vale anche per noi.*

Si asciugò il volto, si alzò e si diresse verso la vecchia stanza di Daniel, nel retro della casa, dov'erano rimasti solo il letto singolo e l'armadio con l'anta rotta che la ditta degli sgomberi non aveva voluto ritirare. Posò l'album che aveva in mano sopra la pila di giornali appoggiata sul fondo dell'armadio e richiuse l'anta meglio che poté. Poi prese il guinzaglio del cane dalla tasca e si tolse la giacca. Chiuse la porta della stanza e avvolse l'estremità in cuoio del guinzaglio intorno al gancio attaccapanni, stringendo con forza. Lo lasciò lì appeso, aprì la porta un'altra volta e si avviò lentamente, con tutta calma, lungo il corridoio che portava alla stanza di Angela, strofinando i polpastrelli sull'intonaco.

Dopo che sua sorella aveva mandato Daniel in collegio, Carla era andata sempre meno a trovarla, finché un giorno smise del tutto. Non c'era un motivo, o semmai, non ce n'era uno soltanto: un giorno capì che non ce la faceva più. Le finte lezioni di yoga erano terminate.

Passarono gli anni. Poi una sera, almeno sei o sette anni dopo la morte di Ben, Carla fu svegliata da una telefonata della polizia, poco dopo mezzanotte, l'ora delle chiamate più temute. Ci mise un po' a rispondere, a scacciare la pesantezza del sonno indotto dai sedativi.

«Posso parlare con Carla Myerson, per favore?» chiese una voce femminile.

Carla ebbe un tuffo al cuore: Theo era in Italia, rintanato in un isolato agriturismo umbro nel tentativo di scrivere, e lì la gente guidava così male. *Theo* stesso guidava male quando era lì, sembrava che sentisse il bisogno di adeguarsi agli usi locali.

«Signora Myerson, potrebbe venire al commissariato di Holborn? No, no, è tutto a posto, ma qui c'è una certa... signorina Angela Sutherland, è sua sorella? Sì, sta bene, è solo che... ha bevuto un po' troppo e si è cacciata in un piccolo guaio, ha bisogno di qualcuno che venga a prenderla. Può farlo lei?»

Carla chiamò un taxi e si vestì di corsa, poi uscì nella fredda pioggia londinese, incerta tra la paura e la rabbia.

Il commissariato era tranquillo e ben illuminato. Nella sala di attesa c'era una donna, era sola e piangeva, e ripeteva tra sé: «Voglio solo vederlo. Voglio solo sapere che sta bene».

La donna alla reception, che probabilmente era la stessa che le aveva parlato al telefono, annuì guardando Carla. «Violenza domestica» spiegò, indicando la donna in lacrime. «Lui la picchia, lei ci chiama, poi decide che non vuole davvero denunciarlo.» Alzò gli occhi al cielo. «Cosa posso fare per lei?»

«Sono venuta a prendere Angela Sutherland. È mia sorella. Mi hanno detto che si trova qui.»

La donna controllò lo schermo del computer e annuì, poi chiamò qualcuno in una stanza alle sue spalle. «John, puoi portare fuori la signora Sutherland? Sì, la sorella è qui.» Si voltò verso Carla. «Ha bevuto troppo e ha fatto una scenata al posteggio dei taxi.»

«Una scenata?»

La donna annuì di nuovo. «Ha trattato male un tizio che era in coda, uno che, stando a tutte le testimonianze, se lo meritava, ma a ogni modo sua sorella non gliele ha mandate a dire e, quando uno dei taxisti ha provato a dividerli, se l'è presa anche con lui. Ha chiamato il pronto intervento e, appena due dei nostri agenti sono arrivati sul posto, sono stati accolti a suon di parolacce, pure loro.»

«Cristo!» Carla era allibita. «Dio, mi dispiace tanto. Lei è... Non l'ho mai vista comportarsi in questo modo, non è quel tipo di persona, tutt'altro, è... è piuttosto educata, di solito.»

La donna sorrise. «Be', l'alcol può avere strani effetti. Se può consolarla, credo che adesso sia molto imbarazzata per quel che è capitato. E nessuno ha sporto denuncia, quindi non è successo nulla di grave, davvero.» Si sporse in avanti e abbassò la voce. «A dirla tutta, credo che si sia presa un bello spavento.»

Se pensava a quella notte, il sentimento prevalente che le associava era di imbarazzo. L'imbarazzo per essere stata chiamata nel cuore della notte ed essere dovuta andare a recuperare la sua sorellina ubriacona e molesta, e ancora di più per aver visto cos'era diventata Angela, in sua assenza. Emaciata, con gli occhi incavati, le guance lisce coperte da una ragnatela di capillari, le spalle curve.

«Angela!»

«Mi dispiace, Cee» aveva sussurrato, tenendo gli occhi bassi. «Mi dispiace tanto. Non ricordo nemmeno di averlo fatto, hanno detto che urlavo alle persone, che urlavo e imprecavo, e io... non ricordo di averlo fatto.»

Si sedettero fianco a fianco nei sedili posteriori di un taxi nero, dirette a casa di Angela. Nessuna delle due parlò, ma Carla passò un braccio intorno alle spalle ossute della sorella e la tenne stretta. E di nuovo provò imbarazzo. Era come abbracciare un bambino, come quando la abbracciava da piccola: sua sorella, così minuta, coraggiosa e buffa. Così esasperante. Erano passati secoli. Secoli interi dai tempi in cui le voleva bene, in cui erano legate da un profondo rapporto di amicizia. Carla iniziò a piangere.

Stava ancora piangendo quando arrivarono a Hayward's

Place. Piangeva mentre allungava il denaro al taxista, mentre seguiva la sorella verso la porta, mentre si rendeva conto del disordine della casa in cui viveva, dell'odore malsano di umidità e polvere.

«Smettila, per favore» la implorò Angela, dirigendosi al piano superiore. «Ti prego, per l'amor di Dio, smettila.»

Carla sentì che faceva scorrere l'acqua per farsi un bagno. Preparò un tè, nero, perché non c'era latte nel frigorifero, non c'era niente tranne un po' di formaggio stantio e una bottiglia di vino bianco, aperta. Portò due tazze di sopra e si sedette sul water mentre la sorella si immergeva nella vasca.

«Non volevo ubriacarmi» spiegò Angela. Era seduta, si stava tamponando le ginocchia insanguinate con un asciugamano. Carla vedeva le scapole che si muovevano, pareva che stessero per bucare la pelle. «Ho bevuto un paio di bicchieri, forse tre? E forse qualcos'altro dopo, al pub? Era una cosa di lavoro, sai. Nessuno mi ha vista, non credo. Al posteggio dei taxi. Oddio, spero che nessuno mi abbia vista. È successo tutto all'improvviso. Un attimo prima stavo bene e poi mi sono come... *svegliata* e c'era quel tizio grande e grosso che incombeva su di me, dandomi dell'ubriaca...»

Credevo che non ricordassi di essere stata in coda per il taxi, pensò Carla. «Angie, sei molto magra. Avevi mangiato qualcosa prima di uscire?» La sorella si strinse nelle spalle. «Da quando... da quando sei così?»

Angela si diede un'occhiata, l'espressione era annebbiata. «Così come?» Si girò verso la parete e si mise a staccare la muffa dalle fughe delle piastrelle ingiallite.

Carla la aiutò a uscire dalla vasca, prese del paracetamolo dalla borsa, trovò il disinfettante nell'armadietto del bagno e lo applicò sui tagli di Angela. La mise a letto, poi si sdraiò al suo fianco, le prese la mano fredda, e con il pollice le accarezzò le dita. «Avrei dovuto saperlo che le cose stavano andando così male. Avrei dovuto saperlo.»

Avrei dovuto perdonarti, pensò Carla. *Avrei dovuto perdonarti, ormai.*

Si addormentarono.

Angela si svegliò alcune ore dopo, con un urlo in gola. Carla sobbalzò, spaventata.

«Lui è qui?» mormorò Angela.

«Lui chi? Chi? Angie, di chi stai parlando? Lui chi?»

«Oh, no. Non lo so. Stavo sognando, credo.» Girò la faccia verso la parete e Carla tornò a stendersi e chiuse gli occhi, cercando di riprendere sonno.

«Lo sapevi che uscivo con qualcuno?» sussurrò Angela.

«Oh, davvero? No che non lo sapevo. È successo qualcosa? Vi siete lasciati?»

«No, no. Non intendo adesso» spiegò Angela, schioccando le labbra. «Allora. Uscivo con qualcuno, allora. Non te l'ho mai detto, vero? Era sposato. Ogni tanto veniva qui a casa.»

«Angie,» Carla mise il braccio destro intorno alla vita della sorella e la tirò verso di sé «di cosa stai parlando?»

«Di Lonsdale Square» continuò Angela. Carla ritirò il braccio. «Quando abitavo a Lonsdale Square con Daniel, dopo la morte di papà, io uscivo con un tizio. La sera prima... la sera prima dell'incidente, eravamo insieme nello studio. Guardavamo un film sullo schermo di papà, te lo ricordi?» Il padre aveva messo su una piccola sala per le proiezioni, in casa. «Avevamo bevuto e... be', io credevo che i ragazzi si fossero addormentati, ma Daniel non dormiva. È sceso giù e ci ha sorpresi.» Respirava piano, a fatica. «Cee, era così sconvolto.... Così *arrabbiato,* non riuscivo a calmarlo. Ho detto a lui, al mio amico, di andarsene. Lo ha fatto, e a quel punto ho riportato Daniel di sopra. Ci è voluto un sacco di tempo per calmarlo e farlo addormentare. Poi sono andata a letto anch'io. Sono andata dritta a dormire. Non sono tornata al piano di sotto, nello studio. Non sono più tornata nello studio per chiudere la porta...»

«Angie» Carla la interruppe. «Basta così. Noi abbiamo sempre saputo, *io* ho sempre saputo, che avevi lasciato la porta aperta. Era...»

«Sì» disse Angela, con calma. «Certo che lo sapevi. È ovvio.»

16

Laura premette il telefono contro l'orecchio, poi sollevò la spalla destra per tenerlo fermo e avere le mani libere. Era in bagno, cercava il disinfettante nell'armadietto dei medicinali per metterlo sul taglio al braccio. Nel lavandino, inumidita, con l'inchiostro che stava sbavando, c'era una lettera che aveva ricevuto quella mattina, in cui la informavano che era cambiata la data dell'udienza relativa all'incidente della forchetta. Spostò alcuni flaconcini dagli scaffali e li mise nel lavandino, scoppiando a ridere.

«La forchetta? La forchetta, la forchetta, la forchetta. La forchetta era solo un'esca. Mi hanno preso all'amo con una forchetta. O meglio, ci ho preso io, quel tizio, all'amo.» Rise per i collegamenti che la sua mente stava inanellando, uno dopo l'altro. «Pensa che spasso se fosse stata una forchetta da pesce.» (Non lo era, era da cocktail. E lo sapeva benissimo.)

Liberò il telefonino dall'incavo della spalla e se lo fece cadere in mano, poi guardò lo schermo per ricordarsi con chi stava parlando. Era in attesa: ecco, era in attesa di parlare con il tribunale, perché voleva dire loro che la data che proponevano non le andava bene. Era il compleanno di sua madre. Forse sarebbero uscite a pranzo! Rise ancora più forte, rise di se stessa. Quando era stata l'ultima volta che sua madre l'aveva invitata a pranzo?

Forse avrebbe potuto spiegare. Avrebbe spiegato la faccenda della forchetta a chiunque, prima o poi, le avesse risposto. Avrebbe raccontato quella storia e loro avrebbero capito. Era una storia facile da raccontare, lo aveva già fatto, parecchie volte, in differenti versioni: alla polizia, all'avvocato d'ufficio, alla psicologa («Dobbiamo elaborare delle strategie, Laura, per aiutarti a controllare la rabbia»), a Maya della lavanderia.

Raccontala un'altra volta!

Era in un locale, non lontano da dove si trovava proprio in quel momento. Era tardissimo, lei era *molto* ubriaca e stava ballando, con movenze lente, da sola. Incoraggiata, forse, dal gruppetto di persone che si erano fermate a guardarla, iniziò a fare uno spogliarello quasi da professionista, suadente e improvvisato. Nel bel mezzo dell'esibizione, e senza sognarsi di chiedere il permesso, un ventenne barbuto dall'aria aggressiva, sbronzo, anche se meno di lei, si fece avanti, invase il suo spazio, allungò la mano e le afferrò il seno sinistro, con forza.

I suoi amici lo incitavano, e tutti gli altri si misero a ridere, tranne una ragazza, che esclamò: «Porca puttana!».

Laura perse il ritmo; barcollò all'indietro e si aggrappò al bancone per restare in piedi. Tutti risero ancora più forte. Di colpo lei, accecata dalla rabbia, si lanciò sul bancone, alla ricerca di un'arma qualsiasi. Trovò una forchetta da cocktail, un aggeggio a due rebbi, usato per infilzare le olive, la prese e si lanciò in avanti. Il tizio abbassò le spalle, si scansò in fretta, perse l'equilibrio agitando la mano sinistra e infine si aggrappò a sua volta al bancone con la destra, e fu allora che lei lo trafisse, proprio al centro della mano. La forchetta penetrò, penetrò davvero, affondò nella carne come nel burro, e lì rimase.

A quel punto scoppiò una rissa, calci e spintoni, mentre il tizio gridava di dolore. Intervennero i buttafuori, uno di loro avvolse Laura, mezza nuda, nella propria giacca e la accompagnò verso il retro del locale. «È stato quel tipo a farti questo, tesoro? Ti ha aggredita? Ti ha strappato i vestiti?»

Laura scosse la testa. «Mi sono spogliata da sola, ma poi lui mi ha afferrata. Mi ha afferrato una tetta!»

Qualcuno chiamò la polizia e, nell'attesa, i due protagonisti, il ragazzo con la forchetta infilzata nella mano e la donna seminuda con la giacca del buttafuori sulle spalle, furono costretti a sedersi vicini, quasi fianco a fianco. «Maledetta *pazza*» mormorava il tizio. «È una maledetta *pazza*! È da rinchiudere.»

Con le dita cercava di prendere una sigaretta dal pacchetto, ma continuava a farlo cadere sul pavimento, suscitando l'ilarità dei buttafuori. «Qui dentro non si può fumare» intimò quello senza giacca.

Per tutto il tempo, Laura restò in silenzio – il casino che era scoppiato le aveva fatto passare la sbornia, l'aveva spaventata –, finché il tipo le rivolse la parola. «Ti denuncio per aggressione, troia fuori di testa, lo sai? Ti sbatteranno al fresco.»

A quel punto, si girò verso di lui. «No, non andrà così. Io mi sono difesa.»

«Che cazzo hai *fatto* tu?»

«Quando ti ho detto che potevi toccarmi?» gli domandò Laura. «Tu mi hai aggredita, sei stato tu a mettermi le mani addosso.»

Il tizio restò a bocca aperta. «Ti stavi spogliando, troia fuori di testa!»

«Sì, ne sono consapevole, ma quando ti ho detto che potevi toccarmi?»

«Ha ragione lei» commentò il buttafuori. Il tizio della forchetta non credeva alle sue orecchie.

Laura sorrise con dolcezza. «Grazie.»

«Sì,» continuò il buttafuori «tu hai ragione, tesoro, ma non puoi infilzare le mani della gente con una forchetta. È una reazione eccessiva, non credi?»

Laura si guardava allo specchio. Era ancora in bagno, il telefono all'orecchio. Nessun suono dall'altra parte. Nessuno diceva nulla. Nessuno ascoltava. Spostò l'apparecchio, toccò il display e cercò il numero di sua madre. Sentì un suono familiare, una voce femminile che diceva: *Il suo credito non è sufficiente per effettuare questa chiamata.* Appoggiò il cellulare sul bordo del lavabo. Provò a sorridere allo specchio, ma i suoi muscoli facciali non sembravano rispondere correttamente. Riuscì soltanto a fare una smorfia, alla sua bruttezza, alla sua solitudine.

17

Theo bussò di nuovo alla porta di Angela, più forte stavolta. «Carla? Sei lì dentro?» La voce era tagliente, per tutta la mattina il suo stato d'animo aveva oscillato tra irritazione e panico. Erano due giorni che non riusciva a parlare con Carla: lei non aveva risposto ai suoi messaggi e, se era a casa, non gli aveva aperto la porta. Quindi, irritazione: perché a volte lo faceva, spariva dalla circolazione senza pensare alle conseguenze, senza pensare che gli altri – lui, soprattutto – potevano preoccuparsi per lei. Una volta era sparita per una settimana intera. Era venuto fuori che era andata in Francia, ma non aveva voluto rivelare con chi.

E panico, anche. Sua sorella era morta. E anche Daniel. E mancava una settimana al compleanno di Ben. A quello che sarebbe stato il suo compleanno. Il diciottesimo. Il loro bambino sarebbe diventato un adulto. Un adulto vero. Avrebbe parlato dell'università, avrebbe portato a casa una ragazza. Oppure un ragazzo. Gli faceva male pensare a quello che sarebbe potuto essere, a quello che loro sarebbero diventati, se non fosse stato per l'incidente.

Se non fosse stato per Angela.

Theo era andato a casa di Carla, al cimitero, aveva chiamato i suoi amici. Se non l'avesse trovata neanche lì, avrebbe dovuto chiamare la polizia. Più volte gli era passato per la mente che poteva essere già con la polizia. Poteva essere seduta in una stanza, proprio in quel momento, a rispondere alle loro domande. Perché se a lui avevano preso le impronte e il dna, lo avrebbero fatto anche con lei, no? E cosa avrebbero trovato?

Bussò di nuovo, ancora più forte e si mise a gridare, disperato. «Carla, per l'amor di Dio, fammi entrare!»

La porta della casa accanto si aprì, di poco. Una signora anziana fece capolino dalla fessura, il viso rugoso. «Non c'è nessuno lì» disse in tono seccato. «È vuota.»

La vicina ficcanaso. Carla gliene aveva parlato, Theo non ricordava il suo nome. Le sorrise. «Salve. Mi spiace *davvero* di averla disturbata» replicò, allontanandosi dalla porta di Angela e dirigendosi verso l'anziana. «Sto cercando mia moglie, Carla Myerson. È la sorella di Angela. Mi stavo chiedendo se per caso lei l'avesse vista...?» Lei strizzò gli occhi. «Carla?» ripeté a voce alta, scandendo il nome. Aggrottò la fronte. Lui ebbe l'impressione che non fosse del tutto presente. «Va bene» replicò, sorridendole ancora. «Non si preoccupi, non importa.»

«*Lei!*» esclamò la carampana di colpo, spalancando la porta e puntando il dito nodoso verso il petto di Theo. «Era lei! Ma certo! Avrei dovuto riconoscerla.»

«Mi scusi?»

«Aspetti qui, non se ne vada.» La donna sparì nell'ingresso, lasciando la porta spalancata.

Theo rimase dov'era, incerto sul da farsi. Guardò su e giù per la strada, poi la chiamò. «Ehi! Signora... uh...» Come si chiamava? "La vecchia rimbambita", gli pareva di ricordare che Carla l'avesse definita così. Entrò nell'ingresso buio e diede una rapida occhiata ai quadri appesi alle pareti: stampe senza valore, scene marittime. Forse il marito si occupava di navi? Avanzò di un altro passo.

Di colpo lei emerse dall'oscurità e lui trasalì. Lo guardava da dietro un paio di occhiali appoggiati sulla punta del naso, strizzando di nuovo gli occhi.

«È lei! Lei è già stato qui. Era fuori in strada con Angela.»

«Ehm... no, io...»

«Sì, sì, era proprio lei. Il poliziotto mi ha chiesto chi fosse quell'uomo e io non lo sapevo, non l'avevo riconosciuta o forse non me lo ricordavo, ma era lei. Lei è stato qui, con Angela. L'ha fatta piangere.»

«Non è vero» obiettò lui, deciso. «Temo che mi abbia confuso con qualcun altro» concluse, poi si voltò per andarsene, a passo veloce, lungo la strada.

«Aveva un cane!» esclamò l'anziana alle sue spalle. «Un cagnolino.»

Theo si affrettò lungo la strada, girò l'angolo e si infilò nel Sekforde Arms. Ordinò un whisky. Lo tracannò tutto d'un fiato e poi uscì a fumare. Stava trasgredendo alle regole: niente alcolici prima delle sei del pomeriggio, quella sigaretta non era consentita nel suo regime. Nonostante tutto, pensò di avere circostanze attenuanti, mentre spegneva la sigaretta, fumata solo a metà, nel posacenere e si voltava in direzione di Hayward's Place, come se avesse paura che la vecchia lo stesse seguendo.

Lo avrebbe detto a Carla? Le avrebbe detto che si erano visti quel giorno o che lo aveva già visto in precedenza? *Gesù Cristo.* Rientrò nel locale e alzò un dito in direzione della ragazza al bancone, per ordinare un altro drink. La barista alzò il sopracciglio, in maniera quasi impercettibile. Quasi. *Fatti gli affari tuoi,* avrebbe voluto dirle. Lei gli servì il secondo whisky con un sorriso. «Eccolo.» Forse si era immaginato tutto. Forse era paranoico.

Forse era paranoico anche nei confronti di quell'anziana signora. Anche se avesse raccontato qualcosa a Carla, che poteva succedere? Carla le avrebbe creduto? Era da paranoici temere che potesse crederle: Carla era convinta che la cara vecchietta stesse perdendo la testa. Non era quel che gli aveva detto?

E se invece le avesse creduto? Cos'avrebbe pensato? Se avesse saputo che lui aveva visto Angela, come l'avrebbe presa? Impossibile dirlo. Theo conosceva Carla da quasi trent'anni, eppure non era mai sicuro delle sue reazioni, in qualunque situazione. Di una cosa era certo: lui le aveva perdonato tutte le sue colpe. E avrebbe continuato a farlo, sempre. Ma non era affatto sicuro che lei si sarebbe comportata allo stesso modo.

Prese il cellulare dalla tasca e la chiamò di nuovo. Ancora una volta, lei non rispose. Fu tentato di ordinare un altro giro, ma l'euforia del primo bicchiere stava già cedendo il passo al pericoloso annebbiamento del secondo, e se poi lei avesse risposto? Che cosa avrebbe detto? Cosa le avrebbe raccontato?

L'ultima volta che aveva visto Angela era stato lì fuori, a Hayward's Place, nel punto esatto in cui adesso aveva parlato con la vicina. Era un giorno grigio, il cielo era coperto, la monocromia tipica di Londra. Theo cercava Daniel, invece aveva trovato Angela. La vecchia aveva ragione: lei aveva pianto, anche se Theo non era del tutto d'accordo con il fatto che fosse stato lui a provocare quella reazione. Era scoppiata in lacrime appena l'aveva visto. Lo aveva invitato a entrare, ma lui aveva preferito rimanere in strada. Non poteva trovarsi in una stanza da solo con lei, non si fidava di se stesso.

Lei faceva impressione: magra da far paura, un reticolo di venuzze azzurre visibili attraverso la pelle sottile. Aveva i capelli grigi e lunghissimi, sembrava la strega cattiva delle favole, era come svuotata, un guscio. Theo si era imposto di ignorare il suo aspetto e la sua sofferenza, aveva cercato di parlare con chiarezza, per spiegarle nel modo più diretto possibile perché era lì. Daniel era andato da lui e gli aveva chiesto dei soldi; aveva detto di aver perso il lavoro e di non avere nessun altro a cui rivolgersi. Aveva detto di non voler disturbare Carla. Theo riteneva che fosse una bugia, ipotizzava che ci fosse dell'altro, ma non voleva sapere di cosa si trattasse. Gli aveva dato un assegno da mille sterline. Dopo un paio di settimane, Daniel era tornato. Theo non c'era, ma gli aveva lasciato un messaggio.

«Posso ascoltarlo?» chiese Angela.

«Non era un messaggio telefonico» spiegò Theo. «Ha infilato un biglietto sotto la mia porta.»

«Che biglietto? Cosa c'era scritto?» Angela aveva sgranato gli occhi, le cornee erano gialle, itteriche. *È malata*, aveva pensato Theo. *Forse sta per morire.*

«Non importa cosa c'era scritto» aveva replicato. «Ho bisogno di parlare con lui.»

Angela gli aveva spiegato che non sapeva dove fosse Daniel, assicurandogli che se lo avesse visto sarebbe però entrata in argomento. «Non servirà a niente» aveva aggiunto, scuotendo la testa. «Non mi sta a sentire. Ascolta soltanto Carla.» Gli occhi le si erano riempiti di lacrime, ancora una volta. «In genere fa quello che Carla gli chiede di fare.»

Theo era rimasto lì per un po', guardandola piangere; aveva cercato di provare pietà per lei, ma non ci era riuscito. Di sicuro Angela provava già una sufficiente quantità di pena per se stessa, inutile aggiungerne altra. Si era allontanato prima di dire qualcosa di cui avrebbe potuto pentirsi.

No, non era stata quella l'ultima volta che l'aveva vista. Ma la penultima.

18

Negli angoli della stanza ombre scure prendevano forma, ammassandosi, prive di volto, in continuo movimento, si avvicinavano e si allontanavano per poi tornare a dissolversi nel nulla. Irene era sveglia, ascoltava il suo respiro corto e irregolare nel torace, il ronzio del sangue nelle orecchie, la paura che incombeva su di lei schiacciando il suo corpo nel letto.

Qualcosa l'aveva svegliata. Una volpe nel giardino del cimitero? O qualche ubriaco fuori in strada, che gridava contro il nulla, oppure... ecco! Eccolo di nuovo, quel suono. Uno scricchiolio sulle scale? Irene trattenne il fiato, troppo spaventata per allungare la mano e accendere la luce. Passarono alcuni secondi, e altri ancora. Forse era la sua immaginazione. Espirò piano, girandosi sul fianco. Eccolo! Di nuovo! Rumore di passi. Non c'era dubbio, e – per fortuna – non proveniva dalle sue scale, ma dalla casa accanto. Conosceva bene quel suono, per anni aveva sentito Angela salire e scendere i gradini a tutte le ore del giorno e della notte. Le pareti di quelle casette a schiera erano sottili come carta velina.

Quello che aveva sentito era un'eco dei passi di Angela? Una normale reazione dettata dal dolore? Come le sue visioni, in cui William ritornava a casa fischiettando la sera, o stava vicino alla finestra quando lei si svegliava, sempre sul punto di voltarsi, sempre sul punto di chiederle: «Ti va una tazza di tè, Reenie?».

Qualcosa si mosse ai lati del suo campo visivo; Irene afferrò le coperte così forte che le fecero male le dita.

Si domandò come le sarebbe apparsa Angela, se fosse andata da lei. Sarebbe stata la stessa, sempre un po' irrequieta, con il ginocchio che faceva su e giù quando stava seduta, le gambe sottili accavallate, chiacchierando del libro che aveva appena finito di leggere, le mani perennemente impegnate, a rollare una sigaretta o a strapparsi un filo dalla maglietta di cotone? Sarebbe stata la stessa, oppure no? Le sarebbe apparsa deforme, con il collo spezzato, l'alito dolciastro di vino misto a decomposizione?

Poi – senza alcun dubbio – Irene sentì qualcuno camminare nel pianerottolo che si trovava dall'altro lato della parete della camera da letto. Un passo leggero, non faticoso e strascinato come quello di Angela quando era ubriaca, e non un rumore *immaginario*, ovattato, indistinto, ma passi veri. Cauti e inconfondibili.

C'era qualcuno nella casa accanto, e non era un fantasma. Ma un intruso.

Era la cosa di cui Irene aveva più paura in assoluto. La terrorizzava l'idea che qualcuno potesse entrarle in casa, e in particolare temeva l'istante in cui l'intruso si sarebbe accorto di non essere da solo, in cui avrebbe capito che in quelle stanze c'era un testimone da sistemare. La spaventava il momento della resa dei conti, quello in cui lei, la fragile pensionata, sola nel suo letto, avrebbe capito con chi aveva a che fare: un ladruncolo che voleva sgraffignare un portafoglio o un computer portatile, oppure qualcosa di diverso. Si sentivano storie terribili, di anziane picchiate, aggredite, con gli occhi pesti, la camicia da notte imbrattata per la paura.

Eccolo, di nuovo! Un altro rumore, qualcuno che si muoveva avanti e indietro, forse lungo il corridoio. Cercava qualcosa? *Myerson*, pensò Irene. Il tizio che aveva fatto piangere Angela. Il tizio che aveva negato di essere già stato lì. Non gli era piaciuto il suo sguardo, il modo in cui aveva posato gli occhi su di lei, sottovalutandola. *Una stupida vecchia*, doveva aver pensato. Le sembrava di sentirglielo mormorare. *Maledetta ficcanaso*.

Bene. Avrebbe confermato la sua fama di vecchia impicciona, perché no? Cercò l'interruttore al buio e accese la lampada, strizzando le palpebre per abituarsi alla luce. Si mise a sedere e cercò gli occhiali. Il cellulare, come al solito, non era vicino al letto. Quel dannato telefono non era mai dove doveva essere, a prescindere da dove lei si trovasse o cosa stesse facendo, era sempre in un'altra stanza.

Scese giù per le scale, orientandosi nell'oscurità, perché non voleva attirare l'attenzione accendendo la luce al piano inferiore. «Stupida» mormorò. «Muoverti al buio. Non ti è bastata la caviglia, adesso magari ti romperai il femore.»

Quando Irene arrivò all'ultimo gradino e, saggiando cauta il pavimento con il piede infilato nella ciabatta, capì che aveva finalmente raggiunto il pianterreno, in quel momento sentì dalla casa accanto un rumore sordo, un tonfo, come se qualcuno fosse inciampato, e allora gridò: «Chi è là? Vi ho sentiti, sto per chiamare la polizia! La polizia sta per arrivare!». Il suo tono indignato suonava ridicolo, se ne rese conto da sola. «Mi sentite?»

Le rispose il silenzio.

Due agenti, uno giovane, robusto, con la faccia pulita, e una donna più adulta, sulla trentina, dall'aria sfinita, erano fermi davanti a casa di Angela, con le mani sui fianchi.

«La porta è chiusa» disse il tipo robusto a Irene. Provò di nuovo ad aprire, solo per convincerla. «Nessun segno di scasso. Nessun danno alle finestre...» Si strinse nelle spalle, come per scusarsi. «Non sembrerebbe esserci stata un'effrazione.»

«Lì dentro c'è qualcuno» insistette Irene, ritirandosi sulla soglia di casa. «Li ho sentiti. Ho sentito dei passi...»

«Ha detto che la casa è vuota? È sicura che non sia stata affittata?»

«No, è vuota, non hanno ancora finito di sgomberarla. Il fatto è che oggi qui c'era un tizio, e ha mentito quando ha detto di non essere mai stato qui prima e io allora... io...»

La poliziotta strinse le labbra. «Quindi qualcuno si aggirava intorno alla proprietà?»

«Be'... no, non è quello che sto dicendo, ma qui è morta una donna. Alcuni mesi fa, è morta una donna, e voi – non voi due, ma altri poliziotti – avete detto che era stato un incidente, però io non ne sono sicura, perché poi è morto anche il figlio. A voi non sembra strano?»

La donna sbatté le palpebre, lentamente. «Mi scusi, sta dicendo che ci sono state due morti sospette in questa proprietà?»

«No, no, solo una, il figlio è morto da un'altra parte. Io... non voglio farvi perdere tempo, ma c'è qualcuno nella casa accanto, e... a essere sincera, ho paura.»

Il poliziotto robusto annuì. «Non si preoccupi, la capisco» la rassicurò, sorridendole. Alzò il pugno e bussò con decisione. Aspettarono. Bussò di nuovo. Poi si accese una luce.

Irene per poco non cadde a terra, nella fretta di allontanarsi dalla porta.

«C'è *qualcuno* lì dentro» gridò terrorizzata, e al tempo stesso trionfante.

Dopo qualche istante, la porta si aprì e apparve Carla, con una tempesta dipinta sul volto.

Più tardi, quando ebbero chiarito tutto con la polizia, dopo aver spiegato chi era e perché aveva tutto il diritto di stare lì, Carla accettò l'offerta di Irene di una tazza di tè alle tre del mattino.

«Non dovrebbe fare tutto quel rumore lì dentro» la rimproverò Irene, costernata. «Non nel cuore della notte.»

«Irene, con tutto il rispetto,» replicò Carla, accettando la tazza di tè e alzando un po' il mento, così da guardarla dall'alto in basso, «io posso fare quel che mi pare e piace. È casa mia. O almeno, lo diventerà. Quindi posso venirci ogni volta che mi va.»

«Ma...»

«Mi spiace averla disturbata,» la interruppe la donna, con un tono di voce che tradiva la totale assenza di rimorso, «ma negli ultimi tempi dormo male, ammesso che io riesca a prendere sonno, quindi ogni tanto, anziché restare a letto a guardare il soffitto, mi alzo e mi occupo di varie faccende, sbrigo la corrispondenza, faccio le pulizie, oppure, come in questo caso, esco di casa e vengo qui a cercare qualcosa che non trovo più.»

«Che cosa?» sbottò Irene, infastidita dai modi di Carla, dalla sconsiderata mancanza di riguardo che dimostrava per la sua tranquillità. «Di cosa poteva avere così tanto bisogno da venire qui a cercarlo, alle due del mattino?»

«Non sono affari suoi!» Carla sbatté la tazza sul tavolo della cucina, rovesciando il tè sul pavimento. «Mi spiace» aggiunse, prendendo un foglio di carta da cucina e inginocchiandosi per asciugare. «Mio Dio!» Restò in quella posizione, accovacciata, con le braccia penzolanti lungo i fianchi, la testa sulle ginocchia. «Mi spiace» mormorò. «Mi spiace.»

Irene allungò il braccio e le appoggiò delicatamente la mano sulla spalla. «Va tutto bene» la rassicurò, sorpresa di vederla così fragile. «Su, si alzi.»

Carla si alzò. Stava piangendo: non con strepiti e singhiozzi, ma con contegno e dignità, *alla Carla*; le lacrime scivolavano con eleganza lungo le guance, cadendo dalla mascella sul colletto della camicetta bianca e perfetta. Chiuse gli occhi e si premette i palmi delle mani contro gli zigomi.

«Coraggio» la esortò Irene con fare gentile, blandendola come se fosse un animale o un bimbo piccolo. «Beva il suo tè, va tutto bene» aggiunse e la accompagnò dalla cucina al soggiorno, dove si sedettero l'una accanto all'altra sul divano.

«Avevo delle cose» disse Carla, dopo un po', «dentro una borsa. Alcuni indumenti e un paio di astucci portagioielli. Li avevo portati con me, quando sono venuta qui, oggi... voglio dire, ieri... insomma. Sono sicura di averlo fatto.»

«E adesso non li trova più?»

Carla annuì.

«Erano oggetti preziosi?»

L'altra si strinse nelle spalle. «Non particolarmente. Non saprei... L'anello di fidanzamento di mia madre, quello forse un po' di valore ce l'ha, ma la medaglietta di San Cristoforo... era di mio figlio...»

«Oh, Carla!»

«Non posso perderla, non posso. Gliel'avevamo comprata per il battesimo, avevamo fatto incidere...» Scosse la testa, chiuse gli occhi per scacciare le lacrime. «Ovviamente non l'ha mai indossata, era troppo piccolo, ma *adorava* guardarla, tirarla fuori dalla scatola, voleva giocarci, sa come sono i bambini. Ma io gli dicevo sempre che non poteva, che era preziosa, che doveva metterla via e che l'avrei conservata per lui, l'avrei tenuta al sicuro per lui... Gli ho promesso di tenerla al sicuro per lui, e l'ho fatto, per tutto questo tempo, e adesso...» Si interruppe, distogliendo subito lo sguardo.

«Oh, mi dispiace così tanto» disse Irene. «Ma perché l'ha portata qui? Stava andando da qualche parte? Si è fermata in qualche altro posto, forse? In un negozio, magari ha appoggiato la borsa...»

«No, no. Non sono andata da nessun'altra parte. Io ero... Volevo tenerli con me, quegli oggetti. Li volevo con me quando...» Voltò il capo.

«Quando cosa?» Irene non capiva.

«Ero... Ero disperata» riprese Carla. Si girò e i loro occhi si incrociarono.

Irene si portò la mano alla bocca. Adesso aveva capito. «Oh, Carla... oh, *no*.»

Carla scosse di nuovo la testa. «Non importa, non ha importanza.»

«Sì che importa, certo che importa.» L'anziana appoggiò la mano su quella della donna. «Prima suo figlio, poi sua sorella e Daniel, in così poco tempo: è davvero troppo da sopportare.»

Carla sorrise, sottrasse la mano e si asciugò le guance bagnate di lacrime. «Non siamo state molto fortunate.»

«Lei è in lutto» disse Irene. «Non si è molto lucidi quando si è in lutto. Mi è capitata la stessa cosa quando ho perso mio marito. Ci ho pensato, a farla finita. Non mi sembrava che avesse senso andare avanti: sono sola, non ho nessuno. Sua sorella mi ha tirata fuori da quella situazione, sa? Continuava a venirmi a trovare, portava quei biscottini che le piacevano tanto, quelli alla mandorla, sono svedesi? No, danesi. Oppure un po' di minestra, o del caffè, cose così, e chiacchieravamo, di quello che stava leggendo, di qualsiasi argomento. Angie mi ha salvato la vita.»

Carla sembrò rabbuiarsi, distolse lo sguardo.

«Lo so che il rapporto tra voi due non è sempre stato buono, ma le voleva molto bene» aggiunse Irene. «E... be', so che lei voleva molto bene a Daniel, vero? Lui era importante...»

Carla si alzò. «È meglio che lei torni a letto» disse bruscamente, mentre riportava la tazza in cucina. «Le ho fatto perdere il sonno.»

«Be', dormo male comunque» replicò Irene. «Va tutto bene, se vuole fermarsi qui questa notte, se...»

«Oh, no!» Carla la interruppe, come se fosse un'idea aberrante. Era tornata dalla cucina, ogni traccia di emozione era scomparsa dal suo viso. Era in piedi sulla soglia, schiena dritta, mento alto verso il soffitto, labbra strette. «Non si alzi, Irene, la prego» aggiunse. «Grazie per il tè. Mi scuso per il trambusto. Adesso vado a casa, così non la disturberò più.»

«Carla, io...» Irene si fermò. Voleva dirle qualcosa di rassicurante, che le desse speranza, che la rasserenasse. Non le venne in mente nulla. Invece, le chiese: «Lei starà bene, vero?».

Per un attimo, Carla sembrò non capire la domanda, poi arrossì. «Oh, sì, certo. Non deve preoccuparsi per me. Non sono sicura che avrei avuto il coraggio di andare fino in fondo. Un conto è immaginarlo, ma la realtà...» Lasciò cadere la frase. «Mi ero portata il guinzaglio del cane» spiegò. Irene rabbrividì, sentì la pelle accapponarsi, dal coccige fino alla nuca, al solo pensiero di *un altro* cadavere nella casa accanto, in attesa di essere scoperto dietro le pareti di carta velina.

«Non del mio cane, ovviamente» proseguì Carla. «Io non ne ho. Il mio ex marito ne aveva uno, e credo che una parte di me avesse scelto quell'oggetto proprio per essere certa che non ce l'avrei fatta ad arrivare fino in fondo.» Sorrise, in modo strano, intimo. «Penso che avrei guardato il guinzaglio e mi sarei ricordata del suo cagnolino, di quanto lo amava, di quanto amava me, e questo mi avrebbe dissuasa.» Si strinse nelle spalle, aveva un'espressione dolce. «A ogni modo, è quel che penso adesso.»

«Oh!» esclamò Irene. Di colpo le era tornato in mente. «Ho dimenticato di dirglielo. Il suo ex marito è venuto a cercarla. È stato qui...»

«*Qui?*»

«Be', a dire il vero era fuori, in strada, e bussava alla porta di Angela. All'inizio non l'avevo riconosciuto, poi mi sono ricordata che era già venuto qui, l'avevo visto parlare con lei, così...»

Carla scosse la testa. «No, non poteva essere Theo.»

«Era lui, sono certa che...»

«Si sbaglia, Irene, non è possibile che mio marito...»

«L'ho visto con lei» insistette Irene. «Li ho visti là fuori, in strada. Lei piangeva. Angela stava piangendo. Credo che stessero litigando.»

«Irene,» Carla alzò la voce, due macchie scure le colorarono le guance, «Theo non parlava con mia sorella. Non avrebbe mai...»

«C'era il suo cagnolino con lui. Un piccolo terrier, credo, nero e beige.»

Carla sbatté lentamente le palpebre. «Lo ha davvero visto con Angela?» chiese. Irene annuì. «Quando?»

«Non sono sicura, era...»

«Quante volte?»

«Solo una, mi pare. Erano fuori, in strada. Angela stava piangendo.»

«Irene, quando è successo?»

«Una settimana o due prima che morisse.»

Irene era di nuovo a letto, al piano di sopra, guardava una crepa grigia attraverso le tende. Ormai era quasi mattino. Era tornata a dormire esausta, sapendo che difficilmente sarebbe riuscita a riaddormentarsi. Era vero quel che aveva detto a Carla sulla sua insonnia, era un effetto collaterale dell'invecchiamento. Ma dubitava che avrebbe dormito, a prescindere dall'età: lo sguardo ferito di Carla quando le aveva detto della visita di Theo l'avrebbe tenuta sveglia in ogni caso.

19

«Puoi farmi entrare? Cazzo.»

Erano le nove e mezza del mattino, pioveva a dirotto e Laura era sul marciapiede davanti alla lavanderia, il respiro irregolare, si accorgeva a malapena degli schiavi del lavoro che le sfrecciavano accanto con i loro ombrelli, tenendosi alla larga dalla pazza in mezzo alla strada che faceva roteare lo zaino per aria e lo scagliava contro la porta della lavanderia, con tutta la forza che aveva. «Non sono qui per il lavoro!» sbraitava. «Non me ne importa niente, puoi ficcartelo su per il culo quel cazzo di lavoro! Voglio solo parlare con Tania! Maya, porca puttana! Fammi entrare!»

Dall'altra parte del vetro c'era Maya, ferma, impassibile, con le braccia incrociate sul petto. «Laura,» gridava «devi calmarti! Ti do trenta secondi per calmarti e andartene, altrimenti chiamo la polizia. Hai capito?»

Laura si accovacciò e si morse forte le labbra. Sentì un conato di vomito mentre la scarica di adrenalina entrava in circolo, la bocca che si riempiva di saliva, il cuore che pompava, sul punto di esplodere. Prese una bottiglia di birra vuota in un bidone della spazzatura e la sollevò.

Una mano la afferrò e le tirò con decisione il braccio dietro il busto. Sentì un dolore alla spalla e urlò, poi lasciò cadere la bottiglia. La mano mollò la presa.

«Che diavolo stai facendo?» chiese una voce femminile,

e Laura si voltò, massaggiandosi con la mano sinistra la spalla destra dolorante, scoprendo che era stato lo hobbit a fermarla.

Era così che la chiamavano in lavanderia, perché era una tizia bassa e pelosa e pareva che abitasse in una tana o in una conigliera o qualcosa di simile, anche se avevano saputo che viveva in una casa galleggiante, il che era comunque strano.

«Allora?» La donna la guardava perplessa, sembrava più confusa che arrabbiata. Proprio come quando suo padre ce l'aveva con lei ma cercava di negarlo e le diceva: «Non sono arrabbiato, pulcino, sono deluso».

«Non mi fanno entrare» rispose Laura fiaccamente, la nebbia rossa che si dissolveva, veloce come era calata. «Lei non vuole farmi entrare, e io non volevo fare casino, solo parlare con Tania di una cosa. Una cosa che non ha nulla a che fare con il negozio, non è neppure...» Laura smise di parlare. Era inutile. Era tutto inutile. Si lasciò sprofondare sul bordo del marciapiede, il mento sulle ginocchia. «Non volevo fare casino.»

Lo hobbit si appoggiò pesantemente alla spalla di Laura mentre si sedeva di fianco a lei. «Be',» replicò in tono burbero «non sono certa che lanciare bottiglie sia il modo migliore per non fare casino.»

Laura la guardò e lo hobbit sorrise, svelando i denti storti e giallastri.

«Non ricordo come ti chiami» disse Laura.

«Miriam» rispose la donna. Le diede un colpetto sul ginocchio. «Mi par di capire che non lavori più lì, vero? Non ti ho più vista in giro.»

«Sono stata licenziata» spiegò Laura, triste. «Non mi sono presentata al lavoro, non era la prima volta che saltavo il turno, e non ho nemmeno chiamato Maya per avvertirla, così lei si è persa il compleanno del nipotino, il che, lo capisco, è proprio uno schifo, ma il fatto è che non era mia intenzione, niente di tutto quel che è successo. Non è stata colpa mia.»

Miriam le diede un altro colpetto sul ginocchio. «Mi dispiace. È una cosa terribile. È bruttissimo perdere il lavoro. So come ci si sente. Ti va di andare da qualche parte a bere una tazza di tè? Mi piacerebbe aiutarti.» Laura si scostò leggermente da lei. «Anche a me è capitato di dover fare affidamento sulla gentilezza degli sconosciuti, una volta o due» le spiegò Miriam. «So come ci si sente. All'inizio può essere spiazzante, vero?» Laura annuì. «Ma io penso che...» Miriam le sorrise con benevolenza. «Penso che scoprirai che siamo abbastanza simili, io e te.»

Cazzo, no che non lo siamo!, pensò Laura, ma riuscì a non dire nulla, perché capiva che quella donna cercava soltanto di essere gentile.

«E quindi, quattro anni dopo l'incidente, mia madre sposò il tizio che mi aveva investita.» Laura fece una pausa e aggiunse un po' di latte al tè che aveva preparato. Diede a Miriam la tazza meno sbeccata. «Una cosa del genere non può che fotterti il cervello, c'è poco da fare. Voglio dire, essere investita da un'auto ti fotte *fisicamente*, ti lascia dolori, cicatrici e una serie infinita di menomazioni, vedi?» Indicò la gamba sinistra, quella zoppa. «Ma il resto è peggio. La parte emotiva, quella mentale, è peggio. Tutta quella roba sì che ti fotte per bene.»

Miriam assaggiò il tè e annuì. «Non potrei essere più d'accordo.»

«Così ora» continuò Laura, sprofondando nella sedia, «faccio delle cose, delle cose stupide, a volte, come stamattina o quando... Può capitare in qualsiasi momento, e non voglio farle davvero, cioè a volte sì, ma è come se qualcosa si mettesse in moto e io non riuscissi a fermarlo, e in quelle situazioni riesco soltanto a reagire, d'istinto, limitando i danni, e così capita spesso che per proteggere me stessa io faccia del male agli altri, ma non è intenzionale. Non c'è *premeditazione*.» Lo hobbit annuì di nuovo. «La gente non ci crede, lo sai? La gente come la mia matrigna o i miei insegnanti o i poliziotti o Maya o chiunque altro, quando dico che non è colpa mia. Hanno quell'espressione da "e se non è tua, di chi è, allora?"»

Janine, la mamma di Laura, era nel vialetto davanti casa, guardava le mangiatoie per uccelli sul melo. Dovevano essere riempite. Non era sicura di avere ancora il mangime, ma non aveva voglia di andare al negozio, nevicava da un po' e le strade erano in pessimo stato. Aveva chiuso gli occhi e fatto un respiro profondo, godendosi l'aria fresca che entrava nei polmoni e la quiete quasi perfetta, che era stata interrotta all'improvviso, in maniera violenta, da uno stridio di freni. Era calato un lungo silenzio rotto infine da un orribile, raccapricciante *crack*. Il vialetto era lungo un centinaio di metri, fiancheggiato di alberi, e al confine della proprietà c'era una siepe, quindi era impossibile vedere cosa fosse successo in strada, ma Janine lo sapeva. Ai poliziotti, quando erano arrivati, aveva detto di aver capito subito che era successo qualcosa di terribile.

L'auto era scomparsa. Laura giaceva sulla strada, con le gambe piegate in una posizione innaturale. Quando Janine si era inginocchiata accanto alla figlia, aveva visto un rivolo di sangue gocciolare fuori dal suo caschetto, sull'asfalto umido e scivoloso. Aveva cercato il telefono in tasca ma non c'era, allora aveva iniziato a urlare, urlava, ma non arrivava nessuno, perché la casa più vicina si trovava a quasi un chilometro di distanza.

La polizia voleva sapere cosa avesse visto e sentito, era sicura di non aver notato nessun dettaglio della macchina, neppure un accenno di colore? Janine aveva scosso la testa. «È stata colpa mia. È stata colpa mia.»

«Signora Kilbride, non è stata colpa sua. È colpa del conducente dell'auto che ha investito Laura» aveva replicato la poliziotta. Poi aveva messo un braccio intorno alle spalle di Janine, stringendola. «Troveremo quell'uomo. O quella donna. Troveremo chiunque sia stato. Non si preoccupi, non la passerà liscia.» Janine si era scostata e l'aveva guardata nel suo pallido, muto terrore.

Lo trovarono. Una telecamera a circuito chiuso, a meno di un chilometro di distanza, aveva catturato le immagini di due automobili passate pochi minuti dopo l'incidente di Laura: la prima apparteneva a un'anziana signora la cui auto fu trovata intatta, senza segni di urto. La seconda era di Richard Blake, commerciante di arte e antichità, che abitava a Petworth, non lontano da lì, e la cui macchina era stata rubata la sera prima, secondo quanto aveva riferito alla polizia, che lo aveva rintracciato al lavoro. Non aveva denunciato il furto. Mentre i poliziotti stavano per andarsene, Richard aveva chiesto, con voce strozzata: «Lei ce la farà?» e la poliziotta aveva replicato: «Lei chi?».

«La ragazzina!» aveva esclamato lui, torcendosi le mani.

«Signor Blake, non le ho mai detto che si trattava di una femmina. Come faceva a sapere che la vittima è una ragazzina?»

Richard Blake non era un genio del crimine.

Era andata così. O almeno era quello che Laura credeva. Era quello che le avevano raccontato – lei aveva solo dieci anni, dopotutto –, era quello a cui aveva creduto.

Ovviamente, all'inizio non aveva potuto credere proprio a nulla perché era in coma. Dodici giorni in stato di incoscienza e, quando finalmente si era svegliata, si era ritrovata in un mondo nuovo, nel quale aveva il bacino rotto, una frattura composta del femore e il cranio fracassato, un mondo dove sembrava che qualcuno avesse fatto un reset completo delle impostazioni e l'avesse rispedita alla casella di partenza. Dovette imparare di nuovo a parlare, a leggere, a camminare, a contare fino a dieci.

Non ricordava assolutamente nulla dell'incidente, né dei mesi precedenti: la scuola nuova, la casa nuova, la bici nuova, tutto cancellato. Aveva un vago ricordo della loro vecchia abitazione di Londra, del gatto del vicino. Il resto era tutto sfocato.

Però, a poco a poco, con il passare del tempo, aveva iniziato a ricordare. Poche settimane prima di lasciare l'ospedale, aveva chiesto al padre: «La casa dove abitiamo adesso si trova ai piedi di una collina, vero?».

«Sì, è vero!» Lui le aveva sorriso. «Brava la mia ragazza! Ricordi qualcos'altro?»

«Una casa a un piano» aveva aggiunto, e lui aveva annuito. Lei si era concentrata. «L'automobile. È verde.»

Il padre aveva scosso la testa, con un sorriso triste sulle labbra. «È rossa, pulcino. Ho una Volvo rossa.»

«No, non la nostra. Quella che mi ha investita. Era verde. Usciva dal nostro vialetto. Stava andando via da casa nostra, proprio mentre io rientravo.»

Il sorriso era sparito dalla faccia del padre. «Pulcino, tu non ricordi l'incidente. Non è possibile che ricordi l'incidente.»

Dopo alcuni giorni, quando sua madre era andata a trovarla (non erano più andati a trovarla insieme, che strano), Laura le aveva chiesto dell'auto che l'aveva investita. «Era verde, vero? Sono sicura che era verde.»

Janine si era messa a trafficare con i biglietti di auguri di pronta guarigione sul davanzale. «Non lo so. Io non l'ho vista.»

Bugiarda.

Janine, la madre di Laura, si trovava nel vialetto davanti a casa, tremava, indossava un paio di stivali Ugg ed era avvolta in una vestaglia di seta verde oliva. Aveva la pelle arrossata dal sesso. Avevano perso completamente la nozione del tempo, erano ancora avvinghiati l'uno all'altra quando lei aveva guardato l'orologio del marito sul comodino e aveva esclamato: «Merda, Laura sarà a casa da un momento all'altro!».

Richard si era vestito in fretta e furia; era quasi inciampato mentre si infilava i pantaloni, erano scoppiati a ridere, si erano messi d'accordo per l'incontro successivo. Lo aveva accompagnato fuori e baciato mentre saliva in macchina, lui le aveva detto che l'amava. Era rimasta nel vialetto, con la testa all'indietro, guardando la neve cadere, aveva aperto la bocca per sentire i fiocchi sulla lingua. Le parole di lui riecheggiavano nella sua testa, poi aveva sentito e aveva capito: a Richard era successo qualcosa di orribile.

Era corsa verso la strada. La prima cosa che aveva visto era la sua auto, la Mercedes verde scuro parcheggiata tutta storta in mezzo alla carreggiata e poi, subito oltre, Richard. Era in ginocchio e le dava la schiena, muoveva su e giù le spalle e quando si era avvicinata si era resa conto che stava singhiozzando, le sue lacrime cadevano sul corpo spezzato della figlia di Janine. «Oddio, mio Dio ti prego, ti prego, no! Era in strada, era in mezzo alla strada, Janine. Dio, ti prego, no, ti prego!»

Janine lo aveva afferrato per un braccio e lo aveva costretto ad alzarsi. «Devi andartene» gli aveva ordinato, con una voce che suonava stranamente distaccata, persino alle sue stesse orecchie. «Devi salire in macchina e andartene, subito! Vattene, Richard, a lei ci penso io. Vattene!»

«Sta sanguinando, Janine. È grave. Cristo, è grave!»

«Tu devi andartene» aveva ripetuto, e poi, visto che lui

non si muoveva, si era messa a urlare. «Adesso, Richard! Vattene! Subito! Tu non eri qui. Tu non sei mai stato qui.»

Bugiarda, bugiarda.

Tutto questo sarebbe venuto fuori dopo. Tutti dissero a Laura (tutti significa i genitori, il medico e lo psicologo) di non googlare quello che era successo, che non l'avrebbe aiutata, l'avrebbe soltanto turbata e spaventata, causandole incubi notturni. Laura, che aveva appena compiuto undici anni, ma non era mica *nata ieri*, pensò che fossero tutte balle, peraltro abbastanza sospette, e aveva ragione, no?

La prima cosa che trovò, quando digitò il suo nome su Google, fu un articolo dal titolo *Arrestato pirata della strada* e una fotografia di lei, che con addosso la divisa della scuola sembrava proprio una cretina, gli occhi fissi sull'obiettivo con un sorriso a trentadue denti stampato in faccia. Iniziò a leggere:

> Ieri il gallerista Richard Blake è stato condannato a quattro mesi di prigione per l'incidente con omissione di soccorso nel quale è rimasta gravemente ferita una ragazzina del luogo, Laura Kilbride, di undici anni.

Laura lesse di nuovo la frase. *Richard?*

Ma non poteva essere vero. Lei sapeva chi era Richard. Era l'insegnante delle lezioni di arte che frequentava sua mamma, un tipo carino. Aveva un viso aperto, amichevole, rideva sempre. A Laura piaceva Richard, era gentile con lei, una volta avevano giocato a pallone nel parcheggio del supermercato mentre lei aspettava che la mamma finisse di fare la spesa. Richard non le avrebbe fatto una cosa del genere. Non si sarebbe mai allontanato senza chiamare l'ambulanza.

Ma la rivelazione su Richard Blake fu presto dimenticata, scacciata dallo shock che stava per arrivare:

Il signor Blake, che si è dichiarato colpevole di non essersi fermato e di non aver denunciato l'incidente, all'epoca dei fatti intratteneva una relazione con la madre della ragazzina, Janine Kilbride. La signora Kilbride, quarantatré anni, arrivata sulla scena subito dopo lo scontro, ha chiamato i soccorsi per la figlia, ma ha dichiarato alla polizia di non aver visto il veicolo che l'aveva travolta. A Janine Kilbride è stata comminata una multa di ottocento sterline per aver dato false informazioni alla polizia.

Quando Laura ripensava a quel periodo, individuava nel momento in cui aveva letto quell'articolo l'inizio della fine. Il suo corpo era già a pezzi, ovviamente, e le sue funzioni cerebrali erano già state compromesse, però era possibile recuperare da danni di quel tipo. Ma *questo*? Scoprire che le avevano mentito – entrambi i suoi genitori e tutte le persone che avrebbero dovuto prendersi cura di lei – era stato il colpo di grazia, una di quelle botte che ti stendono, dalle quali non ti riprendi più. Quella consapevolezza, e la sensazione di essere stata tradita, l'avevano cambiata. L'avevano marchiata.

L'avevano riempita di *rabbia*.

20

Miriam sapeva riconoscere la merce avariata, quando se la trovava davanti. La gente diceva che se un individuo era tormentato lo si capiva dagli occhi, dall'espressione guardinga, dallo sguardo inquieto, cose di quel genere. Forse, pensava Miriam, ma si coglieva soprattutto nei movimenti, nel modo di porsi. Non era capace di riconoscerne i segnali in se stessa, ovviamente, ma lo sapeva: anche se ormai era vecchia, lenta e appesantita, camminava ancora in punta di piedi. Ancora diffidente. Pronta per quell'afflusso improvviso di sangue alla testa.

Miriam aveva visto Laura provocare scompiglio fuori dalla lavanderia e aveva colto un'opportunità. Si era avvicinata alla svelta, aveva raccolto il suo zaino, si era scusata con l'esasperata proprietaria e, con astuzia, aveva scortato la ragazza via da lì. Le aveva proposto di andare a prendere una tazza di tè sulla casa galleggiante, ma Laura aveva rifiutato. Era comprensibile, date le circostanze. Considerato il casino in cui si era cacciata l'ultima volta che era stata da quelle parti.

Erano andate a casa di Laura. Un calvario, per usare un eufemismo. Laura abitava in una casa popolare in un grattacielo vicino a Spa Fields, al settimo piano, e l'ascensore era guasto. Miriam non era sicura di farcela, aveva dovuto fermarsi più volte, aveva il fiato corto e sudava copiosamente. Alcuni piccoli straccioni sulle scale si erano messi a sghignazzare, la prendevano in giro. «Merda, fratello, la nonnina sta per avere un infarto.»

Quando arrivò lassù, tuttavia, si disse che ne era quasi valsa la pena. Una brezza fredda, niente a che vedere con la puzza del canale, e una vista... una vista magnifica! Il pinnacolo di St. James in primo piano, sullo sfondo le massicce torri brutaliste del Barbican, il maestoso splendore di St. Paul e, ancora oltre, le facciate di vetro scintillante della City. Londra, in tutta la sua gloria, quella di cui è facile dimenticarsi quando vivi con il naso troppo vicino al terreno.

Laura sembrava non accorgersi neppure del panorama. Ci era abituata, suppose Miriam, e poi stava male, era evidente: la zoppia pareva peggiorare a ogni piano. Quando finalmente raggiunsero la porta dell'appartamento, Miriam le chiese cosa le fosse successo, con garbo, come semplice gesto di sollecitudine, aspettandosi una risposta del tutto banale – una storta alla caviglia o una caduta da ubriaca –, invece ricevette la storia di una disgrazia alla quale si stentava a credere. Genitori orrendi, un terribile incidente, il virtuale abbandono al proprio destino. Miriam si sentì molto vicina a lei. Un inizio così nella vita? Non c'era da stupirsi che fosse una tipa tanto strana.

La simpatia per Laura aumentò quando vide il suo appartamento, piccolo e triste. Mobili brutti e dozzinali, un tappeto in acrilico grigio, pareti ingiallite dal fumo. Era la casa di una ragazzina a cui era mancato tutto: nessun cuscino o plaid colorato, nessun soprammobile o trofeo, nessun libro sulle mensole, nessun poster alle pareti, niente di niente, tranne un'unica fotografia incorniciata, di una bambina con i genitori. Era un sollievo in quella desolazione, almeno finché non ci si avvicinava, come fece Miriam, scavalcando un mucchio di vestiti lasciati in mezzo al pavimento del soggiorno, e si vedeva che i volti della foto erano stati cancellati, che sugli occhi della bambina era stata tracciata una X, che la bocca era dipinta di rosso sangue. Miriam diede un'occhiata e rabbrividì. Quando si voltò, Laura la stava guardando, con una strana espressione sul volto. A Miriam venne la pelle d'oca. «Allora, ci prendiamo quella tazza di tè?» chiese, con allegria forzata.

(Merce avariata, tipa stravagante: chi poteva sapere cosa si nascondeva dietro quei begli occhi?)

In cucina, dopo aver bevuto il tè, era calato un imbarazzante silenzio, allora Miriam decise di prendersi un rischio, di parlare con chiarezza. «Ti ho già vista, sai» esordì. Nella sua tasca, giocherellava con la chiave, quella che aveva preso dal pavimento della barca, attaccata al portachiavi.

Laura le lanciò un'occhiata. «Sì, be', in lavanderia.»

Miriam scosse la testa, sorrise appena. «Non solo. So perché non sei voluta venire al canale.» Vide l'espressione della ragazza cambiare, passando dalla noia allo sgomento. «Non hai nulla di cui preoccuparti» continuò. «Io sto dalla tua parte. So che sei tu la persona che la polizia ha interrogato riguardo a lui. Riguardo a Daniel Sutherland.»

«E come fai a saperlo?» Ecco il momento: il corpo della ragazza si irrigidì, pronto a scattare. Combatti o fuggi.

«Sono stata io a trovarlo» spiegò Miriam. «La mia barca – quella verde, carina, con le decorazioni rosse, la *Lorraine*, forse l'hai notata – è ormeggiata a pochi metri da dove si trovava la sua.» Sorrise a Laura, per darle il tempo di capire. «Sono stata io a trovarlo. A trovare il cadavere. Sono stata io a chiamare la polizia.»

Laura spalancò gli occhi. «Sei seria? *Cazzo.* Dev'essere stato davvero terribile» commentò. «Vedere lui... tutto quel... sangue.»

«Sì» confermò Miriam. Ripensò allo squarcio nel collo, ai denti bianchi. Si chiese se, in quel momento, Laura avesse in mente la stessa immagine, se per un istante o due fossero state sintonizzate. Provò a guardare la ragazza negli occhi, ma Laura stava scostando la sedia dal tavolo, alzandosi per prendere la tazza vuota di Miriam.

«Sei stata... sei stata in contatto con la polizia da allora?» chiese Laura, la voce stranamente acuta. «Voglio dire, da quando l'hai trovato. Ti hanno comunicato aggiornamenti o qualcos'altro? Perché io continuo a leggere le notizie e sembra che non succeda proprio nulla, e ormai è più di una settimana da quando lui... da quando lo hanno trovato, così...» Si interruppe. Dava la schiena a Miriam, mentre sistemava le tazze nel lavandino.

Miriam non rispose alla domanda, aspettò che si voltasse di nuovo verso di lei prima di parlare. «Ti ho vista andare via» disse. «Il giorno prima di trovarlo. Ti ho vista uscire dalla barca.»

Laura spalancò gli occhi. «E allora?» Aveva un'espressione di sfida. «Non è un segreto che fossi lì. L'ho detto alla polizia. Lo sanno tutti. Io non ho mentito.»

«So che non l'hai fatto» replicò Miriam. «Perché avresti dovuto? Non hai fatto nulla di male.»

Laura si girò di nuovo. Aprì il rubinetto, sciacquò le tazze sotto il getto dell'acqua, con gesti convulsi, spaventati. Miriam la sentiva vicina, vedeva su di lei il marchio della vittima, lo riconosceva in ogni suo sussulto e movimento. «Vuoi raccontarmi cos'è successo?» le chiese, con gentilezza. «Vuoi raccontarmi cosa ti ha fatto?» Trattenne il respiro, sentiva il sangue gorgogliarle nelle vene. Miriam sapeva che erano arrivate a qualcosa di importante: una confidenza. Un'alleanza. Un'amicizia? «Io sto dalla tua parte» ripeté.

«Dalla mia parte?» Laura proruppe in una risata sprezzante, un suono fragile. «Io non ho una parte.»

Ma potresti averla, avrebbe voluto dire Miriam. *Potresti avere un'alleata. Potremmo essere noi contro di loro! Contro quelli che credono di avere tutto il potere, che pensano che noi non ne abbiamo affatto, non sarebbe bello provare che si sbagliano? Potremmo dimostrare che anche noi contiamo qualcosa. Tu, qui dentro alla tua torre malandata, e io là sotto, sull'acqua, forse non abitiamo in case eleganti, non abbiamo costosi tagli di capelli, non andiamo in vacanza all'estero, non appendiamo opere d'arte alle pareti, ma non significa che non contiamo niente.* Miriam avrebbe voluto dire così tante cose, ma doveva stare attenta, doveva approcciare il discorso con cautela, non essere precipitosa.

Un piccolo cambio di rotta, per tastare il terreno. «Sai niente della sua famiglia? Della famiglia di Daniel Sutherland?»

Laura si strinse nelle spalle. «La mamma è morta. Abbastanza di recente. Mi ha detto che era un'alcolizzata. Ha una zia. L'ho incontrata da Irene.»

«Da Irene?»

«La mia amica.»

«Chi è la tua amica?» chiese Miriam.

«Un'amica e basta. Niente che ti riguardi.» Laura rise. «Ascolta, è stato bello fare due chiacchiere con te, davvero, ma penso che...»

«Bene.» Miriam la interruppe. «Io so un po' di cose sulla sua famiglia, e secondo me potresti trovarle piuttosto interessanti.» Adesso Laura era appoggiata al ripiano della cucina, si stava tormentando le unghie e non le prestava attenzione. «Vedi, il fatto è che io credo che potrebbe essere stata *lei*» concluse Miriam.

«Lei?» Laura alzò lo sguardo.

«Penso che sua zia possa essere coinvolta nella faccenda.»

Laura era perplessa. «Quale faccenda?»

«La sua morte!»

Laura scoppiò a ridere in modo sguaiato. «Sua *zia*?»

Miriam si sentì avvampare. «Non è uno scherzo!» replicò, indignata. «L'ho vista lì, ho visto che andava a trovarlo, proprio come te, e credo che sia successo qualcosa tra di loro.» Laura la fissava, sempre più incredula. «Penso,» continuò Miriam «e questa è la cosa più importante, io penso che suo marito – cioè, il suo ex marito, Theo Myerson –, be' secondo me sta tentando di coprire l'intera faccenda perché...» Miriam continuava a parlare, ma vide che l'espressione di Laura era cambiata, dallo scetticismo all'incredulità e infine al sospetto, e capì che stava perdendo la sua fiducia. Come faceva a essere così ottusa? Non riusciva neppure a comprendere che era nel suo interesse puntare il dito contro qualcun altro? Non era ovvio che la teoria di Miriam andasse a suo vantaggio? «Potrebbe sembrare campata in aria,» ammise Miriam «ma credo che troverai...»

Laura le sorrise, ma non con insolenza. «Sei una di quelle persone, vero? Ti piace essere coinvolta. Sei sola e annoiata, non hai amici, e vuoi che qualcuno ti presti attenzione. E pensi che io sia come te! Be', non lo sono. Mi dispiace, ma non lo sono.»

«Laura,» insistette Miriam, alzando la voce per la disperazione, «tu non mi vuoi ascoltare! Io penso che...»

«Non mi importa di quello che pensi! Scusa, ma credo che tu sia una svitata. Come faccio a sapere che stai dicendo la verità? Come faccio a sapere che mi hai vista sulla barca? E come faccio a sapere che sei stata davvero tu a trovarlo? Forse non lo hai trovato affatto. Magari era vivo e vegeto quando sei andata da lui! Magari sei stata tu ad accoltellarlo!» Laura balzò verso Miriam, la bocca spalancata e rossa. «Ehi!» Rideva e saltellava intorno al tavolo. «Forse adesso dovrei chiamare la polizia!» Mimò il gesto di fare una telefonata. «Venite subito! Venite subito, c'è una pazza in casa mia! C'è una specie di hobbit fuori di testa a casa mia!» Gettò la testa all'indietro e scoppiò a ridere sguaiatamente, si dimenava davanti alla faccia di Miriam, invadendo il suo spazio. Miriam si alzò e si allontanò barcollando dalla ragazza.

«Cos'hai che non va?»

Ma Laura continuava a ridere in modo maniacale, persa nel suo mondo, gli occhi luccicanti, i denti aguzzi che brillavano nella bocca rossa.

Miriam sentì le lacrime salirle agli occhi. Doveva andarsene, uscire da lì. Con quella risata orribile che le risuonava nelle orecchie, se ne andò dall'appartamento di Laura con tutta la dignità che le era rimasta. Si trascinò stancamente lungo il ballatoio e giù per le scale, le gambe pesanti quanto il suo cuore.

Miriam era in lacrime quando arrivò a casa: era una reazione esagerata e drammatica di fronte alla scortesia di una sconosciuta, ma non era insolita. Tendeva a reagire in maniera eccessiva agli affronti, era fatta così, e il fatto di esserne consapevole non bastava a impedire che accadesse. Miriam aveva perso da giovane il talento di farsi delle amicizie e, una volta perduto, era difficile da recuperare. Come la solitudine, anche il bisogno di non sentirsi soli era una specie di circolo vizioso: più ti impegnavi per piacere agli altri, più era difficile che ti apprezzassero davvero; la maggior parte delle persone capiva, quasi subito, che c'era qualcosa di strano in te e ti stava alla larga.

La parte peggiore non era stata il finale, non erano state la derisione né gli insulti al suo aspetto fisico, ma quello che Laura aveva detto prima. *Sei sola e annoiata... e pensi che io sia come te.* Era vero, Miriam pensava davvero che Laura fosse come lei. Quella era stata la parte peggiore, essere vista per ciò che era, i suoi sentimenti portati allo scoperto e messi alla berlina. Essere capita e venire respinta.

Nella cabina della barca, nella zona notte, Miriam teneva una copia annotata de *La fuggitiva*, una copia dove aveva evidenziato i capitoli importanti, dove aveva segnato le similitudini significative con il suo memoir. Le ultime pagine erano dense di scarabocchi, l'inchiostro blu aveva impregnato le pagine nei punti in cui aveva premuto la penna sulla carta, i suoi appunti erano illeggibili per tutti tranne che per lei, nei passaggi in cui inveiva contro Myerson che aveva stravolto la sua trama, contro tutte le cose che aveva frainteso, contro tutte quelle che aveva capito.

Sono le piccole cose a mandare la tua vita fuori strada. Quella che era capitata a Miriam non era una cosa piccola, era parecchio grossa, ma era cominciata con qualcosa di piccolo, insignificante. Era iniziata quando Lorraine aveva detto che non poteva sopportare due ore dell'alito di caffè del signor Picton, che biologia era una materia troppo noiosa, e che c'erano i saldi da Miss Selfridge. Miriam non voleva saltare le lezioni, pensava che sarebbero finite nei guai. «Non essere così fifona» aveva protestato Lorraine.

Miriam non voleva litigare: avevano appena fatto pace dopo l'ultima lite, a causa di un ragazzo che si chiamava Ian Gladstone che a Miriam piaceva da anni e con il quale Lorrie aveva pomiciato a una festa. Miriam l'aveva scoperto solo dopo. «Mi dispiace,» aveva detto Lorraine «ma non è interessato a te. Gli ho chiesto se gli piacevi e ha detto di no. Non è colpa mia se ha scelto me.»

Dopo quell'episodio, non si erano parlate per una settimana, ma nessuna delle due aveva altri amici, e per Ian Gladstone non ne valeva la pena. «Bacia come una lavatrice» aveva commentato Lorraine, ridendo, e tracciando cerchi in aria con la lingua.

Una cosa piccola, quindi.

Alla fattoria, Jez si rollò una canna. Era seduto su un divano basso nella stanza più grande della casa, le lunghe gambe piegate, le ginocchia all'altezza delle orecchie. Leccò la cartina, facendo scorrere la lingua grassa lungo il lato adesivo e rollando la canna delicatamente tra il pollice e l'indice. L'accese, fece un tiro e la passò a Lorraine, che stava in piedi, goffamente, a un'estremità del divano. Miriam indugiava vicino alla porta. Lorraine fece anche lei un tiro, poi un altro e infine cercò di passarla a Miriam, che rifiutò scuotendo la testa. L'amica sgranò gli occhi. *E dai*, ma Miriam scosse di nuovo la testa. Jez si alzò, prese la canna a Lorraine e si diresse fuori dalla stanza, lentamente, addentrandosi nella casa, lontano dalla porta d'ingresso. «Qualcuno vuole una birra?» gridò alle ragazze.

«Andiamocene» sibilò Miriam a Lorraine. «Voglio andarmene da qui.»

Lorraine annuì, guardò fuori dalla finestra sporca, verso l'auto, e poi di nuovo Miriam. «Forse dovrei dirgli che dobbiamo tornare a scuola?» chiese.

«No, andiamocene e basta...»

Jez ritornò con due birre, troppo in fretta. «Credo che adesso io e Lorraine passeremo un po' di tempo da soli» disse, senza guardare nessuna delle due.

Lorraine rise e replicò: «No, senti, penso che ora dovremmo proprio andarcene» e Jez appoggiò le birre sul pavimento, si avvicinò rapido a Lorraine e le tirò un pugno alla gola.

Miriam sentì le gambe farsi molli, non la reggevano più. Provò a correre, ma non faceva che inciampare, e lui l'afferrò prima che arrivasse alla porta, la prese per la coda di cavallo e la trascinò, strappandole i capelli dalla testa. Lei infine cadde a terra. L'aveva riportata al centro della casa, in mezzo alla sporcizia sul pavimento, ai pacchetti di sigarette e alle cacche di topo. Lorraine giaceva sul fianco, aveva gli occhi aperti, spalancati, spiritati; quando respirava emetteva un suono roco, strano. Miriam la chiamò e Jez la minacciò dicendole che, se avesse aperto di nuovo quella boccaccia di merda, l'avrebbe uccisa.

Condusse Miriam in un'altra stanza, vuota, sul retro della casa, e la spinse sul pavimento. «Aspetta qui» le ordinò. «Non ci vorrà molto.» E chiuse la porta a chiave.

(Non ci vorrà molto per cosa?)

Lei tentò di girare la maniglia, di tirare la porta e spingerla, a un certo punto prese persino la rincorsa, scagliandosi contro l'entrata chiusa.

(Non ci vorrà molto per cosa?)

Non ne era sicura, ma le sembrò di sentire le grida di Lorraine.

(Non ci vorrà molto per cosa?)

Alle sue spalle, c'era una finestra a ghigliottina, abbastanza larga da permetterle di passare. Era chiusa, ma la sottile lastra di vetro era vecchia e venata. Non erano doppi vetri. Miriam si tolse la maglietta, avvolgendola poi intorno alla mano. Tentò di rompere il vetro con un pugno, ma i suoi gesti erano troppo insicuri. Non voleva fare rumore. Non voleva farsi male.

Allora disse a se stessa che qualunque cosa stesse per succedere sarebbe stata peggiore di un taglio alla mano. Disse a se stessa che non aveva molto tempo. Le rimaneva solo il tempo che lui si sarebbe preso con Lorraine.

Colpì di nuovo la finestra, più forte stavolta, e ci riuscì: la mano era passata dall'altra parte, un frammento dal bordo irregolare le aveva lacerato l'avambraccio, facendola urlare per la sorpresa e il dolore. Disperata, si infilò la maglietta in bocca per soffocare le sue stesse grida. Poi rimase ferma dov'era, in ascolto. Da qualche parte nella casa sentiva qualcuno muoversi, uno scricchiolio, passi pesanti sulle assi del pavimento.

Miriam trattenne il respiro. Pregava, ascoltava. Pregava che lui non avesse sentito, che non arrivasse. Pregava e pregava, le lacrime filtravano dagli occhi, nelle narici sentiva l'odore del suo stesso sangue; pregava che non andasse a cercarla.

Fuori c'era ancora luce. Miriam corse alla macchina, ma lui aveva tolto le chiavi dall'accensione. Allora continuò a correre. Corse lungo la strada sterrata e tortuosa, il sangue che gocciolava dai tagli sul braccio e sul petto che si era procurata passando attraverso la finestra. Il sangue scorreva sul collo e sul viso, colava dalla ferita alla testa, dove le aveva strappato i capelli.

Dopo un po' si sentì troppo stanca per correre e si mise a camminare. La strada principale sembrava ancora lontana, il viaggio in macchina non le era parso così lungo, si chiese se non avesse sbagliato direzione. Ma non ricordava di aver visto svolte, non ricordava alcun incrocio. C'era quella strada, una soltanto, sembrava infinita, e non arrivava mai nessuno.

Era buio quando sentì il tuono. Alzò gli occhi al cielo senza nuvole, vide le stelle e capì che non era un tuono ma un'automobile. Le ginocchia le cedettero per il sollievo. Qualcuno stava arrivando! Qualcuno stava arrivando! La gioia le offuscò il cervello, solo per un breve istante prima che una corrente di paura gelida soffiasse via le nubi. L'auto arrivava da dietro di lei – non dalla via principale ma dalla fattoria – e lei si mise a correre alla cieca, abbandonando la strada. Si arrampicò su una staccionata di filo spinato, tagliandosi di nuovo, e si buttò in un fosso. Sentì il rumore del cambio mentre l'auto rallentava, i fari illuminarono lo spazio sopra la sua testa. Poi se ne andò.

Miriam rimase distesa nel fosso per un po', non avrebbe saputo dire per quanto tempo. Alla fine si alzò, scavalcò di nuovo la staccionata, la carne delle braccia, delle gambe e del busto era dilaniata, le mutande bagnate di urina, la bocca appiccicosa di sangue. Cominciò a correre, cadde, si rimise in piedi. E corse di nuovo. Dopo un po' raggiunse una stazione di servizio. Il benzinaio chiamò la polizia.

Era troppo tardi.

La fuggitiva

Urla da un po', quella ragazza, urla a squarciagola. Chiama aiuto e picchia sulla porta finché non le sanguinano i pugni. Chiama la sua amica. Prima piano e poi più forte, e ancora più forte, ancora e ancora, chiama il suo nome finché non riecheggia nella casa e zittisce gli uccelli e zittisce tutto quanto tranne le sue patetiche grida.

In quel silenzio, una porta sbatte e il suo rumore è assordante, sconvolgente, un boato sonico. Più forte di qualsiasi altra cosa la ragazza abbia mai sentito in tutta la sua vita.

Le sue urla si fermano. Sente un movimento, rumore di passi, rapidi e incalzanti, nella sua direzione. Raspa all'indietro in cerca di un appiglio, cade, si contorce, rovista nell'angolo della stanza, preme la schiena contro la parete e si tiene forte con entrambe le mani. Scopre i denti.

I passi rallentano mentre si avvicinano alla porta. Sente gli stivali che raschiano la pietra, il rumore della chiave nella toppa, uno scatto quando la fa girare. Il sangue ruggisce e lei è pronta, è pronta per lui, ora. Lo sente sospirare. «Stai zitta, adesso, cicciona. Stai zitta, adesso, racchia. Non è il tuo momento.» C'è un altro rumore, un altro scatto, e il sangue si placa, le viscere sembrano muoversi, un'onda che travolge una diga. Il piscio caldo gocciola sul pavimento.

Mentre se ne va, lui intona una canzone, canta con una voce piena di lacrime.

What I took from her, I won't give back.

21

Carla si aggirava per la casa, di stanza in stanza, controllando e ricontrollando armadi, pensili, il retro delle porte, tutti i posti in cui avrebbe potuto appendere la borsa con dentro la medaglietta di San Cristoforo. Le girava la testa per la stanchezza, si muoveva lenta e con cautela, come in una palude. Di tanto in tanto le squillava il telefono. Lei guardava lo schermo e vedeva che era Theo e a volte avvicinava il dito al tasto verde, voleva accettare la chiamata, ma poi esitava all'ultimo istante, rimettendosi il cellulare in tasca o schiacciando il tasto rosso.

Cosa gli avrebbe detto, se avesse risposto in quel momento? Glielo avrebbe chiesto, senza giri di parole? *Che cosa ci facevi con mia sorella? Cosa facevi a casa sua?* Ma in realtà non erano quelle le domande che avrebbe voluto porgli. Non aveva ancora formulato la *vera* domanda, non si era ancora concessa di farlo.

Aprì il ripostiglio sul pianerottolo. Perché mai la shopper avrebbe dovuto essere lì? Non lo apriva mai, non lo apriva da mesi. Era pieno di vestiti che non indossava: abiti di seta e tailleur fatti su misura, i vestiti di una donna che ormai non esisteva più da anni. Restò a guardarli come una stupida, senza toccarne nessuno. Richiuse la porta del ripostiglio.

In camera, si sdraiò sul letto. Si sistemò una coperta di

lana sulle gambe. Moriva di sonno, ma ogni volta che provava a chiudere gli occhi, se li figurava: Theo e Angela, che litigavano fuori dalla casa di lei. Poi c'era un taglio nella scena: erano all'interno, e urlavano. Nella sua testa, erano tornati indietro nel tempo. Carla li vedeva com'erano il giorno in cui Ben era morto: Theo fuori di sé, con lo sguardo allucinato, Angela che si faceva piccola piccola, con le mani delicate sollevate sopra la testa, a svelare i polsi pallidi. Sentiva la voce di Theo che chiedeva: *Pensi che fosse invidiosa? Per com'era Ben? Hai detto che aveva un brutto carattere. Assetata di sangue,* diceva la voce di Theo. *Hai detto che era assetata di sangue.* No, non era quello che aveva detto, vero? *Un'immaginazione assetata di sangue,* forse? Poi fu la sua immaginazione a portarla da un'altra parte: a casa di Angela, a Hayward's Place, dove Theo le appariva come era diventato, il fisico massiccio che premeva contro la magrezza di Angela, lottavano in cima alle scale. Carla lo vedeva scendere i gradini e scavalcare il corpo straziato di sua sorella. Lo vedeva fuori in strada che si accendeva una sigaretta.

Aprì gli occhi. Che effetto avrebbe fatto a Theo, si chiedeva, rivedere Angela, dopo tutto quel tempo? Era davvero passato tutto quel tempo? O c'erano stati altri incontri di cui lei era all'oscuro? Quel pensiero le faceva male, loro due insieme, che le tenevano nascosto qualcosa. Non riusciva proprio a immaginare *perché*. Questa storia, oltre a Daniel, era davvero troppo. Si sentiva stordita, la sua mente era annebbiata dal tormento.

Rotolò giù dal letto. La medaglietta di San Cristoforo che suo figlio non aveva mai indossato: doveva trovarla. Visto che non era da Angela, *doveva* essere da qualche parte lì in casa. Ricominciò a cercarla, spostandosi da una stanza all'altra, macchie nere che le comparivano davanti agli occhi, un ronzio sommesso nelle orecchie, le gambe molli mentre scendeva a fatica le scale e poi risaliva per tornare di nuovo al ripostiglio sul pianerottolo, agli abiti sartoriali di seta. Nel ripiano in basso erano impilate delle scatole da scarpe azzurrine; le aprì una a una, rivelando stivali di pelle scamosciata grigia, tacchi a spillo con la suola rossa, sandali alti di un bel verde brillante e, nell'ultima, anziché scarpe, un sacchetto di plastica pieno di cenere. Carla si sedette sui talloni, il respiro che le usciva dal petto a singulti intermittenti.

Eccoti qua. Non aveva mai deciso cosa fare con lei. Con Angela.

Dopo il funerale, lei e Daniel erano tornati lì, a casa sua. Si erano seduti sul divano, fianco a fianco, e avevano bevuto un tè in totale silenzio, il sacchetto di plastica davanti a loro, sul tavolino. L'aria in casa era pesante, l'atmosfera densa di vergogna. Daniel era pallido, magro, il volto scavato, sprofondato in un abito scuro troppo grande che puzzava di fumo.

«Dov'è che è stata felice?» gli chiese Carla, fissando la borsa. «Ci deve essere un posto dove è stata felice.»

Vicino a lei, sentì che Daniel alzava e abbassava le spalle. «Non ricordo di averla mai vista felice» replicò.

«Non è vero.»

Lui tirò su con il naso. «No, hai ragione. Era felice a Lonsdale Square. Ma non possiamo spargerle lì, no?» Aveva il capo chino, la bocca aperta, le spalle curve. «È rimasta sola per *giorni*» sospirò.

«Daniel...» Carla gli mise la mano sulla nuca, gli si avvicinò, le sue labbra quasi a sfiorare le guance di lui. «Non potevi sorvegliarla tutto il tempo.»

Era quello che pensava, ma intendeva anche: *io* non potevo sorvegliarla tutto il tempo. «Devi andare avanti, Dan. Devi. Non possiamo rovinarci tutti quanti la vita.»

Lui si voltò verso di lei, affondando il volto nel suo collo. «La tua vita non è rovinata» sussurrò.

Carla si chinò in avanti, sollevò con cautela il sacchetto delle ceneri dalla scatola da scarpe, soppesandolo tra le mani.

Adesso sì che lo è.

22

Smistando la posta, Theo trovò un'altra lettera del suo ammiratore, il signor Carter, che, a giudicare non solo dal tono alquanto scontroso ma anche dalla forza con cui aveva premuto la penna sul foglio, era infastidito di non aver ricevuto risposta.

Ho lasciato il mio indirizzo e-mail perché credevo di avere una risposta prima.
Capisco che probabilmente è impegnato.
Nella mia ultima lettera parlavo del fatto che la gente ha detto che era sessista mettere in primo piano il punto di vista dell'uomo, lei che cosa ha da dire su questo? Io credo che è sessista usare solo il punto di vista femminile. Oggi un sacco di gialli sono scritti da femmine, quindi spesso abbiamo soltanto il loro punto di vista. Ho letto in molte recensioni di amazon che il suo libro "colpevolizza la vittima", ma il punto non è che anche "lui" è stato trattato male da molte persone nella sua vita, incluse "l'amica" e "la ragazza" e quindi, in un certo senso, anche lui è una vittima e non può essere ritenuto colpevole al cento per cento? Io penso che forse lo ha fatto troppo debole nel finale. A volte non preferirebbe aver scritto la storia in un altro modo?
La prego di rispondermi via e-mail.
Grazie, saluti,
Henry Carter

Theo mise la lettera nella pila delle "cose da fare" insieme alle altre; si chiese, per un attimo, quale fosse il modo più educato di spiegare al signor Carter che, se era vero che moltissimi recensori di Amazon avevano frainteso le sue intenzioni nel raccontare la storia, il signor Carter stesso pareva non avere la minima idea di quel che Theo aveva tentato di fare. Ci pensò su, poi se ne dimenticò. Come aveva sottolineato il signor Carter, era molto impegnato.

Non con il lavoro: non lavorava da giorni, ma era troppo preso dalle preoccupazioni della vita quotidiana. Erano passati undici giorni dalla morte di Daniel, cinque dall'ultima volta che aveva parlato con Carla. Non era stata arrestata: aveva telefonato al detective Barker, il quale gli aveva detto che stavano «seguendo diverse piste» (di nuovo), ma aveva aggiunto che non avevano interrogato nessun altro, dopo aver fermato la ragazza che era stata poi rilasciata, e non avevano eseguito alcun arresto.

Theo era al tempo stesso sollevato e deluso: avrebbe voluto chiedere che ne era stato della ragazza. Che ne era stato di quella maledetta ragazza? Però era sollevato di sapere che Carla non rientrava tra i sospettati.

E sapeva che lei stava bene, che era viva e vegeta e si aggirava all'ultimo piano di casa sua: l'aveva vista per un attimo attraverso la finestra quando era stato da lei, quella mattina, a bussare di nuovo alla sua porta. Aveva bussato e aspettato, poi si era allontanato alla svelta, guardando in alto, e l'aveva intravista dietro le tende. Era furioso, avrebbe voluto urlare, prendere a pugni la porta. Ovviamente, non poteva. L'anno prima c'era stato un inconveniente, i vicini si erano lamentati del baccano che lui stava facendo davanti casa. Avevano litigato, non si ricordava più nemmeno per cosa.

Non gli interessava dei vicini, non gliene importava un accidente di disturbarli, ma doveva essere prudente: era un personaggio (semi)pubblico, ogni sua azione aveva delle conseguenze. Tutto ormai veniva registrato e consegnato al cyberspazio per l'eternità; chi usciva dal seminato veniva sbeffeggiato su internet, messo alla gogna su Twitter, "cancellato". Era un sopruso, ma non lo si poteva dire apertamente. Anche dirlo avrebbe avuto come conseguenza la cancellazione.

Theo era certo che l'anziana, la vicina ficcanaso, avesse parlato con Carla, riferendole del suo incontro con Angela. Quindi Carla era arrabbiata perché lui non glielo aveva detto. Non ne era sorpreso, semmai infastidito. Lei gli aveva mentito decine di volte, nel corso degli anni. Non era un idiota, sapeva che ogni tanto lei e Angela si incontravano. Non era affatto a conoscenza, invece, dei suoi rapporti con Daniel: e la scoperta era stata uno shock, lo aveva lasciato sconvolto, soprattutto per la modalità della rivelazione. Eppure non l'aveva tagliata fuori. Non aveva ignorato le sue telefonate né si era barricato in casa. Si era comportato come sempre, come aveva sempre fatto: le era rimasto accanto. Aveva diretto la sua rabbia altrove.

L'ultima volta che aveva visto Angela, l'ultimissima volta, Theo aveva alzato una mano su di lei, per colpirla. Non aveva mai picchiato una donna, mai nella vita, ma, per un secondo, forse due, aveva pensato di colpire lei. Poi l'istante era passato e, invece di schiaffeggiarla, le aveva detto quel che pensava di lei, ed era stato peggio.

Lei lo aveva chiamato, gli aveva lasciato un messaggio in cui diceva che doveva parlargli e preferiva farlo faccia a faccia. Quella volta non c'erano state lacrime, almeno all'inizio. Lo aveva invitato a entrare e lui aveva accettato. Aveva alcune cose da dirle, e non voleva farlo in strada.

Quando l'aveva vista, la volta precedente, era rimasto scosso dal suo aspetto; in quell'occasione invece, a sconcertarlo furono le condizioni della casa. Il tappeto macchiato e le finestre sporche, le superfici ricoperte di polvere, l'aria di abbandono generale che strideva in maniera grottesca con le stampe appese alle pareti, accuratamente incorniciate, come se un tempo Angela ci avesse provato davvero a rendere accogliente la sua casa.

«Mi piace come hai sistemato questo posto» disse Theo e Angela rise, una risata di gola che gli spezzò il cuore. Distolse lo sguardo da lei, facendolo scorrere sui libri sullo scaffale vicino al camino, fino a una copia de *La fuggitiva*. «Ho sentito che non è male» commentò, prendendo il volume e sventolandoselo sopra la testa. Lei rise di nuovo, senza troppa convinzione. Lui buttò il libro sul tavolino e si lasciò cadere su una poltrona di pelle scura. Tirò fuori il pacchetto di sigarette. «Posso?» chiese, senza guardarla.

«Sì, certo.»

«Ne vuoi una?»

Lei scosse la testa. «Sto provando a smettere.» Gli sorrise, aveva lo sguardo vitreo già alle undici e mezza del mattino. «Ti va un caffè?»

«È per questo che mi hai chiamato?» rispose Theo, e lei scosse la testa.

Angela prese posto sulla sedia di fronte. «È difficile per me, lo sai» esordì, e Theo non riuscì a trattenere una mesta risata. Lei si passò la mano sugli occhi; il sorriso era diventato fisso, l'espressione tesa. Stava cercando di non piangere. «Ci ho parlato» continuò, dopo un po'. «Con Daniel. Finalmente mi ha risposto al telefono. Il più delle volte ignora le mie chiamate.» Theo non diceva nulla. «Gli ho chiesto di lasciarti in pace, che non gli avresti dato altri soldi.»

«Quando è successo?» domandò lui. Si chinò in avanti verso il posacenere, ma lo mancò.

«Un paio di giorni fa. Non ha detto molto, ma mi ha ascoltata e credo che lui...»

Theo si alzò, lentamente. Prese una busta dalla tasca interna della giacca e la allungò ad Angela. Lei la aprì, tirò fuori il foglio di carta che conteneva, lo guardò e sbiancò. Chiuse gli occhi, ripiegò il foglio e lo infilò di nuovo nella busta. Lo restituì a Theo.

«No, non devi» commentò lui con freddezza. «Puoi tenerlo.» Non voleva più vederlo, il disegno a matita, così ben fatto, che ritraeva sua moglie, che catturava alla perfezione l'espressione stranamente estatica che aveva nel sonno. Daniel l'aveva ritratta distesa sul fianco, le coperte tirate giù, il corpo nudo. «Mi è arrivato per posta, stamattina,» spiegò «per cui non credo che la tua chiacchierata abbia sortito grandi effetti.» Angela si chinò in avanti, la testa tra le mani; mormorava qualcosa, a bassa voce. «Cos'hai detto?» sbottò Theo. «Non ti ho sentita.»

«È mostruoso» replicò, guardandolo in faccia, gli occhi pieni di lacrime. «Ho detto che è mostruoso.» Si morse il labbro, distolse lo sguardo. «Tu credi che...» iniziò, ma le parole si bloccarono in gola. «Tu credi davvero che loro abbiano...»

«*Loro* non hanno fatto niente!» urlò Theo, schiacciando con forza la sigaretta nel posacenere. «Questo non riguarda *loro*, riguarda lui. Ha fatto tutto da solo, è una sua piccola fantasia perversa. E sai una cosa?» Theo incombeva su Angela, che era minuta e fragile, come una bambina ai suoi piedi. «Non riesco neppure a fargliene una colpa. Voglio dire, come potrei? Pensa alla vita che ha fatto! Guarda il posto in cui è cresciuto! Guarda come è ridotta sua madre!»

«Theo, ti prego.» Lei lo guardava dal basso, gli occhi spalancati, lo implorava, e lui alzò la mano per colpirla, per cancellare l'autocommiserazione dal suo volto. La vide rannicchiarsi, terrorizzata, allora fece un passo indietro, sbigottito dalla reazione che Angela aveva suscitato in lui. «Mi dispiace per lui. Davvero. Guarda che vita gli hai dato. Lui non ha idea di cosa sia l'amore, di cosa sia l'amore di una madre. E come potrebbe?»

«Ci ho provato...» Angela singhiozzava. «Io ci ho provato...»

«Ci hai provato!» ruggì Theo. «La tua pigrizia, la tua negligenza hanno causato la morte di mio figlio. E poi hai trascurato anche il tuo, lo hai mandato via perché non interferisse con le tue bevute. È così strano che sia diventato un sociopatico?»

«Lui non è un...»

«Lo è, Angela. È così. È avido, calcolatore e manipolatore. È così che lo hai fatto diventare.»

Lei rimase in silenzio per alcuni istanti, poi si alzò, malferma sulle gambe. Con mani tremanti, raccolse il libro di Theo e infilò la busta tra le pagine, poi lo ripose sullo scaffale. Si voltò per guardarlo di nuovo e trattenne il fiato, come per raccogliere tutte le sue energie in vista di un compito faticoso. «Io devo...» disse, torcendosi le mani davanti al petto. «Io voglio dirti una cosa.»

Theo allargò le braccia, esasperato. «Ti ascolto.»

Angela deglutì, sembrava che stesse lottando con qualcosa.

«Allora?» Lui non aveva pazienza per quelle scene, per quel suo dramma da quattro soldi.

«È meglio se ti faccio vedere» replicò, calma. «Vuoi... vuoi venire di sopra?»

23

Laura si scoprì ossessionata da tutte le cose sbagliate che aveva fatto, ma non necessariamente dalle più ovvie. Non si svegliava con i sudori freddi pensando a Daniel Sutherland morto nella sua barca, e non si tormentava per il tizio a cui aveva infilzato la mano con una forchetta. No, la cosa che continuava a tornarle in mente, che la faceva vergognare da morire, che le faceva salire il sangue alle guance, che le stringeva le budella come in un pugno, era l'episodio dell'autobus, quando aveva urlato contro una sconosciuta, chiamandola "cicciona di merda". Non riusciva a smettere di rivedere l'espressione della donna, il dolore e l'imbarazzo; ogni volta che ci pensava, le veniva da piangere.

Aveva pensato di tornare indietro e ripercorrere lo stesso tragitto nella speranza di incontrarla di nuovo, per scusarsi e spiegarle che aveva un problema, che quando era stressata o stanca o arrabbiata diceva cose che non pensava (non era vero, ovviamente, il problema era che diceva proprio le cose che *pensava*, ma non era necessario che la sconosciuta lo sapesse). Però non riusciva a ricordarsi quale fosse l'autobus.

Inoltre, quando pensava alla donna dell'autobus, le tornava in mente Miriam, l'espressione sulla *sua* faccia, quanto era sembrata sconvolta e ferita quando Laura l'aveva insultata, quando aveva riso di lei. Miriam era strana e sgradevole e Laura non si sentiva così in colpa per l'accaduto quanto le era capitato dopo l'episodio dell'autobus, e certamente non le veniva da piangere pensando a lei, eppure... Il suo comportamento era stato del tutto fuori luogo. Non c'era bisogno di essere crudeli, e lei non voleva esserlo, ma si era fatta prendere la mano. E, dal momento che non avrebbe mai avuto modo di scusarsi con chi avrebbe voluto, poteva quantomeno farlo con Miriam. Almeno sapeva dove abitava.

La *Lorraine* era ormeggiata proprio dove Miriam aveva detto, a pochi metri dal punto in cui si trovava la barca di Daniel. Adesso non c'era più, ce n'era un'altra al suo posto, molto più bella e più pulita, con una bicicletta dall'aria costosa appesa alla tettoia. Era strano trovarsi di nuovo lì, era come se Daniel fosse stato cancellato, insieme a ogni traccia di lui. Strano, in senso buono; era come se quella cosa non fosse mai accaduta, come se fosse stato un sogno: guarda, non c'è nessuna lurida barca azzurra! Quella cosa che credevi che fosse successa? Non è successa. È stato un incubo. Ora puoi svegliarti.

La *Lorraine* era molto diversa dalla lurida barca azzurra, era lunga e affusolata, verniciata di verde con le finiture rosse, sul tetto c'erano vasi di piante ben curate e da un lato i pannelli solari. Aveva un aspetto ordinato, pulito, abitato. Sembrava una casa vera.

Laura si fermò fuori, sulla riva, chiedendosi dove si dovesse bussare per attirare l'attenzione di chiunque abitasse in una barca (forse alla finestra? Sembrava invadente), quando apparve Miriam, che stava uscendo dalla cabina sul ponte di poppa. I capelli crespi erano sciolti, le ricadevano umidi sulle spalle, a spiovente, con una forma che ben si accordava con quella del suo abito di lino. Le gambe e i piedi nudi erano incredibilmente bianchi, come se non avessero visto il sole da anni. Le unghie dei piedi erano lunghe e giallastre. Laura arricciò il naso e indietreggiò di un passo; il movimento attirò l'attenzione di Miriam.

«E *tu* che diavolo vuoi?» ringhiò.

«La tua casa è davvero graziosa» replicò Laura, guardando la barca con aria stupita. «Davvero carina.» Miriam non disse nulla. Incrociò le braccia sul petto, scrutando in cagnesco la ragazza. Laura si mordicchiò un'unghia. «Sono venuta per scusarmi di essere stata così maleducata. Volevo spiegarti...»

«Non mi interessa» la interruppe Miriam, che però non si spostò né si voltò per andarsene, ma rimase sul ponte, fissando Laura dritto negli occhi.

«Dico delle cose stupide. Lo faccio in continuazione, non è neppure... Voglio dire, *è* colpa mia, ma non è una cosa che riesco sempre a controllare.» Miriam piegò la testa di lato. Stava ascoltando. «È una cosa che ho, una patologia. Si chiama disinibizione. È una conseguenza dell'incidente. Ti ho parlato dell'incidente che ho avuto da ragazzina, giusto? Per favore...» continuò Laura, avvicinandosi alla barca. Chinò il capo. «Volevo dirti che mi dispiace, sono stata orribile con te, e tu volevi solo aiutarmi, adesso l'ho capito. Mi dispiace, davvero.»

Miriam continuò a guardarla in tralice. Si voltò, come se stesse per tornare in casa, poi si girò di nuovo verso Laura. Alla fine cedette. «Dai, su. Sarà meglio che entri.»

«È carino, vero?» Laura camminava su e giù per la cabina. «Fa proprio... *casa*, no? Non pensavo che queste barche potessero essere così *accoglienti*.»

Miriam annuì, senza sorridere, ma Laura capiva, dal colorito delle guance e dall'espressione degli occhi, che era compiaciuta. Miriam le offrì un tè, accese il bollitore e prese due tazze da un armadietto. Laura continuava a guardarsi intorno, ad accarezzare il dorso dei libri, a osservare le fotografie incorniciate di Miriam con i genitori. «Sei tu! Sei proprio tu, no? Non sei cambiata molto!» esclamò Laura, mentre pensava: *Facevi schifo già allora*. «Tuo padre e tua madre sembrano brave persone.»

«Lo erano» confermò Miriam. Si issò sulla panca di fronte a Laura.

«Oh!» Laura si voltò a guardarla. «Non ci sono più? Mi dispiace. I miei genitori sono un caso disperato. Te l'ho detto, vero? Mio padre qualche tentativo lo fa, ma mia madre è un incubo, e il fatto è che, per quanto sia stronza, io finisco sempre per perdonarla, e non so perché. Non posso farne a meno.»

Il bollitore fischiò. Miriam si alzò e lo spostò dalla piastra. Incrociò di nuovo le braccia sul petto e riprese a guardare Laura, pensierosa. «Sei ferita, ecco perché» disse, alla fine. «Non è una critica, solo una semplice osservazione. Quando eri piccola, ti hanno fatto delle cose che hanno lasciato cicatrici, dentro e fuori. Non è vero?»

Laura annuì. Fece qualche passo indietro, per appoggiarsi alla libreria.

«Quando sono venuta a casa tua e hai riso di me e mi hai presa in giro – no, no, non dire niente, ascoltami – quando è successo, io ti ho detto che eravamo simili, e tu hai detto che non era vero, ma ti sbagliavi. Io vedo la ferita che hai dentro, perché sono stata ferita anch'io. Mi è successa una cosa quando ero ragazza, una cosa che mi ha segnata.»

Laura sgattaiolò sul fondo della cabina, verso la panca che occupava un intero lato. Ci si sedette a gambe incrociate, poi si sporse in avanti, incuriosita. «Cosa intendi dire? Che ti è capitato?»

Miriam prese il bollitore, lo sollevò e poi lo appoggiò di nuovo. Si voltò per guardare Laura. «Quando avevo quindici anni sono stata sequestrata» le rispose in tono calmo, un'espressione grave in volto.

Laura fu così sorpresa che per poco non scoppiò a ridere. Si coprì appena in tempo la bocca con la mano. «Tu... sei stata *sequestrata*? Dici sul serio?»

Miriam annuì. «Ero con un'amica. Un giorno abbiamo saltato la scuola, abbiamo fatto l'autostop. Un tizio ci ha caricate e... ci ha portate in una casa. Una fattoria. Mi ha rinchiuso in una stanza.» Distolse di nuovo lo sguardo, con le piccole dita grassocce aveva afferrato il bordo del ripiano. «Ero chiusa dentro, ma sono riuscita a rompere una finestra e a scappare.»

«*Cristo!* È... incredibile.» Laura intendeva in senso letterale: non era sicura di credere alle parole di Miriam. «È davvero terribile. Ti ha fatto del male?»

Miriam annuì.

«Cazzo! Ehi, mi dispiace, è... è spaventoso. E la tua amica? Ha fatto del male anche a lei?»

Miriam non rispose. Non si muoveva. Ma Laura vide che le sue nocche diventavano bianche.

«Miriam?»

«Non sono riuscita ad aiutarla» replicò, con un filo di voce. «Sono scappata.»

«Oddio! Oh, mio Dio!» Per una volta, Laura era senza parole. Scosse la testa, si coprì la bocca con la mano, gli occhi le si riempirono di lacrime. «Quindi, vuoi dire che poi...?»

Miriam fece un rapido cenno del capo.

«Oddio!» ripeté Laura. «Quando è successo? Avevi quindici anni, quindi saranno stati... gli anni Settanta?»

«Ottanta» puntualizzò Miriam.

«E... che cosa è successo? Dopo, intendo dire. Cristo! Non riesco nemmeno a immaginarlo. Non riesco neppure lontanamente a immaginare come deve essere stato per te.»

Per un lungo istante, Miriam rimase ferma a guardarla e poi, senza dire una parola, si voltò, infilandosi nella porta che separava la cabina principale da quella che Laura supponeva fosse la zona notte, dall'altro lato della barca. Quando tornò, aveva in mano un fascio di carte. «Se davvero ti interessa, puoi leggere questo. È il libro che ho scritto sulla vicenda. Quello che è successo, come mi ha cambiata.» Miriam le porse i fogli, che erano legati in un voluminoso manoscritto. «Puoi...» Miriam era arrossita, gli occhi lucidi. «Puoi leggerlo, se ti va.»

Laura scosse la testa, senza riflettere. «Non sono una gran lettrice» replicò. Vide Miriam stringersi il manoscritto al petto, il calore dai suoi occhi era sparito, la bocca piegata all'ingiù, l'espressione dispiaciuta. «Voglio dire che... mi farebbe davvero piacere leggerlo» disse Laura, tendendo la mano. Miriam si allontanò. «Però potrei metterci un po', perché sono lenta, lentissima. Cioè, non sono lenta a capire le cose, anche se alcuni lo pensano, a dire il vero quando ero piccola dicevano che ero dotata e leggevo tanto, tipo sempre, ma dopo l'incidente non riuscivo più a concentrarmi su niente, e ho perso l'abitudine, capisci?» Si morse il labbro. «Mi piacerebbe davvero leggerlo, sembra...» Che cosa sembrava? Sembrava tremendo, devastante. «Sembra una storia così interessante.»

Miriam le porse il manoscritto, con circospezione. «Prenditi tutto il tempo che ti serve. Però trattalo con cura.»

Laura annuì con convinzione. «Non lo perderò mai di vista» promise, poi lo infilò nello zaino.

Calò di nuovo uno strano silenzio. Laura fissava il bollitore, speranzosa.

«La polizia si è messa in contatto con te?» chiese Miriam. Laura scosse la testa. «Bene. Meglio così, no?»

Laura si morse il labbro. «Credo di sì. In realtà non lo so. Continuo a leggere le notizie per vedere se hanno fatto qualche... progresso, ma pare di no.»

«No, vero? Sembra anche a me.»

E scese di nuovo il silenzio.

«Muoio dalla voglia di un tè» esclamò Laura.

«Ma certo!» Miriam sembrava contenta di avere qualcosa da fare. Riprese a preparare il tè, ma si accorse di aver finito lo zucchero (Laura aveva detto che ne metteva due cucchiai e mezzo), così disse che avrebbe fatto un salto al bar lì vicino, per farsene prestare un po'.

Laura scese dalla panca e si mise a ispezionare l'alloggio di Miriam. Era molto più carino di come se l'era immaginato. Ma che cosa si aspettava, *esattamente*? Un posto triste, sporco e squallido, come la barca di Daniel? Non era *così*, anzi, era molto più curato del suo appartamento. Su un lato c'erano piante, quadri, libri di cucina, dall'altro alcune coperte, vecchie e logore, ma dai colori ancora vivaci, ripiegate con cura in un angolo. C'era un buon profumo, di legna bruciata e limone. Tutte le superfici erano immacolate.

Sulla libreria, vicino alla stufa a legna, c'era un orologio da carrozza d'oro. Laura lo sollevò, aveva un peso notevole. Sopra la libreria, c'era una mensola su cui era appoggiata una scatola di legno. Laura sollevò il coperchio e fu sorpresa di vedere che non era chiusa a chiave. La prese e la piazzò di fronte a sé, sulla panca. All'interno trovò un paio di orecchini d'oro, a cerchio, che non sembravano proprio il genere di Miriam. Se li infilò in tasca e continuò a setacciare il contenuto della scatola. C'era una croce d'argento con un piccolo Gesù crocifisso, una medaglietta per cani, un sasso grigio levigato, una lettera indirizzata a Miriam, un portachiavi con una chiave.

Laura fu così sorpresa di vederla che all'inizio non la riconobbe. Non era una chiave qualsiasi, era la *sua* chiave! Quella del suo appartamento, infilata in un portachiavi di legno a forma di uccello. La prese e la sollevò verso la luce. Alle sue spalle, sentì un cigolio. Percepì qualcosa che si muoveva, un'ombra e poi una voce. «Che cosa pensi di fare?»

Laura sobbalzò così forte che per poco non cadde dalla panca. Miriam era sulla porta, con un barattolo di zucchero in una mano, il volto minaccioso. «Per l'amor del cielo, cosa stai facendo? Stai frugando tra le mie cose?»

«Le *tue* cose?» Laura si riprese subito e si tirò su, pronta a passare all'attacco. «Questa è *mia*!» urlò. «Che cazzo ci fai con la chiave di casa mia?»

Miriam fece un passo in avanti e appoggiò il barattolo sul ripiano. «L'ho trovata» rispose, stringendo le labbra, come se la domanda di Laura l'avesse offesa. «Volevo restituirtela, ma me ne sono dimenticata. Io...»

«Te ne sei *dimenticata*? Eri a casa mia l'altro giorno e non hai pensato di dirmi che avevi la mia chiave? Dove l'hai trovata? Dove... Questo è sangue, vero?» chiese Laura, rigirandosi la chiave tra le mani. «Questo... *Cristo*, è coperta di sangue.» La lasciò cadere come se fosse incandescente e si pulì le dita sui jeans. «Perché l'hai presa?» domandò a Miriam, gli occhi spalancati, sconcertata. «Sei stata lì, hai detto, sei stata lì dopo che io me ne ero andata, ma perché hai... perché l'hai presa?» Laura iniziava ad avere una brutta sensazione, una bruttissima sensazione, e l'atteggiamento di Miriam non la aiutava, se ne stava impalata davanti a lei a bloccare l'ingresso alla cabina con la sua mole massiccia, le braccia incrociate sul petto, e scuoteva la testa senza parlare, come se stesse pensando, come se stesse cercando una scusa per il suo comportamento. Sentì un nodo allo stomaco. Prima, quando erano insieme nel suo appartamento, Laura le aveva persino detto che forse era stata lei ad accoltellare Daniel, ma stava solo scherzando. Adesso, però, pensò che magari invece era andata così, pensò ogni genere di cose. Quella donna era guasta, quella donna era una vittima, quella donna era *matta da legare*.

«L'ho vista.» Finalmente Miriam parlò, il volto inespressivo, la voce piatta, la rabbia sparita. «Ho visto la chiave per terra, vicino a lui. Era pallido e sembrava... Oh.» Sospirò, un sospiro profondo, come per far uscire tutta l'aria dal corpo. «Sembrava senza speranza, no?» Chiuse gli occhi, scuotendo di nuovo la testa. «Ho visto la chiave, l'ho presa...» Mentre parlava, fece il gesto di piegarsi a raccogliere qualcosa, con gli occhi chiusi, poi aggiunse: «Laura, ti stavo proteggendo. Ti proteggo sin dall'inizio e, anche se ho dei motivi personali per farlo, questo non cambia le cose».

Matta da legare.

«Non voglio la tua protezione!» Laura sentì la paura nella propria voce, e fu presa dal panico. «Non ho bisogno di niente da te! Voglio soltanto andarmene...» Afferrò lo zaino e provò a farsi strada nello stretto spazio della cabina, malgrado la stazza notevole di Miriam. «Lasciami uscire, per favore...» Ma Miriam era irremovibile, non si spostava, la spinse, facendole perdere l'equilibrio. «Non mi toccare! Non mi toccare!»

Laura doveva uscire da lì, scendere da quella barca, le sembrava di soffocare, di non riuscire a respirare. Le pareva di essere precipitata di nuovo nell'incubo di prima, quello in cui era sulla barca piccola e lurida di Daniel, e lui rideva di lei, e lei sentiva in bocca il sapore della sua carne. Stava sputando, adesso, e gridava: «Togliti di mezzo togliti di mezzo togliti di mezzo». Stava lottando con qualcuno, un altro corpo, afferrando manciate di capelli unti, spingendo contro di lei. «Togliti di mezzo.» Sentiva puzza di sudore, un alito cattivo, scoprì i denti. «Ti prego» stava gridando, e gridava anche Miriam. «Non toccarmi non toccarmi non toccarmi.»

La fuggitiva

Stanno tornando a casa, sottobraccio, da un orrendo bar in centro, la ragazza e la sua amica, sbandando un po' lungo il ciglio della strada. La ragazza è resa più sicura di sé dal gin ed è felice, confortata dalla calda pressione del braccio magro della sua amica contro il rotolino di carne del suo girovita.

Un'auto si avvicina, e l'amica tira su il pollice, senza troppa convinzione. Una Golf gialla tutta ammaccata, con gli adesivi da racing che si stanno staccando dalla carrozzeria, passa di fianco e rallenta. Le due si guardano e ridono. Corrono verso la macchina, e quando la portiera si spalanca, la ragazza sente un brano musicale, qualcuno che canta, una voce maschile, bassa e roca. Lancia un'occhiata al collo del conducente, color rosso vivo.

«Non farlo» dice all'amica. «Non farlo.»

Ma la sua amica sta già salendo in macchina, scivola di fianco a lui e chiede: «Allora, dov'è che andiamo?».

24

C'erano denti di leone e margherite intorno alla lapide, giallo brillante e bianco tra l'erba che era cresciuta troppo ma che dava un'impressione di rigoglio anziché di trascuratezza. Carla avrebbe voluto sdraiarsi sul prato, addormentarsi e non svegliarsi più. Aveva portato con sé una coperta di cachemire rosso, che stese sul terreno, ma anziché sdraiarsi si inginocchiò e si chinò in avanti, come se stesse pregando. Sfiorò con la punta delle dita il granito nero della lapide, ancora incredibilmente nuova in mezzo a tombe più grigie e coperte di muschio, e disse: «Buon compleanno, tesoro». Si appoggiò sui talloni e si concesse di piangere per un po', con piccoli singhiozzi. Poi si asciugò gli occhi, si soffiò il naso e si sedette a gambe incrociate, con la schiena dritta, in attesa. Dopo un po', vide Theo farsi strada verso di lei lungo il sentiero, come sapeva che avrebbe fatto. Lui alzò la mano per salutarla. Sentì il cuore battere flebile alla base della gola.

Si fermò a pochi passi da lei. «Mi hai fatto preoccupare, sai?» disse, ma dal tono della voce e dall'espressione del viso capì che non era arrabbiato. Aveva un'aria dimessa, come quando lei aveva scoperto dell'addetta stampa. Quindi lui sapeva. Sapeva che lei sapeva di Angela, che c'era qualcosa da sapere su Angela.

«Ho perso la medaglietta di San Cristoforo di Ben» replicò Carla, spostandosi di lato per fargli spazio sulla coperta. Lui si sedette pesantemente e si avvicinò per baciarla, ma lei si scostò e disse: «No».

Lui sembrava perplesso. «Dove l'hai persa? Come mai l'avevi presa?»

«Io... non lo so. Se sapessi dove l'ho persa, non l'avrei persa davvero, non credi? E l'avevo presa solo perché volevo darle un'occhiata. Ho cercato dappertutto.»

Lui annuì, spostando lo sguardo indagatore su di lei. «Carla, hai un aspetto orribile.»

«Be', grazie. Le ultime due settimane non sono state facili» spiegò, poi si mise a ridere, all'inizio solo un risolino, poi una bella risata di gola. Rise fino a farsi scendere le lacrime, finché Theo sollevò la mano per asciugargliele. Si scostò di nuovo. «Non toccarmi. Finché non mi avrai detto la verità. Non voglio che mi tocchi finché non mi avrai detto cos'hai fatto.» Una parte di lei voleva scappare da Theo, un'altra parte desiderava ardentemente che lui negasse tutto.

Theo si grattò la testa con l'indice, il mento chino sul petto. «Ho visto Angela. Sono andato a cercarla perché Daniel era venuto da me a chiedermi dei soldi, e glieli avevo dati, ma ne voleva di più. Tutto qui. Fine della storia.»

Carla rigirò le dita nell'erba, ne strappò un ciuffo con le mani, lo infilò di nuovo nel terreno. «Theo, perché non me l'hai detto? Perché non mi hai detto che Daniel era venuto da te, proprio lui...»

Theo alzò le mani. «Non lo so. Non lo so! Non sapevo cosa stesse succedendo, e a dire il vero...» La guardò dritto negli occhi. «Non ero sicuro di volerlo sapere.»

Carla si sentì arrossire, dalla base del collo alle guance. «Quindi l'hai vista... una volta? Solo quella volta? Theo?»

«Due volte» rispose lui, calmo. «Mi ha chiesto di vederci una seconda volta, e io ci sono andato. Non potevo dirtelo, Cee... È stato...» Sospirò. «Poco prima della sua morte.

Sono andato a trovarla, e dopo una settimana o poco più è stata ritrovata ai piedi delle scale. Sarei sembrato colpevole.»

«Saresti sembrato colpevole» ripeté Carla. «E lo sei?» chiese, a voce bassa. «Colpevole?»

«Cee...» Lui cercò la sua mano e lei lasciò che la afferrasse. «Non voglio avere questa conversazione qui, capisci? È il giorno di Ben. Il suo diciottesimo compleanno. Oggi non voglio pensare a lei.»

«Perché voleva vederti?» insistette Carla.

Theo non rispose. Si chinò su di lei e la baciò sulle labbra, e Carla lo lasciò fare.

«Mi sei mancata» disse. «Non mi piace quando sparisci.»

Rimasero seduti in silenzio, mano nella mano. Theo aveva portato una fiaschetta di cognac e a turno ne presero un sorso, passandosela.

Quando sentì l'alcol bruciarle nel petto, Carla gli domandò: «Che cosa rifaresti in modo diverso? Se potessi. Mi avresti sposata lo stesso, se avessi saputo quello che sarebbe successo?».

«Ma certo. Io...»

«Io non penso che ti avrei sposato» lo interruppe. Theo trasalì. Carla gli strinse la mano poi la lasciò. «Non voglio essere crudele, ma se avessi saputo, non credo che ce l'avrei fatta. Ma non penso che sarebbe stato rilevante. Potevo sposare te, o un altro, e sarebbe successo comunque, non credi?»

«Cosa intendi?» Lui le prese il polso, il pollice e l'indice stringevano l'osso sottile; allungò l'altra mano per accarezzarle il viso. Cercò di sfiorarle il mento per farla voltare verso di lui, ma lei si ritrasse.

«Il veleno» rispose. «Viene da me, dalla *mia* famiglia.»

«Tu non sei tua sorella» replicò Theo.

Allora, finalmente, lei incrociò il suo sguardo. «Dovresti perdonarla, Theo.»

Theo cercò di convincere Carla a rientrare a casa con lui, ma lei insistette che voleva rimanere ancora un po'. All'inizio si offrì di farle compagnia, ma Carla lo convinse ad andarsene. Non prima che lui le avesse consegnato una chiavetta USB che conteneva la bozza del suo ultimo romanzo, perché la leggesse.

«Theo, davvero? Ho molte cose da fare in questo periodo, sai? Non ho neppure...» La voce si incrinò. «Non ho ancora fatto niente per il funerale. Il funerale di Daniel. Devo aspettare che il medico legale finisca gli esami e poi...»

«Posso pensarci io» propose Theo, premendole la chiavetta nella mano. «Posso occuparmi delle pratiche, sentirò la polizia per capire a che punto sono, ma... *Cee*, tu sei sempre stata la mia prima lettrice. Non puoi smettere di essere la mia prima lettrice, non funziona così.»

Carla lo guardò farsi strada tra le lapidi, un po' barcollante per il cognac, la sua sagoma si stagliava contro la luce del sole mentre si dirigeva verso la strada principale. Aspettò per essere certa che se ne fosse andato, che non tornasse indietro o si aggirasse lì nei pressi per tenerla d'occhio, poi prese una manciata di cenere dalla tasca e la sparse sull'erba che copriva la tomba di Ben.

Provò a evocare la cadenza strascicata di Angela, la sua risata di gola.

«Cee, ricordi quella casa a Vaugines?» le aveva domandato Angela, alcuni anni prima. Erano sedute sul divano del soggiorno di Angela, a Hayward's Place, il sole splendeva debole dietro le tende semichiuse, illuminando la stanza con un bagliore giallo sporco. Angela si era sistemata sui talloni, fumava e si tormentava le unghie. Le mani non tremavano, voleva dire che aveva già bevuto. «Ti ricordi quel posto, vicino all'uliveto, con quelle strane sculture alle pareti, a forma di testa di animale? Io e Daniel stavamo nella casetta con la piscina. Ben era ancora piccolo, era *minuscolo.*» Aveva allungato le mani per indicare quanto era alto. «Caldo e perfetto come una pagnotta.»

«Certo che mi ricordo» aveva replicato Carla. «Era la prima vacanza con lui. Io e Theo stavamo sempre sui lettini all'ombra degli alberi, dormivamo con lui in mezzo.» Chiuse gli occhi. «Che alberi erano? Querce? O forse platani...»

«Quei tramonti incredibili, ti ricordi? Tutto quel rosa.»

«E tu non riuscivi a far uscire Daniel dalla piscina, per niente al mondo. Ti ricordi come si arrabbiava, perché voleva insegnare a Ben a nuotare e noi continuavamo a dirgli che era troppo piccolo?»

Angela aveva scosso la testa. «Davvero?» aveva chiesto, chinandosi in avanti per spegnere la sigaretta nel posacenere sul tappeto. «Pare impossibile, no? Ripensarci adesso, da *qui,*» indicò la brutta stanza nella quale si trovavano «pensare che siamo state così felici. Sembra inimmaginabile. Tutta quella felicità, andata in frantumi.»

Carla si era alzata, le tremavano le mani, le braccia, le gambe, tutto il corpo; fissava la sorella che rimpiangeva la serenità perduta. «Inimmaginabile» aveva ripetuto, con voce roca. «Non è vero? Qualche attimo di disattenzione, un'ora o due di sconsiderata noncuranza, una porta lasciata aperta. Ed eccoci qua.»

Ricordava lo sguardo di sua sorella, gli occhi vitrei, la bocca che si muoveva senza emettere suoni.

Carla prese un'altra manciata di cenere e se la portò alle labbra prima di spingerla giù, nella terra.

La fuggitiva

Saltano la scuola, sgusciano fuori dai cancelli senza farsi vedere. «C'è un autobus che va e viene dalla città, uno ogni ora, alla mezza. Muoviti!» La sua amica si tira su la gonna, scatta in avanti e gesticola freneticamente per attirare l'attenzione del conducente. La ragazza corre piano, la borsa con i libri appesa goffamente alla spalla, il seno grosso che ballonzola. Salgono sull'autobus, superano il conducente che fa un sorrisetto, superano gli altri passeggeri dai volti arcigni.

Appena scendono dall'autobus, la ragazza rimpiange di essere lì. Fa un caldo cocente, i marciapiedi sono affollati di gente che si dedica allo shopping. Non c'è niente da fare, nessun posto dove andare. Trascinano svogliate i piedi da un negozio all'altro, guardano vestiti che non possono permettersi, comprano le sigarette dalla tabaccheria all'angolo, quelle più economiche, che grattano la gola. Fumano, accendono una sigaretta dopo l'altra, fino ad avere la nausea.

Vanno al pub, ma il barista non vuole servirle. Si siedono a un tavolo, fuori, le gonne sollevate. Prendono il sole. I vecchi seduti a un tavolo vicino lanciano occhiatacce. Si avvicina un ragazzo giovane, le guarda, guarda l'amica, non la ragazza, sorride. È brutto, ha gli occhi troppo vicini, i brufoli sul collo color rosso vivo. L'amica alza gli occhi al cielo. «Neanche per sogno» dice, e scoppia a ridere.

La musica arriva da qualche parte, da una radio, da un juke-

box. La ragazza ha già sentito quella canzone, un lento, una voce maschile morbida e roca sulla chitarra acustica. Nel caldo sole del pomeriggio, la pelle della ragazza è fredda. Si sente come se qualcuno le avesse versato addosso della benzina, però c'è un punto dietro la testa, proprio all'attaccatura della coda di cavallo, che pulsa di un calore atroce.

Sta per succedere qualcosa di brutto.

25

Il lavandino quasi pieno, le mani immerse fino ai polsi nell'acqua tiepida insaponata, Miriam ebbe un flashback così nitido da farla indietreggiare. Non era un'immagine, ma una sensazione: il calore improvviso, sorprendente del sangue arterioso che le ribolliva tra le dita; lo shock, subito dopo, della delusione. Del dolore. *Non si torna indietro*. Rimase in piedi vicino al lavandino nel piccolo bagno, le braccia nell'acqua, incapace di muoversi per un minuto, forse anche due. Con la mano destra stringeva forte uno spazzolino per le unghie e con la sinistra impugnò un paio di forbici, come in uno spasmo.

Poi quell'attimo passò, le mani si rilassarono e Miriam tornò in sé. Tolse il tappo e vide l'acqua scorrere via, sistemò lo spazzolino e le forbici sulla mensola sotto lo specchio. Si asciugò accuratamente le mani, prima di bagnare un batuffolo di cotone con un po' di disinfettante, e passarlo con delicatezza sui graffi che aveva sul collo e sulle braccia. Prese le strisce di cerotto adesivo che aveva tagliato dal rotolo e applicò il cotone alla ferita più brutta, sull'avambraccio sinistro.

Quando ebbe finito, tornò nella cabina principale e si mise a fare le pulizie. Sistemò i libri che erano caduti dagli scaffali, ripose la scatola di legno al suo posto; con scopa e paletta spazzò i cocci e il terriccio di uno dei vasi di piante aromatiche che era caduto dal davanzale. La pianta, una piccola spiga di dragoncello, era irrecuperabile. Con la schiena indolenzita e le ginocchia che facevano male al contatto con il pavimento, Miriam lavorava con metodo, faceva del suo meglio per cancellare ogni traccia dello scontro con quella malefica ragazza. Era arrabbiata, ma riusciva a controllare la sua furia, tenendola sotto il livello di guardia, finché non trovò uno degli orecchini d'oro di Lorraine sotto il tavolo, leggermente deformato, e allora cominciò a singhiozzare.

Perché gli altri devono appropriarsi di ciò che non è loro? Perché devono prendere ciò che è suo, e rovinarlo?

Ciò che ricordava con maggiore chiarezza del periodo immediatamente successivo al sequestro non era l'ospedale. Né sua madre, che singhiozzava così forte da dover essere sorretta da suo padre la prima volta che erano andati a trovarla. Neppure le ore di interrogatorio con la polizia, la folla di persone accampate davanti a casa, i giornalisti e le telecamere.

Ciò che ricordava meglio era l'insopportabile gentilezza dei genitori di Lorraine. Il padre, che piangeva quando era andato a trovarla in ospedale, le aveva preso la mano e aveva mormorato: «Grazie a Dio, grazie a Dio tu stai bene».

Di sicuro non era quello che stava pensando, no? Era certa che in realtà pensasse: *Perché non a te? Perché non è successo a te?*

Dopo il funerale di Lorraine, c'era stata una veglia a casa dei genitori. Miriam aveva chiesto di poter andare al piano superiore, di poter passare un po' di tempo nella camera di Lorraine, e la madre, quella piccola donna distrutta, era riuscita a sorriderle. «Ma certo, sei sempre la benvenuta. Puoi venire ogni volta che vuoi.»

Al piano superiore, seduta alla specchiera di Lorraine,

Miriam guardava gli elastici colorati della sua amica, i rossetti rossi e rosa scuro, la palette di ombretti viola, azzurri e bianchi. Di fronte allo specchio c'era un portagioie, quando veniva aperto suonava *Greensleeves*, a Miriam piaceva fin da quando erano bambine. Dentro la scatola c'erano collanine e braccialetti, un anello troppo piccolo per Miriam e gli orecchini, i cerchi d'oro, che lei si era infilata nella tasca della giacca.

Aveva lasciato la veglia senza salutare.

Dopo tre giorni, l'auto di Jeremy era stata ritrovata in un parcheggio, su una scogliera, in una zona che veniva eufemisticamente chiamata belvedere, dove andava chi non aveva un posto in cui scappare. Tre giorni più tardi, a causa del maltempo, la guardia costiera aveva sospeso le ricerche. E dopo tre settimane, due bambini che giocavano in spiaggia, vicino a Hastings, avevano trovato un piede umano che era di dimensione e colore compatibili, e il cui sangue si rivelò del gruppo giusto. Che si fosse sfracellato sugli scogli o fosse stato fatto a pezzi dall'elica di un'imbarcazione, Jeremy se n'era andato per sempre. Tutto ciò che rimaneva di lui era il biglietto che aveva lasciato nel vano portaoggetti dell'auto abbandonata. Un biglietto di scuse, con due sole parole: *Mi dispiace*.

Mi dispiace.

A scuola, erano tutti dispiaciuti per Miriam. Erano tutti dispiaciuti per lei, e nessuno voleva starle vicino. Tutti la guardavano e nessuno reggeva il suo sguardo. Il suo nome era sulla bocca di tutti e nessuno parlava con lei durante l'intervallo, né a pranzo. Quando passava, le sorridevano con gentilezza, anche gli insegnanti, guardando un punto lontano, nel vuoto, non lei. Lei era contaminata. La gente – ovvero i suoi genitori, lo psicologo che la seguiva, la polizia – le ripeteva che quello che era successo a Lorraine non era colpa sua. «Miriam, nessuno si aspettava che tu facessi qualcosa di diverso.» Ma il fatto che tutti sentissero il bisogno di pronunciare quelle parole la diceva lunga. Il fatto che tutti sentissero il bisogno di pronunciare quelle parole significava che ci avevano pensato, che avevano pensato: *Avresti potuto fare qualcos'altro. Nessuno si aspettava che tu lo facessi. Ma avresti potuto.*

Nessuno lo aveva mai detto a voce alta. Almeno finché non era apparso Theo Myerson.

La fuggitiva

Quando la prende, lei sa cosa sta per farle. È tornata al punto di partenza, la ragazza. Sdraiata nel sudiciume, si rivede com'era quella mattina, alla specchiera, mentre si spazzolava i capelli e li legava in una coda di cavallo che poi fermava, ben stretta, con un elastico all'altezza della nuca.

Allora era ancora innocente.

Avrebbe potuto fermarsi, vero? Quando l'amica aveva suggerito di saltare la scuola, avrebbe potuto semplicemente scuotere la testa e incamminarsi verso le due ore di matematica. Quando erano in città, avrebbe potuto evitare il pub e proporre di andare al parco. Avrebbe potuto dire: «Non voglio salire su quell'auto». Avrebbe potuto dirlo a voce alta: «Non farlo».

Anche dopo che tutto si era messo in moto, avrebbe potuto fare qualcosa di diverso. Non sarebbe dovuta scappare.

Invece di correre, avrebbe potuto raccogliere un pezzo di vetro dai detriti sparsi nell'erba secca, fuori dalla finestra che aveva rotto. Avrebbe potuto infilarsi la scheggia nella tasca dei jeans. Sarebbe potuta rientrare furtivamente in casa, seguendo i suoni della sofferenza della sua amica. Sarebbe potuta sgattaiolare nella stanza in cui la teneva, dove l'aveva immobilizzata al pavimento sudicio. A piedi nudi, si sarebbe potuta muovere con rapidità, trattenendo il respiro. Avrebbe potuto afferrarlo per i capelli, tirargli la testa all'indietro e infilargli il pezzo di vetro nella gola.

Ma ormai è troppo tardi.

26

Irene, che sonnecchiava sulla sedia vicino alla finestra, con una copia di *Blow Your House Down* di Pat Barker aperta in grembo, fu svegliata dalla pioggia, un improvviso acquazzone, così violento che le gocce battevano come grandine sulle pietre del selciato, producendo un rumore tanto forte che Irene quasi non sentì il lamento di qualcuno che piangeva.

All'inizio credette di esserselo immaginato, poi, alzandosi, pensò con un tuffo al cuore che poteva essere Carla – la triste, disperata Carla – tornata di nuovo a infestare la casa di fianco. Ma quando sentì bussare alla sua porta, così piano, quasi con esitazione, ipotizzò che si trattasse di un ragazzino. Sentì una vocina che la chiamava. «Irene? È in casa?»

Sulla soglia c'era Laura, bagnata fradicia e in uno stato pietoso, la giacca strappata e un livido grande come una pallina da tennis sulla guancia sinistra. Tremava e piangeva come una bambina.

«Mio Dio, Laura! Entra!» Irene allungò la mano verso di lei, ma Laura si ritrasse.

«No» singhiozzava. «Non deve. Non deve essere gentile con me.»

«Che diavolo stai dicendo? Laura, per l'amor di Dio!» Afferrò la giacca bagnata della ragazza. «Entra, riparati dalla pioggia.»

Nell'ingresso buio, dopo aver richiuso la porta, Laura si scrollò come un cane. «Dovrebbe cacciarmi» replicò, triste. «Dovrebbe mandarmi a fanculo, anche se lei non userebbe mai questa parola, perché è troppo educata e gentile.»

«Va bene, calmati» replicò Irene, brusca. «Smettila di dire sciocchezze. Togliti la giacca bagnata e mettila sul termosifone. Hai freddo? Vado ad accendere il riscaldamento. Dai, datti una mossa, non sgocciolare dappertutto. Vieni nel soggiorno. Accendo il riscaldamento e poi preparo una tazza di tè. Raccontami tutto, dall'inizio.»

Quando tornò con il tè, Laura era seduta sul pavimento, in mezzo alla stanza, con le gambe incrociate e la testa tra le mani. Irene le porse la tazza. «Dai, avanti. Sentiamo, che cos'è successo?»

Quando Irene si fu seduta, Laura cominciò. Confessò di averle preso dei soldi dal portafoglio, ma Irene ovviamente lo sapeva già perché, anche se si dimenticava le cose, non era certo stupida. Laura disse anche di aver rubato qualcosa dall'abitazione dei vicini, aveva trovato la porta aperta e aveva afferrato una borsa che era nell'ingresso, e questo invece Irene non lo sapeva.

«Hai ancora con te le cose che hai preso?» le chiese con severità, e la ragazza annuì. «Allora le restituirai. Un conto è il denaro, Laura, e capisco che sei in un momento di difficoltà. Ma non puoi rubare oggetti che hanno un valore per qualcun altro. Puoi immaginarti come mi sentirei» la rimproverò «se qualcuno rubasse l'orologio di William? Puoi immaginare cosa penserei di quella persona?»

Laura moriva di vergogna. Con un'espressione affranta, rovesciò il contenuto dello zaino sul pavimento e raccolse i due astucci portagioielli per darli a Irene.

«E il peggio deve ancora arrivare» aggiunse, la voce era poco più di un sussurro.

Irene ebbe un tuffo al cuore. Temeva ciò che Laura stava per dirle, cosa poteva esserci di peggio? Cosa poteva essere peggio che derubare una donna in lutto?

«Laura, cos'hai fatto?» Le mancava il fiato, a malapena riusciva ad articolare le parole. «Non hai... non hai fatto del male a qualcuno, vero?»

Laura alzò lo sguardo, gli occhi lucidi. «Credo di no. A parte il tizio della forchetta, ma non è quello che intendeva, vero?» Irene scosse la testa, era confusa. «Daniel» aggiunse Laura e l'anziana si portò la mano alla bocca.

«Oh, no, Laura!» Irene temeva che il suo cuore potesse fermarsi.

«Non l'ho ammazzato!» gridò Laura. Si era inginocchiata, ai piedi di Irene. «Lo giuro, non sono stata io. Ma ero lì... appena prima. Ero lì con lui. E non gliel'ho detto, perché lei mi aveva detto che lui dava un sacco di problemi...»

«Io non ti ho detto che dava problemi. Ho detto che *aveva* dei problemi. Penso di averti avvertita di stare attenta con lui perché era un ragazzo problematico, non è forse vero? Aveva una vita familiare difficile, te l'ho detto, io...»

«E io non l'ho ascoltata. E sono uscita con lui, e ho passato la notte...» Laura si interruppe.

Fuori la pioggia era diminuita ma il cielo era sempre più scuro, come se si stesse preparando a sferrare un secondo attacco.

«Hai passato la notte con lui?» chiese Irene e Laura abbassò lo sguardo sul tappeto. «Per l'amor di Dio!» esclamò Irene. «Non c'è bisogno di fare la timida. Sono una vecchia, mica una bambina.» Laura annuì, ma non alzò gli occhi. «Così, hai passato la notte con lui. E poi immagino che tu sia andata via senza fare colazione. Ma lui stava bene quando l'hai lasciato lì?» Laura annuì ancora. «E non hai idea di cosa gli sia successo?» Laura scosse la testa. «Laura! Alla luce di tutto questo, pensi davvero che sia stata una buona idea rubare alla sua famiglia? Santo cielo! Immagina cosa penserebbero, se qualcuno lo venisse a sapere, se...»

«Qualcuno *lo sa*» puntualizzò Laura, con la sua vocina. «Lei lo sa.»

Irene alzò gli occhi al cielo, piuttosto irritata. «Non essere ridicola, io non chiamerò la polizia, cosa credi? E comunque non mi hai ancora spiegato questo» disse, agitandole la mano davanti, a indicarla. «Non mi hai spiegato perché sei ridotta in questo stato.»

«Oh, be'...» Laura si sedette di nuovo a gambe incrociate. «Allora, c'è questa donna, che abita in una casa galleggiante sul canale, e la conosco di vista perché ogni tanto viene alla lavanderia, si chiama Miriam, ed è un po' strana, *sembra* strana, sa, come se indossasse sempre un po' troppi strati di vestiti, non so se rendo l'idea. A ogni modo, è lei che ha trovato Daniel – che ha trovato il cadavere, voglio dire – è lei che ha chiamato la polizia, e poi l'altro giorno è apparsa davanti alla lavanderia, e io ero un po' fuori fase, niente di tremendo, ma... ha capito.» Irene non aveva capito, non sapeva di cosa stesse parlando. «Comunque, sono andata dove vive, sulla barca, perché dovevo scusarmi con lei... È una lunga storia, non è necessario che le racconti tutto, ma il punto è, il punto è che quando sono arrivata sulla barca, ho scoperto che lei aveva la chiave di casa mia.»

«Lei aveva la tua chiave?»

«Esattamente! Ricorda che le avevo detto di averla persa? Be', ce l'aveva lei!»

«E te l'ha restituita?» Irene non riusciva a cogliere il senso della storia.

«No, no, non me l'ha restituita. L'aveva nascosta. L'ho trovata nella barca. Stavo curiosando tra le sue cose, sa...»

«Stavi cercando qualcos'altro da rubare!» la interruppe Irene.

«Sì, è vero, ma non è questo il punto, le pare? Il punto è

che lei aveva la mia chiave. E quindi, quando l'ho scoperto abbiamo avuto un... ecco...»

«Un alterco?»

«Proprio così.»

«E lei ti ha picchiata? Quella donna ti ha picchiata? È lei che ti ha fatto quel livido?» Laura scosse la testa. «Ci siamo date qualche spinta, io volevo andarmene e sono inciampata. Sono caduta.»

«Laura, pensi che dovremmo chiamare la polizia? Voglio dire, se quella donna ha la tua chiave, allora...»

«No, adesso ce l'ho io.» Frugò nella tasca dei jeans e la tirò fuori, insieme a un orecchino d'oro, che scrutò per un attimo, per poi infilarlo di nuovo in tasca. «Ho la chiave, e anche questo.» Dal mucchio di cose che aveva rovesciato dallo zaino prese un fascio di carte, un manoscritto rilegato che passò a Irene. «Mi ha dato questo. Prima del nostro... come-cavolo-si-chiama... alterco, mi ha dato questo. Il suo "memoir"» spiegò facendo il gesto delle virgolette. «Mi ha suggerito di leggerlo. Cosa che non ho alcuna intenzione di fare. Però potrebbe piacerle. Parla di un crimine! Lei dice di essere stata rapita da un pazzo, quando era una ragazzina. O qualcosa del genere.»

«Santo cielo!» esclamò Irene, prendendo il manoscritto con entrambe le mani. «Che storia!»

Ci fu un improvviso lampo di luce, seguito da un tuono particolarmente minaccioso, che fece sollevare la testa a entrambe.

«Porca troia!» esclamò Laura.

«Eh sì...» commentò Irene. «Sai, penso che dovresti andare su di sopra e toglierti quei vestiti umidi, metterli ad asciugare e farti un bel bagno caldo. Penso che dovresti restare qui con me, questo pomeriggio, che ne dici?»

Laura sorrise, cercando di trattenere le lacrime. «Mi piacerebbe tanto.»

Malgrado il rumore del secondo scroscio di pioggia, Irene sentiva Laura cantare, con una voce più intonata e dolce di quanto avrebbe mai immaginato. La ragazza si prese il suo tempo, era passata quasi un'ora quando scese al piano inferiore, avvolta in un accappatoio di spugna rosa che era stato riposto nell'armadio e non veniva usato da quasi una decina di anni. La vista di quella esile giovane donna avvolta nel suo vecchio accappatoio fu estremamente toccante per Irene. Fu travolta da un'ondata di commozione, un sentimento che pensò potesse essere quasi materno.

Non ne fece parola con Laura, perché non voleva metterla in imbarazzo con una dichiarazione del genere. Invece disse: «Sai, questo libro è davvero strano». Brandiva il manoscritto che Laura aveva portato con sé. «Questo memoir, lo stavo leggendo e...»

«Non può averlo già letto!» esclamò Laura, sdraiandosi sul divano e sistemandosi i cuscini dietro la testa.

«Be', ho dato un'occhiata veloce. Non è scritto male, forse un po' troppo pomposo, ma la cosa strana è che alcune parti mi sembrano terribilmente familiari, anche se ovviamente l'idea di una protagonista che scappa da un serial killer non è che sia proprio *originale*. Però...» Si interruppe, pensierosa, scrutando la libreria da sopra il bordo degli occhiali. «C'è qualcosa che mi disturba, ma non riesco ad afferrare di cosa si tratta.»

Laura chiuse gli occhi e si mise comoda sul divano, tirandosi l'accappatoio di Irene sulle ginocchia. «Oh...» mormorò. «Mi sento in paradiso, qui. Ero proprio distrutta... capisce? Vorrei restare qui per sempre.»

«Be', puoi restare finché vuoi. Puoi anche dormire qui, se ti va» propose Irene. «Posso preparare il letto degli ospiti.»

Laura non rispose, ma replicò, con un sorriso: «Mi sento

sempre al sicuro con lei, sa? Sento che qui nessuno può venire a prendermi».

«Nessuno verrà a prenderti, Laura» le confermò Irene. «Perché pensi una cosa del genere?»

«Sì che verranno» replicò Laura, tirando l'accappatoio fino a coprirsi il mento. «Lo faranno, lo fanno sempre.»

Mentre Laura dormiva, Irene leggeva. Molte scene del manoscritto le erano terribilmente familiari: due ragazze che facevano l'autostop in un caldo giorno d'estate, un incontro casuale, un'improvvisa escalation di violenza in una fattoria isolata, teneri arti giovanili feriti da finestre rotte: tutto materiale standard da film dell'orrore, pensò. Eppure c'era qualcosa che si impigliava nella sua memoria, ed era la canzone. Un ritornello, trasmesso alla radio, cantato da uno dei personaggi (era corretto chiamarli personaggi, se si trattava di un memoir?), quello le era proprio familiare. Le ricordava qualcosa, le faceva suonare un campanello nella memoria, chissà perché.

Sul divano, Laura si mosse. Si girò sul fianco, dando le spalle a Irene, e iniziò a russare, leggermente. Irene sentì un'altra ondata di affetto, una fitta nello stomaco forse ancora una volta da madre, ma come poteva esserne certa? Non sapeva come definire quello che provava, ma il desiderio di proteggere quella ragazza era lo stesso sentimento che aveva sentito nei confronti della povera Angela.

Diede un'altra occhiata ai libri di Angie, quelli che non aveva ancora finito di sistemare. Doveva darsi da fare, perché ormai giacevano lì da settimane. Forse poteva chiedere a Laura di portare la prima pila al negozio dell'usato di Upper Street.

E poi lo vide. In cima alla catasta dei volumi destinati al negozio dell'usato: *La fuggitiva* di Caroline MacFarlane. Era il giallo di Theo Myerson! Proprio lì, sotto i suoi occhi. Si alzò e prese il volume, una copia con copertina rigida, pesante, un volume ben rilegato. Lo girò e lesse le parole della quarta, scritte in grassetto rosso:

Di ritorno da scuola, una ragazza e la sua amica furono sequestrate.
La ragazza tornò a casa. L'amica no.
La ragazza è una vittima.
La ragazza è in lutto.
La ragazza è ferita.
La ragazza è vendicativa.
La ragazza è colpevole?
La ragazza è la fuggitiva.

Irene alzò gli occhi al cielo. La prima volta che l'aveva letto, quando era stato pubblicato, aveva pensato che fossero un mucchio di sciocchezze, e non aveva cambiato idea. Tornata a sedersi, aprì il libro e lo scorse velocemente per trovare il passaggio che era sicura di ricordare, parlava di una canzone, un frammento del testo. Era lì da qualche parte, anche se non era facile da trovare in quel romanzo, con la storia che saltava da una parte all'altra, il punto di vista che si spostava dalla vittima al carnefice e la cronologia che andava avanti e indietro. Era molto confuso e, secondo Irene, irritante. Ricordava di aver sentito Myerson, dopo essere stato smascherato come il vero autore del testo, mentre difendeva le sue scelte in un programma radiofonico, parlando della volontà di giocare con le percezioni di colpa e responsabilità, sfidare le aspettative del lettore, cretinate di quel genere. Assurdità. A chi serviva la sperimentazione fine a se stessa? In fin dei conti, cosa c'era di sbagliato in un giallo tradizionale, in cui il bene prevaleva e il male veniva sconfitto? E cosa importava se nella vita reale non accadeva quasi mai?

La lettura di Irene fu interrotta da uno strano ronzio. Alzò lo sguardo e vide una luce che lampeggiava sul cellulare di Laura. Si fermò e poi, dopo un attimo, riprese. Laura si mosse. «Ah, è il mio» grugnì, girandosi verso Irene e cadendo dal divano. «Merda...» farfugliò mentre gattonava sul tappeto per recuperare il telefono. «Ero proprio cotta.» Sbirciò lo schermo. «Sì?» rispose. «Chi? Ah, sì, mi scusi. Cosa? Ah, no. Al momento non sono in casa, sono da un'amica. Sì, posso, ma... ma... che cosa? *Adesso?*» Chiuse gli occhi per un istante. «Devo proprio?»

Terminò la chiamata con un sospiro accorato. Ancora assonnata, guardò Irene. «Gliel'avevo detto» spiegò, cercando di sorridere, nonostante la voce spezzata. «Gliel'avevo detto che vengono sempre a prendermi.» Si tirò su, stancamente. «Devo andare. Era la polizia.»

Laura uscì in fretta e furia, cercando di placare la preoccupazione di Irene. «Non c'è nulla da temere, davvero» le spiegò, mentre correva di sopra a recuperare i vestiti. «Nulla da temere» ripeté quando tornò al piano inferiore.

«È per Daniel?» chiese Irene e Laura fece una smorfia.

«Sì, certo. Certo, è per Daniel. Negli ultimi tempi non sono andata a letto con nessun altro che poi è schiattato, sa? Sono una testimone, tutto qui. Sono stata l'ultima persona a vederlo... *vivo*. Non c'è nulla da temere.»

Irene la accompagnò alla porta. La aiutò a infilarsi la giacca, che era ancora umida, le chiese se aveva un avvocato. Laura rise, mentre si incamminava lungo la strada, zoppicando un po' più del solito, poi si voltò verso Irene, con il sorriso in faccia, bandita ogni traccia di lacrime. «Come no, fanno a gara per difendermi.»

Mentre metteva a tostare due fette di pane, Irene pensava a quanto Laura sarebbe piaciuta a William. Lo avrebbe fatto ridere. Non era particolarmente entusiasta di Angela: non era mai stato scortese con lei, però era diffidente. «Cammina come se fosse sempre in bilico su qualcosa, quella lì» diceva. «E quando cadrà, ti afferrerà e, *whoop*, andrete giù entrambe.» William non conosceva bene Angela, non aveva mai capito quanto fosse di animo gentile.

Dopo aver imburrato il pane tostato, Irene si sedette al tavolo della cucina con il memoir aperto davanti a sé e il libro di Theo a fianco, per confrontarli. «Qualcosa che riguarda una canzone» ripeteva tra sé, mentre sfogliava le pagine. «Qualcosa che parla di... *oh*.»

Alla fine del libro, infilata nel risvolto della copertina, trovò una busta, indirizzata a Theo Myerson. Era strano, perché quella copia era di Angela. Dentro la busta c'era un foglio in formato A4, che sembrava strappato da un taccuino, sul quale era ritratta a matita una donna addormentata, con le lenzuola tirate giù a scoprire il petto nudo. Al fondo della pagina, con una grafia filiforme, c'era scritto: *Ciao vecchio mio, ho fatto qualche disegno, ho pensato che potessero piacerti*. Non c'era la firma, ma il tratto era molto simile a quello di Daniel. E la donna ritratta era senza alcun dubbio Carla Myerson.

27

La valigia di Carla era sul letto, piena a metà. L'armadio era aperto e vari indumenti erano sparsi qua e là sulla coperta. Non riusciva a decidere che cosa portare: non aveva idea di quanto tempo sarebbe stata via, né di quel che le sarebbe servito. Faceva di nuovo freddo, ma al Sud il clima sarebbe stato più mite, no? Senza pensarci troppo, prese cose a caso: magliette, maglioni, un abito che non metteva da anni. Da qualche parte, in casa, il telefono stava squillando, ma ormai squillava in continuazione. Non smetteva mai.

Avrebbe dovuto parlare con Theo, prima o poi, lo sapeva, per chiedergli di inoltrarle la posta all'indirizzo dove sarebbe andata, di occuparsi degli avvocati, delle proprietà, della vendita della casa di Angela.

Avrebbero discusso, era inevitabile, e proprio per quello stava pensando di comportarsi da vigliacca e telefonargli dall'estero. Ma non era certa di potergli fare una cosa del genere, partire senza rivederlo. Non era certa di poterlo fare a se stessa.

Doveva dirgli che aveva dato un'occhiata al suo ultimo manoscritto, che non le era piaciuto, tutto quell'andare avanti e indietro, quei salti nella cronologia. Come nell'ultimo, quell'orrendo giallo. *Comincia dall'inizio, per l'amor di Dio. Perché la gente non è più in grado di raccontare una storia in maniera normale, dal principio alla fine?*

L'anno prima della morte di Angela, Daniel si era presentato a casa di Carla una domenica sera, intorno alle otto. Era sconvolto e agitato, aveva un graffio sullo zigomo e un taglio sul labbro. Le aveva raccontato una storia lunga e complicata, di una lite con una ragazza, seguita da un'aggressione. Carla non ci aveva capito molto, ma lui aveva detto di non avere un posto dove andare. Non voleva chiamare la polizia e ovviamente non voleva andare da sua madre. «Non mi vuole a casa» spiegò a Carla. «Non mi ha mai voluto.» Carla gli disse che poteva restare da lei. Aprì una bottiglia di vino, che finirono molto in fretta, così ne aprì un'altra. A metà della seconda bottiglia, capì che doveva fermarsi.

Salì al piano di sopra, si fece una doccia e andò a letto, barcollando, ancora avvolta nell'asciugamano. Si svegliò di soprassalto, come spesso le capitava quando beveva. Rimase immobile, con il cuore che le martellava nel petto, e le ci volle un po' prima di rendersi conto che si era tolta di dosso le coperte e l'asciugamano. I suoi occhi ci misero qualche istante ad abituarsi al buio e a vedere che non era sola. Lui si era seduto sul pavimento, vicino alla porta, la guardava, aveva il blocco da disegno in grembo.

«Daniel,» sussurrò, coprendosi con un gesto rapido, «mi hai spaventata.» Nell'oscurità, non riusciva a vedere la sua espressione, solo il bianco dei denti.

«Non sono riuscito a trattenermi» replicò lui.

La mattina seguente, lo trovò seduto al tavolo della cucina, beveva un caffè.

«Buongiorno!» La salutò, senza alcuna traccia di imbarazzo. «Mi stavo chiedendo» propose, mentre lei si affaccendava a riempire il bollitore e a mettere in lavastoviglie i bicchieri della sera prima, «se posso stare da te per qualche giorno.»

Carla si voltò a guardarlo. Sorrideva, senza malizia. Era bellissimo. «Mi spiace, Daniel.» Il sorriso di lui vacillò, ma solo per un istante. «Io vorrei, ma... Theo... lui non...» Gli voltò le spalle.

«Nessun problema» replicò Daniel. «Ho capito, nessun problema.»

Un mese dopo, quando Daniel si presentò a casa di Angela per recuperare le sue cose, sembrava stanco e infelice. Non voleva entrare, per poco non litigarono al riguardo.

«Daniel, devi vedere tu quello che c'è qui dentro. Non posso mettere in ordine al posto tuo, non posso scegliere per te.»

«Voglio soltanto le *mie* cose: i miei album, la mia roba. Non voglio niente di suo.»

Quando finalmente si convinse a entrare in casa, andò dritto su per le scale e nella sua camera. Raccolse la scatola nella quale Carla aveva messo i suoi album. «Non li hai guardati, vero? Perché...» Fece una smorfia. «Non sono granché.»

Carla scosse la testa. «No, hai sempre detto che erano personali.»

Lui sorrise. «Grazie, zia Carla.»

La colpiva sempre quando la chiamava così. Le ricordava di quando era un ragazzino, gli occhi enormi nel visetto accigliato, diffidente e fragile. Il povero, piccolo selvaggio. Si avvicinò per dargli un bacio sulla guancia, ma lui spostò la testa all'ultimo secondo e le sfiorò le labbra con le sue.

«Ho noleggiato una barca» le disse mentre si voltava per andarsene. «Sul canale, vicino al Whitmore Bridge. È di un amico di un amico, così mi hanno fatto un buon prezzo. È un cesso, ma al momento è tutto quello che posso permettermi. Verrai a trovarmi?»

Carla lo guardò uscire dalla stanza, con la scatola tra le

braccia. Lo vide strusciare la scarpa contro il tappeto che si trovava in cima alle scale.

Si voltò e le sorrise. «Prenditi cura di te, okay?»

Dopo un paio di giorni, forse tre, Carla era a casa di Angela per un ultimo controllo delle stanze e per essere certa che fosse tutto in ordine per l'arrivo degli addetti alle pulizie, quando trovò un fascio di lettere sul fondo dell'armadio di Daniel. Tre di loro, spedite da sua sorella a Marcus, il padre di Daniel, portavano il timbro RESTITUIRE AL MITTENTE. Le lettere erano state maneggiate molte volte, erano state lette e rilette, forse da Angela, ma poiché era stata lei a scriverle, era più probabile che fosse stato Daniel.

E quando Carla pensò a lui che le leggeva, si immaginò Daniel da piccolo, la sua bella testolina, il collo con i lividi. Era quel Daniel che immaginò intento a scorrere le parole della madre, non lo strano uomo che era diventato, e quel pensiero le fece male al cuore.

Le fece male al cuore pensare a Daniel che leggeva le frasi offensive che sua madre aveva scritto al padre, che lo aveva rifiutato. Le fece male al cuore vedere come Angela avesse chiesto aiuto per quel figlio "impossibile", un bambino che era stato inquadrato sempre e solo come un problema, qualcosa di cui ci si doveva occupare. *Sto andando fuori di testa*, scriveva. *Non riesco a stargli vicino. Devi darmi una mano, Marcus. Non ho nessun altro a cui chiedere aiuto.*

Sulla strada per il canale, Carla comprò una bottiglia di vino. Cercava di non pensare al motivo per cui non voleva parlare con lui senza un bicchiere in mano; cercava di non pensare alla sera del funerale, cercava di non pensare a lui che strusciava la scarpa contro il tappeto, che comunque era un gesto privo di significato, no? Si diresse verso il canale e, all'altezza del Whitmore Bridge, vide due barche fluviali, una molto bella, appena dipinta di un bel verde brillante con finiture rosso scuro, l'altra bianca e azzurra, sciatta e arrugginita. Bussò alle finestre di quest'ultima, salì sul ponte di poppa e bussò di nuovo alla porta della cabina, che si spalancò.

«Daniel?» chiamò. «Sei qui, Daniel?»

Non c'era, ma lei era chiaramente nel posto giusto: la scatola di album che aveva preso da casa di Angela era appoggiata sul bancone, parte del contenuto era stato trasferito sulla panca sul lato opposto della cabina. La barca era orrenda: lavandino e piano cottura erano sporchi, la cabina principale puzzava di muffa e nella minuscola zona notte sul retro c'era odore di sudore e sperma. Era evidente che Daniel aveva avuto compagnia, e quel pensiero provocò a Carla un nodo allo stomaco, poi un forte imbarazzo. Daniel era un uomo adulto, aveva ventitré anni e non c'era motivo per cui il pensiero che stesse con qualcuno dovesse farla sentire a disagio. Non avrebbe dovuto suscitarle alcuna reazione particolare.

Uscendo dalla camera da letto, prese uno degli album sulla panca e, pur sentendosi in colpa, diede un'occhiata veloce alle pagine. Era pieno di schizzi a matita: facce sconosciute, arti staccati dal corpo. Lo ripose sulla panca e ne prese un altro, questo con disegni a penna e inchiostro, più dettagliati e sofisticati: era un'intera graphic novel, a quel che sembrava, di cui Daniel stesso era il protagonista. Notò che sulla prima pagina aveva scritto un titolo – *Le origini di Ares* – e subito le lacrime le offuscarono la vista. Ares il guerriero, il più odiato tra tutti gli dei, quello che neppure i genitori riuscivano a sopportare.

Oh, Daniel.

Girò le pagine, e sentì di nuovo un nodo allo stomaco quando riconobbe se stessa, in una versione giovane e sensuale, più bella e certamente più voluttuosa di quanto fosse mai stata nella vita reale. La pelle le bruciava per l'imbarazzo, chiuse l'album, lo appoggiò sulla panca, poi, quasi senza pensarci, lo prese di nuovo. Lo teneva ancora in mano quando uscì dal retro della barca e, per un istante, incrociò lo sguardo di una donna che la scrutava dal ponte di poppa della bella barca verde e rossa, ormeggiata a pochi metri di distanza.

Carla chiuse la cerniera della valigia, la portò al piano inferiore e la lasciò nell'ingresso. Nel soggiorno, ascoltò i messaggi: uno del detective Barker, che le chiedeva di richiamarlo appena possibile, e un altro di Theo, che la invitava a cena. «Il tuo piatto preferito, costolette di agnello. Non so se hai già sentito, ma ci sono buone notizie, Cee. Finalmente. Buone notizie.»

28

Theo era al lavandino della cucina, la mano sinistra sotto l'acqua calda, e guardava il getto diventare rosso e poi rosa nella zuppiera. Si era fatto un taglietto di un millimetro, forse due, sulla punta dell'indice, e stava sanguinando tantissimo. Il colpevole – un coltello Santoku appena affilato – giaceva sporco di sangue sul ripiano, vicino a uno spicchio d'aglio macchiato di rosa. Il Santoku non era proprio lo strumento adatto ad affettare sottilmente l'aglio, ma il suo piccolo coltello da chef non era più appeso alla barra magnetica della parete: l'aveva perso, senz'altro, era finito da qualche parte nel caos del cassetto delle posate, non l'avrebbe trovato mai più.

Ma non c'era di che preoccuparsi. C'erano buone notizie. Buone notizie, finalmente!

Nonostante il freddo pungente e improvviso, quella mattina Theo era uscito per una passeggiata e si era imbattuto, per coincidenza, nel giovane agente, quello con l'irritazione da rasatura, che era in coda per un caffè in un bar vicino all'alzaia. Theo aveva provato a passare inosservato, ma non c'era riuscito; il ragazzo lo aveva bloccato, il suo volto tradiva apprensione.

«Signor Myerson, speravo di vederla» gli comunicò, sottovoce. «Ci sono buone notizie.»

«Sì?»

L'agente annuì. «Non è ancora ufficiale, non ci sono ancora state dichiarazioni o cose del genere, ma credo che si faranno vivi con lei molto presto.» Fece un respiro profondo, assaporando il momento. «Hanno eseguito un arresto.»

Theo sussultò. «Ah» esclamò, mentre sentiva già salire l'adrenalina. «È una bella notizia. Chi... Può dirmi chi hanno arrestato?»

«Laura Kilbride» rispose l'agente. «La ragazza che lei ha visto, quella di cui le avevo parlato. Quella di cui avevo detto» aggiunse a mezza voce «che ha precedenti per violenza.»

«E l'hanno accusata formalmente?» riuscì a domandare Theo.

«Lo faranno. È questione di tempo. Hanno trovato il coltello» rivelò.

«Hanno... cosa? Intende dire l'arma?» Il cuore gli batteva così forte che temeva di svenire.

Il giovane sorrise. «L'hanno presa con le mani nel sacco, signor Myerson.»

Durante la breve passeggiata per rientrare a casa, Theo si sentiva come se avesse scalato una montagna, le gambe molli lo sorreggevano appena; per due volte rischiò di cadere, cercando di scansare alcuni runner. Eppure al tempo stesso aveva voglia di mettersi a ballare! Era finita. L'avevano presa. Era *finita*. E a fargli sentire il cuore leggero era che non solo era finito quel casino in particolare, quella brutta storia di Daniel, ma *tutto*. Daniel era morto, e anche Angela. Carla avrebbe sofferto, avrebbe elaborato il lutto, avrebbe provato tutto quel che doveva provare, ma dopo avrebbe cominciato a stare meglio, senza più nessuno che la trascinasse di nuovo nel baratro. Lo schifo dei Sutherland, tutto il veleno che avevano iniettato nella sua famiglia, nel suo matrimonio, ormai poteva iniziare a defluire.

Theo sapeva che non sarebbero tornati quelli di una volta – non era uno sciocco –, ma vedeva una via d'uscita. Sentiva che potevano costruire una vita per loro, trovare una sorta di pace, e potevano farlo insieme, senza niente e nessuno a dividerli.

Quando il sangue si fermò, Theo si bendò il dito, lavò il coltello, buttò lo spicchio di aglio macchiato e tornò alla ricetta. Lasciò marinare le costolette in olio, aglio e menta, si infilò una giacca e uscì nel portico sul retro a fumare una sigaretta. Mentre si portava il filtro alle labbra, si accorse che c'era ancora un po' di sangue sotto le unghie. Ripensò di colpo al mattino in cui aveva visto la ragazza, Laura, quella che avevano arrestato. L'aveva vista, era ritornato in un letto vuoto e si era addormentato. Al suo risveglio, Carla era sotto la doccia, e quando era uscita l'aveva chiamata, aveva allungato la mano e aveva cercato di attirarla nel letto, ma lei aveva opposto resistenza. Le aveva baciato la punta delle dita, la pelle sotto le unghie era rosea.

Tornò in casa, si stava versando un bicchiere di rosso quando suonò il campanello. Carla doveva aver dimenticato la chiave. Tirò su la posta dal tappetino davanti all'ingresso, appoggiò il fascio di carte sul mobiletto accanto e aprì la porta con un sorriso e le farfalle nello stomaco, come ai vecchi tempi.

«Oh» disse, deluso. «È lei.»

29

Alcune cose erano uguali, altre erano diverse. Laura si sedette, si chinò in avanti, appoggiò la testa sulle braccia incrociate. La volta precedente era sera tardi, adesso era mattina presto, anche se chi poteva dirlo con certezza? Nella stanza non c'era luce naturale, poteva essere qualsiasi ora. Era una stanza diversa, ma a tutti gli effetti avrebbe potuto essere la stessa. La volta precedente faceva un caldo insopportabile, adesso si congelava, ma c'erano le stesse luci intense, gli stessi mobili dozzinali. Un brutto tappeto grigio, simile a quello del suo ingresso. (*Non pensare a casa. Non pensare a casa, o ti metterai a piangere.*) Come la volta precedente, c'era il Pelato, e anche Monociglio, seduti di fronte a lei, con il viso serio. *Più serio dell'altra volta*, pensò. Ogni volta che incrociava lo sguardo del Pelato, lui distoglieva il suo, e questo la spaventava.

Era sfinita. Sembrava che fossero passati giorni, addirittura settimane, da quando aveva ricevuto la telefonata a casa di Irene, il pomeriggio del giorno prima. Era andata a incontrare la polizia a casa sua, come le avevano chiesto. Le avevano letto i suoi diritti, in piedi nel parcheggio, sotto gli occhi di tutto il vicinato, e poi l'avevano scortata per sette piani, fino all'appartamento. Altre persone erano già lì, in attesa sul ballatoio, vestite con quelle tute protettive bianche che si vedono alla televisione.

«Che succede?» aveva domandato Laura. «Siete già stati qui, no? Avete già guardato, mi pare, perché dovete farlo di nuovo?» Erano emerse nuove prove, aveva detto qualcuno, dovevano fare una perquisizione più accurata. Avevano aspettato un po', e poi l'avevano portata lì, al commissariato. Si era fatto tardi. L'avevano sistemata in una cella e le avevano detto di riposare. Non aveva chiuso occhio.

«Laura?» Monociglio le piazzò davanti una tazza d'acqua. «L'avvocato d'ufficio sta per arrivare, okay? Inizieremo tra un minuto.»

«Sì, va bene» replicò lei. «Cin cin.»

Era sempre la stessa solfa: l'atteggiamento educato, fintamente amichevole della polizia. Lo facevano sempre: ogni volta che si era imbattuta in dei poliziotti si erano comportati così. Tuttavia, pensò che quella volta potesse essere diverso, perché, in effetti, lo *era*. Stavolta non si trattava di violazione di domicilio o ubriachezza molesta, disturbo della quiete pubblica o taccheggio. Ma di omicidio.

Omicidio! Laura sentì una risatina salirle nel petto. Si tirò su di scatto, si morse il labbro, ma per quanti sforzi facesse, non riuscì a trattenerla: le scappò una risata. Il Pelato alzò lo sguardo dagli appunti, sorpreso. Laura si mise a ridere ancora di più. Non era divertente, non era divertente per un cazzo. Lei rideva più forte, sempre di più, fino alle lacrime.

«Sta bene, Laura?» chiese il Pelato.

Lei si chinò in avanti fino ad appoggiare la fronte sul tavolo, si mordeva l'interno delle guance. *Smettila di ridere smettila di ridere smettila di ridere cazzo smettila di ridere.*

La porta si aprì e Laura smise di ridere. Alzò la testa. Un tizio piccolo e magro, con i capelli rossi e la carnagione chiarissima, le porse una mano molle perché lei la stringesse. Era l'avvocato d'ufficio, non era lo stesso dell'ultima volta. Le disse il suo nome, che lei dimenticò subito, e le rivolse un sorriso nervoso. Perché *lui* era nervoso? Non era un buon segno.

Il Pelato disse qualcosa, fece le presentazioni, per il verbale. Laura ascoltò tutti i nomi e li dimenticò subito (di nuovo): il Pelato, Monociglio, Tizio Nervoso. Laura Kilbride. Iniziarono con le domande, le stesse dell'ultima volta. Dove aveva incontrato Daniel, quando, a che ora erano andati alla barca, che cosa avevano fatto quando erano arrivati lì? Le stesse cose di cui avevano già parlato, prima a casa sua e poi in commissariato.

«Porca puttana, cambiate musica, no?» sbottò Laura, alla fine. «Me lo avete già chiesto. Abbiamo già cantato questo duetto. E non dovrebbe essere un quartetto?» Guardò Tizio Nervoso. «Che ne dice di un bel quartetto? No, perché finora lei non è che abbia partecipato molto. Come se la cava con le armonie?»

Il Pelato strinse le labbra, aveva un'espressione addolorata.

«Laura, crede che tutto questo sia divertente?» chiese Monociglio. «Crede che sia uno scherzo?»

«Sì, è *proprio* uno scherzo del cazzo! Vi ho già detto di Daniel Sutherland, vi ho detto che abbiamo litigato, ci siamo spintonati un po' e questo è tutto. Io non l'ho accoltellato. Ne abbiamo già parlato e voi non avete niente, non avete un cazzo di niente, vero? È solo che non avete trovato nessun altro, per questo mi avete riportata qui e mi state dando il tormento.»

Si rivolse a Tizio Nervoso. «Devono fare qualcosa o mollarmi una volta per tutte, no?» Lui guardò il taccuino, le pagine erano bianche. Cazzo, non era di grande aiuto. «Dovete accusarmi formalmente oppure rilasciarmi.»

Il Pelato si appoggiò allo schienale della sedia e la guardò negli occhi, mentre le spiegava, con calma, che, oltre a un testimone che l'aveva vista lasciare la scena del delitto intorno all'ora della morte di Daniel Sutherland, sporca di sangue e agitata, avevano trovato il suo dna sul corpo di lui, e quello di lui su di lei. E poi c'era il fatto che gli aveva rubato un orologio. Inoltre, disse, le analisi condotte sulla sua maglietta dimostravano che, sebbene la maggior parte del sangue presente sul tessuto appartenesse a lei, una quantità piccola ma significativa era di Daniel Sutherland.

«Può darci una spiegazione, Laura?» le chiese. «Se, come ha detto, Daniel era ancora vivo e in buona salute quando è andata via dalla sua barca, come può spiegare la presenza del sangue *di lui* sui *suoi* vestiti?»

«Ho capito una cosa» aveva detto Daniel a un certo punto, nelle prime ore del mattino, dopo essere venuto per la seconda volta, «scopare con una storpia non fa proprio per me.» Era stata un'uscita del tutto inaspettata. Lei non era pronta per quella cattiveria gratuita. Sapeva che Daniel non era quel che si dice un *bravo ragazzo*; non sarebbe uscita con lui, se lo fosse stato, a lei non piacevano i bravi ragazzi, spesso si rivelavano i peggiori, ma non si aspettava una cosa come *quella*. Non si aspettava che lui la respingesse, che ridesse vedendola inciampare e cadere; non si era trattato di una risatina, ma di un vero scoppio di ilarità, come se lo trovasse proprio divertente. Quando si era rialzata, non ci vedeva più dalla rabbia. Gli si era buttata addosso così in fretta da coglierlo di sorpresa, e aveva visto lo sguardo sul suo viso. Per un attimo, solo per una frazione di secondo, lui aveva avuto paura.

«Laura?» Era Monociglio, che si era sporta sul tavolo. «Può spiegare la presenza del sangue di Daniel Sutherland sulla sua maglietta?»

«L'ho morso» rispose Laura.

«L'ha morso?» ripeté Monociglio, serissima, e per quanto Laura cercasse di imitare la sua espressione, non ci riuscì. Scoppiò a ridere di nuovo. La situazione era seria, maledettamente *seria*, e lei guardava i detective dall'altra parte del tavolo e rideva, rideva, e loro sembravano dispiaciuti (il Pelato) e compiaciuti (Monociglio).

Al suo fianco, Tizio Nervoso si stava agitando. Sollevò le mani, allargò le dita e la guardò come per dire: *Ma che cazzo stai facendo?*

«Gli ho dato un morso, qui.» Laura indicò un punto sul collo, sopra la clavicola. «E gli è uscito il sangue. Avevo del sangue in bocca, sulle labbra. Mi sono pulita. Devo averlo fatto sulla mia maglietta.»

Monociglio si lasciò andare a un sorrisetto, scuotendo la testa. «Tutto qui? È questa la sua spiegazione?»

«Sì. Chiedete a quelli della Scientifica. Chiedete a loro se aveva un morso sul collo.»

«Data la posizione della ferita da taglio,» replicò il Pelato, calmo, «probabilmente non saremo in grado di stabilirlo con esattezza.»

«Ah!» esclamò Laura, appoggiandosi allo schienale con un sorriso, un'espressione vittoriosa negli occhi.

«Ma non ritengo molto probabile che un morso spieghi tutto il sangue che abbiamo trovato, a meno che non fosse molto profondo. Lo era?» chiese il Pelato.

Laura deglutì. «Be', no. Non sono mica un vampiro! Ci siamo azzuffati. Abbiamo rotto qualcosa, forse un piatto, un bicchiere, non so. Un bicchiere. C'era del vetro sul pavimento? Scommetto di sì. Lui aveva del sangue su... sulla mano, credo, e mi ha dato una spinta, sì, una spinta in faccia perché ricordo che avevo la faccia sporca di sangue quando sono rientrata a casa. Mi ha spinta in faccia, e forse anche sul petto, quando mi è passato accanto.»

Al suo fianco, Tizio Nervoso scriveva furiosamente sul taccuino.

«Laura, non l'ha detto prima» osservò il Pelato. «Perché non ci aveva detto niente di tutto questo?»

«Non era importante» replicò lei.

«Certo che *era importante*. Ha mentito alla polizia, come potrebbe non essere importante?» replicò il Pelato, con voce tesa. «Perché non ce l'ha raccontato? Perché ha mentito su una cosa come questa?»

«E perché *non* avrei dovuto?» sbottò Laura. «Ero già nei guai, io sono sempre nei guai, non volevo peggiorare la situazione. Ho mentito, d'accordo?» Stava urlando. «Ho mentito allora, ma adesso vi sto dicendo la verità.»

Da qualche parte, Laura non avrebbe saputo dire da dove – forse aveva una borsa di trucchi pronta sotto il tavolo – Monociglio tirò fuori un sacchetto di plastica trasparente che appoggiò sul tavolo, tra di loro. Laura lo fissò.

«Laura, cosa può dirci di questo?» chiese Monociglio.

Laura aprì la bocca e poi la richiuse. «Cosa posso...» Le veniva di nuovo da ridere, si morse forte il labbro inferiore. «Cosa posso dirvi di questo? È un coltello, a quanto sembra. È un piccolo... un coltello piuttosto piccolo. Ha l'impugnatura nera. Di legno, immagino. C'è qualcosa sulla lama. Non ho idea di cosa sia, ma suppongo che...»

«Non faccia supposizioni» la interruppe bruscamente Tizio Nervoso.

«Giusto, okay, ha ragione. Cosa posso dirvi di questo? Posso dirvi che sembra un coltello che non ho mai visto prima d'ora.»

Il Pelato annuì. «Va bene. Quindi la sorprenderebbe se le dicessimo che l'abbiamo trovato nel suo appartamento?»

Laura scosse la testa. «No... cioè, *sì*! Sì, certo che mi sorprenderebbe, vi ho detto che non l'ho mai visto prima! Non è mio. Non lo è.» Si alzò. «Non è mio!»

«Laura, per favore, si sieda» la invitò il Pelato, con gentilezza.

Lei si sedette. «Perché dovrei...?» ricominciò. «No. Okay, diciamo che, per ipotesi...»

«Signorina Kilbride, io...» Alla fine Tizio Nervoso si era svegliato.

«No, va bene, va bene. Ammettiamo che, solo per ipotesi, fosse stato davvero nel mio appartamento. Perché lo avrei lasciato lì? Pensate che sia pazza? O un'imbecille? Perché lo avrei lasciato in giro, per farvelo ritrovare?»

«Ha lasciato in giro l'orologio di Daniel» puntualizzò Monociglio.

«Ma, porca puttana, non si può uccidere nessuno con un orologio!»

«E con un coltello, invece?»

Laura alzò gli occhi al cielo. «Ha sentito?» chiese rivolta all'avvocato. «Ha sentito? Cercano di mettermi in bocca parole che non ho mai detto, vogliono fregarmi. Tipico degli sbirri. Quel coltello non è mio. Non so da dove sia uscito, non è mio.»

«E... quindi?» la incalzò Monociglio. «Che cosa vuole dirci? Io non voglio metterle le parole in bocca, perciò ci dica lei cosa ritiene che sia successo.»

Laura aprì la bocca e poi la richiuse, come un pesce. Agitò le mani nell'aria. «Che cazzo ne so io? Ce l'ha messo qualcuno. Forse uno dei vostri. Per incastrarmi. Siete disperati, perché sono passate due settimane da quando è morto e non avete concluso un cazzo.»

«Ce l'ha messo qualcuno» ripeté Monociglio, molto lentamente. «Lei crede che qualcuno abbia messo il coltello nel suo appartamento? Qualcun altro ha accesso all'appartamento, Laura? Qualcun altro ha la chiave?»

«Come no, qualcuno oltre al maggiordomo, intende dire?» sbottò Laura. «E la donna delle pulizie, e il mio personal trainer, e... aspettate, *Miriam*!» Le venne in mente così, all'improvviso. «Miriam aveva la mia chiave!» I detective si scambiarono una rapida occhiata. «Deve avere... *cazzo*! Scherzavo quando dicevo del maggiordomo, ma c'è una donna, si chiama Miriam, abita sul... Oh, ma voi la conoscete, avete *parlato* con lei, ha detto che è stata lei a trovarlo, vero? Be', lei aveva la mia chiave.»

I detective si scambiarono un'altra occhiata, prima che Monociglio si sporgesse in avanti e chiedesse: «Sta dicendo che Miriam Lewis aveva la sua chiave?».

«Non conosco il suo cognome, è quella che abita nella barca, che dice di averlo trovato. Quante Miriam possono esserci in questa storia?»

«Solo una, ed è certamente Miriam Lewis» replicò il Pelato. Pareva davvero sconcertato, in senso positivo. «Perché crede che Miriam Lewis abbia messo questo coltello nel suo appartamento?»

Il respiro di Laura si stava facendo corto e affannoso. Vedeva le cose come non le aveva viste prima, uno spiraglio di luce, provava una sensazione di – cos'era, come poterla definire? – *speranza*. «La chiave» riprese. «Ricordate che avevo detto di averla persa? Che mi ero ferita al braccio?» Il Pelato annuì. «Be', alla fine ce l'aveva lei. Mi ha detto di averla trovata nella barca di Daniel, non ha detto perché l'ha presa... Il punto è che lei sarebbe potuta entrare in casa mia in qualsiasi momento, dopo la sua morte! Il fatto è che, vedete...» Le era tutto chiaro. «Il fatto è che lei prova rancore per i Myerson. Lo sapevate? Li odia, pensa che siano malvagi. Non ne conosco il motivo, ma mi ha detto, ecco, mi ha detto che secondo lei è stata Carla – la zia di Daniel, avete presente? –, secondo lei è stata Carla a uccidere Daniel, il che mi è sembrato davvero strano all'inizio, ma adesso credo che volesse soltanto dirottare l'attenzione da un'altra parte. Voglio dire, lei afferma di averlo ritrovato, ma come fate a sapere che è vero? Forse l'ha trovato perché sapeva che lo avrebbe trovato lì? Non si dice che spesso la persona che scopre il cadavere è il colpevole? E lo so che sembra un po' campata in aria perché lei è anziana...»

«Ha cinquantatré anni» puntualizzò il Pelato.

«Sì, appunto, ma solo perché è vecchia non significa che non possa averlo ucciso. Ha problemi seri, lo sapete? Lo so, lo so cosa pensate, mi guardate come per dire: "Da che pulpito viene la predica", ma a volte il simile riconosce il simile. Sapete che dice di essere stata sequestrata da un serial killer? E che ha scritto un libro sulla vicenda? Lei è...» Laura disegnava piccoli cerchi nell'aria con l'indice accanto alla tempia. «È *fuori di testa.*»

I detective erano appoggiati allo schienale della sedia, tenevano le braccia incrociate. Per un attimo, sembrava che Laura li avesse lasciati senza parole. Monociglio fu la prima a riprendersi. «Questa chiave che lei ha...»

«*Aveva,* non ha. Me l'ha restituita.»

«Gliel'ha restituita? Ieri, giusto? Quando è andata alla sua barca, quando l'ha aggredita?»

«Quando io *cosa*? Io non l'ho *aggredita,* io non...»

«Laura, la signora Lewis ha sporto denuncia contro di lei» rivelò Monociglio. «Stando a...»

«Questa è una cazzata. È proprio una cazzata. Io non l'ho aggredita! È stata lei a spingermi! Guardate qui!» Indicò il livido sulla guancia. «Mi ha dato una spinta, io sono caduta, ma... ma non è questo il punto!» Si voltò verso Tizio Nervoso. «Non dovrebbe fare qualcosa? Dire qualcosa?» Toccò con un dito il sacchetto che conteneva il coltello. «Ci sono le mie impronte lì sopra? Non ci sono, vero?»

«Stiamo ancora completando le analisi.»

«Analisi? Per le impronte digitali?» Esplose in una risata di scherno. «Non avete trovato un cazzo, vero? Allora, mi accusate di qualcosa oppure no? Perché se non lo fate...»

«Laura, stiamo per accusarla.»

Le speranze svanirono.

«Ma... ma la chiave» replicò Laura. «Non vi interessa, non vi dice niente?»

«Lei aveva movente, mezzi e opportunità» rispose Monociglio in tono fermo, contando gli elementi a suo sfavore con le dita. «Ci ha mentito circa la gravità della sua lite con Daniel. Il sangue della vittima è stato trovato sui suoi vestiti. L'arma del delitto è stata trovata in suo possesso.»

«Non era in mio possesso.» Laura si mise a gridare. «La chiave, deve esserci... *vi prego.*» Guardava il Pelato, che pareva sul punto di mettersi a piangere anche lui. Non incrociò il suo sguardo, si mise a fissare il tavolo per poi alzare gli occhi verso Tizio Nervoso. «Adesso la accompagneremo di sotto per ascoltare l'accusa formale» disse, infine.

«No, per favore» insistette Laura. Allungò le mani verso il Pelato, voleva implorarlo, gettarsi ai suoi piedi, offrirsi a lui, ma c'erano altre persone nella stanza, agenti in divisa, qualcuno la aiutò ad alzarsi. Furono abbastanza gentili, ma la gentilezza rese tutto ancora peggiore. Cominciò a spingerli, cominciò a lottare.

«Laura.» Sentiva la voce del Pelato, era preoccupato, la stava rimproverando. «Laura, su, non faccia così...» Ma lei voleva fare così, voleva lottare, voleva che la afferrassero, che la gettassero a terra, che la mettessero fuori combattimento. Voleva l'oblio.

30

Carla si era già cambiata d'abito due volte, aveva iniziato e abbandonato tre volte la lettera che stava scrivendo a Theo e finalmente, alla quarta stesura, si era ritenuta soddisfatta. Invece di darsi alla fuga e basta, aveva deciso che avrebbe cenato da lui. Si sarebbe fermata a dormire, come faceva di solito, e il mattino dopo se ne sarebbe andata, lasciando la lettera sulla sua scrivania.

Aveva prenotato un'auto che l'avrebbe portata alla stazione di King's Cross alle undici e mezza, dandole il tempo di passare da Hayward's Place a recuperare gli oggetti che aveva stupidamente lasciato lì: il guinzaglio del cane, le lettere e l'album da disegno, cose che non poteva sopportare che Theo vedesse. Non voleva che si trovasse ad affrontare la realtà come era capitato a lei, non aveva una tempra come la sua. E nemmeno lei ne era uscita bene, guarda come si era ridotta, dopotutto.

Che peccato che Daniel non avesse sfruttato di più il suo talento! Era questo che Carla aveva pensato il giorno in cui aveva sottratto l'album dalla barca, mentre lo sfogliava, seduta sul divano di casa. Disegnava davvero bene, rendeva le espressioni dei visi in maniera così vivida, catturava i movimenti, registrava le sfumature; sulla pagina dimostrava un'empatia che non aveva mai raggiunto nella vita reale.

Si sentiva in colpa per averlo pensato, e per avere guardato gli album: Daniel diceva sempre che i suoi disegni non erano fatti per essere visti da altri, che li faceva soltanto per se stesso. Scarsa autostima, aveva pensato Carla, ma non ne era più così sicura. Si sentiva chiaramente a disagio soffermandosi sulle pagine dove appariva la sua immagine, perché ormai quello che un tempo era stato solo un sospetto stava diventando certezza, c'era qualcosa di sbagliato nel modo in cui Daniel la amava. Peggio ancora, temeva che anche nel modo in cui lei amava Daniel ci fosse qualcosa di sbagliato. Provava tutti quei sentimenti – senso di colpa, disagio e paura –, eppure non riusciva a smettere di voltare le pagine, perché i disegni erano splendidi.

Era tutto idealizzato: la casa di Lonsdale Square, dove lei e Angela erano cresciute e dove Daniel aveva trascorso i primi anni di vita, sembrava più un castello che una villa di epoca vittoriana, gli esterni assomigliavano a un parco, più che a un giardino londinese. Il Daniel ragazzo era ritratto con le spalle più larghe ed era più muscoloso, e quando vide Ben il respiro le si mozzò nel petto. Un angioletto con le fossette, perfetto, con gli occhi da cerbiatto: Daniel aveva catturato la dolcezza del suo sorriso, i ricci morbidi sulla nuca. Per poco il suo cuore non si fermò.

Richiuse l'album.

Quando lo prese di nuovo, mentre sfogliava avanti e indietro le pagine, cercando di trovare un filo logico alla storia, capì che non *tutto* era stato idealizzato. Angela, per esempio, era raffigurata con crudeltà: scheletrica e poco vestita, ubriaca fradicia. Ma anche Daniel soffriva nel raccontare. Identificandosi con "Ares", anche se fisicamente bellissimo, aveva un carattere orribile: era maligno, a scuola perseguitava i compagni più piccoli, ogni tanto subiva pestaggi come rappresaglia; seduceva e abbandonava giovani ragazze, che apparivano a metà tra l'ingenuo e l'imbecille; maltrattava e umiliava sua madre. Carla pensava che fosse davvero bizzarro, inquietante eppure commovente vedere Daniel rappresentato come un mostro, e sapere che era stato lui stesso a dipingersi in quel modo. Cosa significava il fatto che si fosse identificato nel cattivo della storia, anziché nell'eroe? La cosa la feriva nel profondo. Però, mentre proseguiva nella lettura, il blocco sanguinante di dolore che le opprimeva il petto iniziò a spostarsi, a dissolversi, rimpiazzato da una sensazione di paura, dalla strisciante certezza che davvero sarebbe stato meglio riporre l'album, chiuderlo e non guardarlo mai più. Ma poi, a metà della storia, vide di nuovo se stessa, arrivata a Lonsdale Square in un bel pomeriggio di sole, con Ben in braccio, e capì subito di che giorno si trattava, e non riuscì a distogliere lo sguardo.

Nella versione di Daniel, Carla indossa un vestito, i capelli, lunghi e ondulati, le ricadono sulle spalle nude, Ben – bellissimo e dai capelli dorati – sta sorridendo e ridendo, in braccio a lei. Dal balcone, Daniel, con il volto accigliato in penombra, guarda Carla affidare Ben ad Angela. Sporgendosi dal balcone nella luce del sole, Daniel chiama la zia e la saluta, ma lei si è già voltata senza vederlo. Il suo faccino si rabbuia.

Nella pagina successiva, è calata la notte. Daniel guarda la televisione nella stanza dei giochi, da solo. Si alza e va al piano di sopra a cercare la madre nella sua camera, per darle la buonanotte, ma lei non c'è. Scende di nuovo, per raggiungere la sua stanza, dove vede che il cuginetto si è svegliato, è sceso dal materasso sul quale stava dormendo e si è sdraiato sul pavimento. Sta disegnando, scarabocchia su un album, circondato da altri quaderni simili, sparpagliati tutti intorno, le pagine coperte dai suoi brutti sgorbi. L'angoscia di Daniel è rappresentata in maniera vivida: Ben ha rovinato tutti i suoi album, i fumetti che aveva disegnato con tanta cura! Sconvolto, chiama la madre, ma non viene nessuno. Va a cercarla, stanza dopo stanza, finché non arriva nello studio. La porta è chiusa, ma sente che c'è qualcuno dentro, sente un rumore. Apre con cautela ed eccola lì, a cavalcioni di un tizio, uno sconosciuto, uno che non ha mai visto prima. Ha la testa rovesciata all'indietro, la bocca con le labbra rosse spalancata. Si volta, vede il figlio terrorizzato e scoppia a ridere.

Daniel fugge dalla stanza.

La scena successiva mostra Daniel a letto, la sua immaginazione è una nuvola sopra la sua testa in cui si svolgono diverse scene: in una, immagina di colpire alla testa l'amante della madre con una bottiglia di champagne; in un'altra, schiaffeggia la madre ubriaca. Poi la nuvola dell'immaginazione si dissolve. Daniel si appoggia su un gomito e guarda il bambino nella stanza, ora addormentato su un fianco, le lunghe ciglia che sfiorano le guance, la testa coperta di ricci.

Il mattino seguente, Daniel sale nella stanza della madre. Lei dorme, da sola. La lascia, e richiude la porta alle sue spalle. Torna al primo piano, alla sua cameretta, dove sveglia il bambino con delicatezza. Ben, felice di vedere il cugino grande, gli fa un enorme, impacciato sorriso. Daniel lo aiuta ad alzarsi, gli prende la manina, lo accompagna fino allo studio, apre la porta. I due attraversano la stanza, mano nella mano, evitando i resti dei bagordi della sera precedente: vestiti sparsi dappertutto, un posacenere pieno, una bottiglia vuota di champagne, rovesciata. Daniel porta il bambino sul balcone, apre le ante e tira fuori un giocattolo da dietro la schiena: un camioncino rosso. Lo dà al bambino, che ride deliziato, e allunga la mano per afferrarlo, e in quel mentre Daniel fa rotolare il camioncino sul balcone, con delicatezza, verso la ringhiera rotta. Guarda il bambino che gattona seguendo il giocattolo.

Nell'ultima tavola, Daniel è di nuovo solo, seduto sul bordo del balcone con i piedi che penzolano nel vuoto, un sorriso sulle labbra.

31

Irene si era sistemata su una sedia dura e scomoda, nel soggiorno di Theo Myerson. Ancora prima di sedercisi aveva capito che non sarebbe stata confortevole, ma ci si era accomodata lo stesso perché era abbastanza alta, quindi aveva calcolato che sarebbe riuscita ad alzarsi senza bisogno di aiuto, il che era importante. Non voleva certo trovarsi alla mercé di Myerson. Con qualche difficoltà, tenendo una mano sulla sedia e l'altra saldamente attaccata alla borsa sistemata in grembo, riuscì a spostarsi di qualche centimetro verso il camino. Faceva un freddo terribile, l'inverno era tornato con un colpo di coda. Quella mattina, alla radio, avevano parlato di neve.

Myerson era in cucina, era andato a prenderle uno sherry. Non lo voleva, non era mai stata una gran bevitrice, ma quando glielo aveva offerto, dopo averla invitata a entrare con scarso entusiasmo, aveva pensato che fosse meglio accettare. Lui stava bevendo vino. Da solo, a metà pomeriggio.

Durante la sua assenza, Irene ammirò la libreria. Di Theo Myerson si poteva dire tutto, ma la sua libreria era magnifica. Di quercia, pensò Irene, costruita su misura, dal pavimento al soffitto, sui due lati del camino, con una di quelle eleganti scalette scorrevoli che permettevano di arrivare fino agli scaffali più alti. Dalla sua posizione, non riusciva a leggere i nomi sul dorso dei volumi, ed era frustrante. Poche cose piacevano a Irene quanto curiosare tra i libri degli altri, anche se quello non era proprio il momento adatto.

«Carla arriverà tra poco» annunciò Theo quando tornò nella stanza. Le porse un bicchierino di cristallo. «Viene qui a cena.»

Irene accettò il drink con un cenno del capo. «Non sapevo dove abitava Carla» spiegò, ricordando vagamente di averlo già detto. «Ma, come le ho spiegato, ho invece trovato il suo indirizzo, era su una busta infilata in un libro...»

Theo annuì. Si accomodò su una poltrona, dall'altra parte della stanza. Mandò giù un bel sorso di vino e la guardò di traverso. «Deve parlarle con urgenza? Può dirmi di cosa si tratta?»

«Credo sia meglio aspettare lei» replicò Irene. Sorseggiò lo sherry. Theo alzò gli occhi al cielo, per un attimo, poi le lanciò un'altra occhiataccia. Non era un tipo discreto. Rimasero in silenzio per qualche minuto, poi Irene cedette alla tensione e cominciò a raccontare. «Ho bisogno di parlarle di una cosa che ho trovato a casa di Angela.» Bevve un altro sorso di sherry. «Un album. Ho trovato un album. Di Daniel.» Lo prese dalla borsa e lo tenne in mano per un attimo, poi pensò che non fosse una buona idea e lo mise via.

«E questo sarebbe urgente, secondo lei?» chiese Myerson, con voce piatta.

«Be', io... lei non l'ha mai visto, signor Myerson?» Theo scosse la testa, per fortuna non sembrava interessato. Cambiò posizione sulla poltrona, era palesemente infastidito; pareva sul punto di chiederle di andarsene. Lei bevve un altro sorso, era nervosa. «È quella che si potrebbe chiamare una graphic novel, credo. Ce n'era una tra i candidati al Booker Prize qualche tempo fa, no? Molto strano, ho pensato. Voglio dire, com'è possibile paragonare un fumetto a un libro vero?» Theo aggrottò le sopracciglia. Mandò giù un altro sorso di vino. Iniziava a farla sentire davvero a disagio. «Be', ognuno ha i propri gusti, credo.» Irene rimase in silenzio per un attimo. «Ho trovato questa in uno dei suoi romanzi» spiegò, mostrando la busta con il suo indirizzo. «Nel giallo.»

Nel lungo e teso silenzio che seguì, Irene rifletté sull'opportunità di tirare in ballo il manoscritto che aveva letto, quello che Laura le aveva portato. Ma poi concluse che forse non era il momento migliore per accusare Myerson di plagio. Non voleva essere distratta dall'obiettivo per cui era lì. Sollevò di nuovo il bicchiere per portarselo alle labbra e scoprì, con sorpresa, che erano rimaste poche gocce di sherry.

«Quest'album...» riprese Theo, guardandola perplesso. «Lei dice di averlo trovato in casa di Angela. Che ci faceva in casa di Angela?»

«Dunque, vede, il fatto è che...»

Irene si interruppe. Non aveva una buona risposta a quella domanda. La risposta breve era che era andata a ficcare il naso nell'abitazione della vicina. La versione più lunga era che, quando aveva sentito alla radio che Laura era stata accusata dell'omicidio di Daniel, aveva capito che *doveva* parlare subito con Carla, perché era certa che ci fosse stato un errore. Non aveva i suoi recapiti, ma era sicura che da Angela avrebbe trovato un'annotazione con il suo numero o il suo indirizzo. Però, quando era entrata, era rimasta delusa, perché la casa era completamente vuota. Era passata da una squallida stanza all'altra, accorgendosi per la prima volta del terribile stato in cui versava l'appartamento, la carta da parati piena di bolle che si staccava dalla parete, l'umidità intorno alla finestra della cucina, gli infissi della camera da letto che stavano soccombendo alla muffa. In fondo a un armadio della camera da letto sul retro, che di fatto era l'unico mobile rimasto nella casa, Irene aveva trovato un mucchio di carte. Tre o quattro lettere, tutte indirizzate ad Angela, e un album. Li aveva portati a casa con sé. Non c'era l'indirizzo di Carla, ma l'album le aveva dato qualcos'altro. Non la comprensione – Irene non era certa che fosse possibile – ma uno scorcio di qualcos'altro, uno scorcio del luogo dove tutto aveva avuto inizio, dove era stato gettato il seme della distruzione.

Theo si chinò in avanti. «Quindi? Cosa ci faceva a casa di Angela?» Il tono era duro, il volto minaccioso. «Per quel che ne so, lei non ha motivo di starsene lì, la casa è di Carla.»

«Davvero?» chiese Irene. «La casa appartiene a Carla?»

Myerson si alzò di colpo. «Per l'amor di Dio! Non è affar suo chi sia il proprietario della casa. Carla sta attraversando un periodo terribile, l'ultima cosa di cui ha bisogno è un'impicciona che la assilla e ficca il naso negli affari suoi.» Attraversò la stanza e si avvicinò a Irene, porgendole la mano. «Mi dia l'album e glielo consegnerò io. Se vorrà parlarne con lei, sarà Carla a mettersi in contatto. Non ci conterei troppo.»

Irene strinse la borsa al petto. «Se non le spiace, preferirei darglielo di persona» replicò, con un tono affettato che nascondeva la paura di quell'uomo grande e grosso che incombeva su di lei, il terrore per ciò che avrebbe potuto fare, se soltanto avesse visto i disegni di Daniel.

«Mi spiace, eccome!» sbottò Theo. «Mi dia l'album» ripeté, con la mano davanti al viso di Irene, «e poi le chiamerò un taxi.»

Irene strinse le labbra e scosse la testa. «Devo chiederle di non leggerlo. Io non...»

«Carla può guardarlo e io no?» chiese. «Perché?»

«Sono certa che Carla l'abbia già visto» spiegò l'anziana. «Non sarà più uno shock per lei.»

«Uno shock?» Lasciò cadere le braccia lungo i fianchi. «E per me invece lo sarebbe? Perché?» Alzò gli occhi al soffitto per l'ennesima volta. «Per l'amor di Dio! Si tratta di Carla, vero? Ci sono disegni di Carla? Lui era ossessionato da lei, in modo morboso. Mi spiace dirlo, ma era un soggetto piuttosto disturbato.» Irene taceva, guardò la borsa che teneva in grembo. «O si tratta di qualcos'altro?» la incalzò Myerson. «Qualcosa che riguarda me? Mi aveva preso di mira?»

«Il fatto è che...» Irene iniziò a parlare ma fu interrotta da un improvviso gesto violento di Theo, che allungò la mano afferrando la borsa. «No! La prego, aspetti!»

«Ne ho abbastanza di questa storia» ringhiò l'uomo, mentre tirava fuori l'album lanciando poi la borsa verso Irene. Si rovesciò sul pavimento, sparpagliando i suoi oggetti sul tappeto: gli occhiali di ricambio, la cipria, il piccolo portamonete di tweed.

Con grande attenzione, Irene si inginocchiò per raccogliere le sue cose, mentre Myerson troneggiava su di lei. Ignorandola, Theo aprì l'album e iniziò a leggere. «*Le origini di Ares*?» Fece un sorrisetto. «Mio Dio, aveva una grande considerazione di se stesso, no? Ares, il dio della guerra! Quel piccolo stronzo...» Sfogliò le pagine leggendo velocemente, finché di colpo si fermò, con un sospiro appena udibile. La piega delle labbra scomparve e la sua pelle sembrò sbiancare sotto lo sguardo di Irene; le dita si chiusero a pugno, accartocciando i fogli.

«Signor Myerson,» disse Irene, mentre il cuore le sprofondava nel petto «lei non dovrebbe guardarlo...» Si rimise lentamente in piedi. «Mi creda, è meglio che non veda cosa ha disegnato» aggiunse, ma dall'espressione sconvolta di Theo capì che era troppo tardi. «È terribile, lo so, io...»

Di colpo, la testa di Irene stava nuotando, il tappeto sotto di lei pareva inclinarsi e oscillare come una barca, il camino, la splendida libreria di quercia, tutto si confondeva. «Oh... non mi sento molto bene» riuscì a dire, poi allungò la mano verso la sedia, che però non era dove lei si aspettava. Barcollò, si raddrizzò, chiuse gli occhi e poi li aprì di nuovo. Era colpa dello sherry, dello sherry e del calore del fuoco. Si sentiva strana, e vedeva Myerson che la fissava, con la bocca rossa spalancata, il volto che si faceva scuro e le mani strette a pugno. «Oddio!» Fece un passo indietro cercando qualcosa a cui appoggiarsi, ma non trovò nulla. Che stupida era stata a portare l'album con sé! Credeva di essere coraggiosa ad andare lì, e invece era stata una stupida, una vecchia stupida, proprio come pensavano tutti quanti.

32

Theo aveva ucciso molte volte, con la penna. Nel corso di qualche migliaio di pagine di racconti, aveva accoltellato, sparato e sbudellato gente, l'aveva impiccata a patiboli improvvisati, lapidata a morte con un sasso appuntito impugnato da una piccola mano. E aveva immaginato anche cose peggiori (quante ne aveva immaginate!), quando si era chiesto cosa siamo (lui, chiunque altro) capaci di fare in situazioni estreme.

L'album non c'era più, era stato inghiottito dalle fiamme. La vecchia era di nuovo in piedi, ma era agitata e spaventata; non si aspettava che lui reagisse con tanta rapidità e forza. Mentre la guardava, pensò a quanto sarebbe stato facile: a quell'età erano così fragili, e lei era già malferma sulle gambe, aveva buttato giù lo sherry molto in fretta. Ondeggiava di fronte a lui, gli occhi pieni di lacrime. Era in piedi sul bordo di un tappeto che lei stessa aveva messo fuori posto quando si era chinata per recuperare la sua borsa. Si trovava esattamente a metà strada tra il caminetto di pietra dagli spigoli aguzzi e il tavolino di vetro e bronzo a bordo vivo.

Se si fosse trovato a scrivere questa scena in un romanzo, avrebbe avuto l'imbarazzo della scelta.

La fuggitiva

Non vede niente, tranne il rosso.

Quella mattina, quando si era svegliato, non credeva che sarebbe stato l'eroe della storia. Se ci avesse pensato, si sarebbe definito il cacciatore.

Quella mattina, quando si era svegliato, non poteva immaginare come sarebbe stato, come sarebbe stata lei: diversa da quello che voleva lui, decisamente diversa da come la voleva. Non poteva immaginare che avrebbe mentito e lo avrebbe ingannato.

Quella mattina, quando si era svegliato, non pensava che sarebbe stato lui la preda.

L'ingiustizia di tutto questo, amara nella sua bocca, gli scende giù per la gola mentre soccombe a lei, alla fuggitiva, alla ragazza con la faccia brutta, con la mano rossa, con la mano come pietra, e alla sua vendetta.

Lei è tutto ciò che vede, l'ultima cosa che vedrà.

La fuggitiva

Capisce, ancor prima di vederlo, che lui l'ha trovata. Capisce, ancor prima di vederlo, che la faccia dietro il volante sarà la sua. Si ferma. Per un attimo esita, poi abbandona la strada e riprende a correre, dentro un fosso, oltre una staccionata di legno. Si lancia nel campo confinante e corre alla cieca, cade e si rialza, senza fare rumore. A cosa servirebbe gridare?

Quando lui la raggiunge, la prende per i capelli, la trascina a terra. La ragazza sente il suo alito su di sé. Sa cosa vuole farle. Sa cosa sta per succedere, perché gliel'ha già visto fare, gliel'ha visto fare alla sua amica, ha visto con quanta violenza lui le ha sbattuto la faccia a terra, come la toccava.

Ha visto con quanta forza la sua amica ha combattuto.

E l'ha vista perdere.

Quindi lei non combatte, non oppone resistenza. Giace a terra, molle, un peso morto.

Mentre lui le sfiora debolmente i vestiti, lei tiene gli occhi puntati sulla sua faccia tutto il tempo.

Non è quello che lui vuole.

«Chiudi gli occhi» le dice. «Chiudi gli occhi.»

Lei non vuole chiudere gli occhi.

Lui la colpisce in volto. Lei non reagisce, non emette suoni. Le sue membra pallide sono pesanti, così pesanti nel terreno, sta sprofondando. Lo sta portando con sé.

Non è quello che lui vuole.

Lui smonta dal suo corpo, batte la terra con il pugno. Ha del sangue sul viso e in bocca. È debole, sconfitto.

Non è quello che lui vuole.

Lui inizia a piangere.

Mentre piange, lei si rialza in silenzio.

«Vai» le dice lui. «Vattene. Corri.»

Ma la ragazza non vuole correre, basta scappare, lo ha già fatto. Afferra un sasso, dai bordi irregolari e la punta aguzza come una freccia. Non è molto grande, ma abbastanza da stare comodamente chiuso nel palmo della sua mano.

La mano stringe il sasso tiepido e gli occhi si spalancano per la sorpresa mentre muove il braccio contro di lui. Al suono dell'osso della tempia che si frantuma, la gioia esplode dentro di lei e lo colpisce una seconda volta, e poi ancora e ancora finché non è bagnata di sudore e di sangue. Pensa di averlo sentito implorare di smettere, ma non ne è sicura. Potrebbe esserselo immaginato.

Quando arriverà la polizia, la ragazza dirà che ha combattuto per salvarsi la vita, e loro le crederanno.

33

Miriam passava in rassegna i suoi ricordi, gli oggetti che aveva raccolto ogni volta che aveva sfiorato altre vite: le vite degli altri, vite che avrebbe potuto vivere lei. Notò con tristezza che erano diminuiti: non c'era più la chiave che aveva preso nella barca, e nemmeno uno degli orecchini di Lorraine, e questo la addolorava profondamente.

Le cose che aveva deciso di tenere rappresentavano momenti importanti per lei e quando ripensava a quegli istanti – i pochi attimi trascorsi da sola con Daniel sulla barca, la sua fuga dalla fattoria – le piaceva poterli associare a quegli oggetti, la aiutavano a ricordare come era stato davvero, come si era sentita. Mentre stringeva la piccola croce d'argento che suo padre le aveva regalato in occasione della sua cresima, chiuse gli occhi e rivide se stessa a quattordici anni, prima dell'orrore della fattoria, quando era ancora innocente.

Miriam era consapevole che la sua abitudine di collezionare oggettini che la riportavano ai momenti importanti era un tratto che aveva in comune con psicopatici e serial killer, e il pensiero la disturbava, ma era convinta che in realtà tutti noi viviamo momenti mostruosi, e quegli oggetti la aiutavano a restare fedele a chi era veramente, al mostro in cui si era trasformata.

A volte, quando si trovava in un posto molto buio, si

sentiva sopraffatta dal bisogno di confessarsi. Se avesse avuto un confessore, da dove avrebbe cominciato? Dalla trasgressione più recente o dalla primissima? Forse avrebbe dovuto cominciare dall'inizio. La prima era stata determinante, perché l'aveva messa sul cammino che stava ancora percorrendo.

Era iniziato la notte in cui era scappata dalla fattoria, quando si era trovata di fronte alla finestra rotta e aveva pregato e pregato. Quando era uscita da lì e aveva corso lungo la strada sterrata. Quando aveva sentito il tuono che non era un tuono, il rumore dell'auto che arrivava da dietro, dalla fattoria. Quando aveva capito che lui la stava cercando e aveva ricominciato a correre, scavalcando una staccionata, lanciandosi in un fosso, strisciando sul ventre finché non era riuscita a nascondersi, almeno in parte, dietro a un grosso albero. E lì era rimasta, sentendo le marce che scalavano mentre la macchina rallentava, i fari che illuminavano i rami sopra la sua testa. L'auto era passata oltre.

Era rimasta nel fosso ancora un po'. Per quanto tempo, non avrebbe saputo dirlo. Non era mai stata in grado di ricostruirlo. Miriam ricordava parecchi dettagli di quel giorno e della notte che seguì: l'odore della casa, il blu pallido del cielo serale, la canzone nell'auto e il suono emesso da Lorraine, quel suono orrendo, dopo che lui l'aveva colpita. Ma per nulla al mondo riusciva a ricordare quanto tempo era rimasta distesa in quel fosso, immobile e incapace di muoversi, con la mente che ronzava, pensando: *Non è colpa mia se ha scelto te.*

Non ricordava neppure quanto tempo era rimasta nella stanza della fattoria chiusa a chiave, paralizzata dal terrore di fronte alla finestra rotta. Non riusciva a ricordare quanto ci aveva messo a decidere che la scelta migliore non era restare e combattere, ma scappare e dare l'allarme. Non riusciva a ricordare quanto tempo era stata lì a pregare e pregare che lui non scendesse le scale, che non andasse a cercarla. Che se la prendesse comoda con Lorraine.

La sua mente era andata oltre, e solo quando si era trovata di fronte alla specchiera di Lorraine, nella sua stanza, e si era infilata i suoi orecchini d'oro in tasca, riflettendo sulla brutta persona che era, solo allora si era rammentata di tutte le cose ignobili che aveva pensato, di tutto il tempo sprecato a pensarle.

Miriam era stata messa alla prova e non si era rivelata all'altezza; aveva scoperto che le mancavano le basi stesse della bontà, che era priva di qualunque brandello di fibra morale.

Non era una brava persona allora, e non lo era più stata in seguito.

Sul fondo della scatola di legno, sotto la lettera dell'avvocato, c'era la targhetta del cane.

A Miriam non piaceva rivangare quel ricordo. Non ne andava orgogliosa: aveva perso il controllo in un momento di sofferenza. Teneva la medaglietta per ricordare a se stessa che trasferire l'odio da una persona a un'altra non funzionava. Non aveva senso. Pensava a Jeremy, a quanto aveva desiderato infilargli un coltello in gola. A volte pensava anche a Myerson, immaginava di assestargli un colpo di martello sulla nuca, buttarlo nel canale e guardarlo sprofondare sotto la superficie di quell'acqua lurida.

Ci pensava, ma non aveva il coraggio di agire. E poi, un giorno, in libreria le capitò un cliente davvero maleducato e dopo, sull'alzaia, rischiò di scontrarsi con una ciclista che la insultò dandole della stupida cicciona, e infine, arrivando a casa, con un senso di oppressione al petto e la vista offuscata, sull'orlo di un vero e proprio attacco di panico, si ritrovò il cane sul ponte di poppa, era lì che frugava nel sacchetto dell'umido che lei aveva portato fuori quella mattina dimenticandosi poi di buttarlo nel cassonetto, e allora, quasi senza pensare, lo aveva afferrato. Aveva portato l'animale in cabina, lo aveva appoggiato sul lavandino e con un coltello affilato gli aveva tagliato la gola.

L'animale non aveva sofferto, era stato un lavoro pulito. Be', non nel senso letterale del termine. In realtà, aveva fatto un gran casino, aveva sporcato le mani, i vestiti e il pavimento di sangue, ce n'era più di quanto avrebbe mai potuto immaginare, ci aveva messo parecchio tempo per ripulire tutto. A volte le sembrava di sentirne ancora l'odore.

Più tardi, quella sera, aveva infilato il cane in una borsa, l'aveva portato lungo l'alzaia e l'aveva tirato fuori per calarlo in acqua dietro casa di Theo. Pensava che il cadavere sarebbe stato ritrovato, ma forse era stato trascinato nel tunnel o si era impigliato nell'elica di una barca, quindi alla fine Theo non arrivò mai a chiedersi chi potesse aver commesso una cosa tanto orribile, si chiese solamente dove fosse finito il suo cane, e per certi versi Miriam lo trovò persino più soddisfacente, vederlo andare su e giù lungo il canale e per le strade adiacenti, chiamare l'animale per nome, attaccare pietosi manifesti.

Miriam si infilò la medaglietta in tasca e poi uscì, diretta a ovest, verso casa di Myerson. Se doveva confessare qualcosa, avrebbe cominciato da lì, dal vergognoso incidente con il cane, e se doveva confessare a qualcuno, il prescelto sarebbe stato proprio Myerson. Ovviamente lui avrebbe potuto denunciarla alla polizia, ma qualcosa le diceva che non l'avrebbe fatto. Non avrebbe voluto ammettere come era iniziata quella storia, non avrebbe voluto scendere nei particolari. Il suo orgoglio ne sarebbe stato ferito.

Si era convinta di tutto quel ragionamento, si era rassicurata, era certa che raccontargli del cane fosse la cosa giusta da fare per lei: avrebbe avuto il doppio vantaggio di punire Myerson e, al tempo stesso, di alleviare il peso che si portava addosso. Quindi, con i pugni stretti sui fianchi, la mascella serrata, salì gli scalini dell'alzaia e svoltò in Noel Road, dove fu costretta a fermarsi di colpo.

Lui era lì, davanti alla porta di casa, si guardava intorno con aria furtiva, controllava il marciapiede nervosamente. Incrociò il suo sguardo e spalancò gli occhi per la sorpresa, ma poi, accompagnato da due agenti di polizia, si avviò lungo la strada e salì su un'auto che lo stava aspettando.

Partirono. Miriam non credeva ai suoi occhi, il cuore batteva impazzito nel petto. Aveva vinto? Alla fine, giustizia era stata fatta?

Restò lì, per un attimo era così sbalordita da quello spettacolo da dimenticarsi persino di esultare. Poi il momento passò, la confusione cedette il posto alla felicità, sorrise e si portò le mani alla bocca, senza riuscire a trattenere le risate. Rideva, rideva, con un suono che sembrava strano anche alle sue stesse orecchie.

Quando si riprese, si accorse che qualcuno la stava guardando, un tizio dall'altra parte della strada, un po' più avanti. Un uomo di una certa età, in sedia a rotelle, con una folta chioma di capelli bianchi. Si avviò lungo il marciapiede e guardo su e giù, come se stesse per attraversare. Per un attimo Miriam pensò che volesse avvicinarsi a lei e parlarle, ma arrivò una macchina, un grosso taxi, il conducente scese e aiutò il tizio a salire. Il taxi ripartì e fece un'inversione a U.

Quando l'automobile passò davanti a Miriam, lei incrociò lo sguardo dell'uomo nella macchina, e le si rizzarono i peli sul collo.

34

Tutto è materiale per una storia. E col tempo la tragedia si fa commedia. Non è forse così? Seduto in una stanza soffocante, di fronte a due detective, Theo si domandava con amarezza quanto tempo dovesse passare prima che ciò che gli era capitato – la morte di suo figlio, la conseguente disintegrazione del suo matrimonio – diventasse divertente. Dopotutto, erano passati quindici anni dall'accaduto. Non avrebbe dovuto trovarci almeno qualcosina di spassoso?

Che gran cazzata.

Quanto al fatto che tutto fosse materiale, trovava difficile prendere appunti mentali di ciò che lo circondava, le sue osservazioni risultavano immancabilmente banali: la stanza era grigia, squadrata, nell'aria c'era il tipico odore da ufficio (caffè pessimo e mobili nuovi). L'unico rumore che riusciva a sentire era un fastidioso ronzio di fondo che si sovrapponeva a quello della respirazione nasale della detective Chalmers, che gli sedeva di fronte.

Davanti a lui, sul tavolo che lo divideva da Chalmers e Barker, c'era un coltello in un sacchetto di plastica trasparente. Era piccolo, con il manico nero di legno e una macchia scura sulla lama. Un piccolo coltello da chef. Il *suo* coltello da chef: a quanto pareva, non si era perso nel caos del cassetto delle posate.

Quando misero il coltello sul tavolo di fronte a lui, Theo ebbe un tuffo al cuore. Capì che quello non sarebbe stato *materiale*. Non sarebbe stata la trama di una storia divertente da raccontare in seguito. Ci sarebbe voluto molto, molto tempo prima che tutto ciò si trasformasse in una commedia.

«Signor Myerson, riconosce questo oggetto?» gli chiese Chalmers. Theo diede un'occhiata al coltello. Gli vennero alla mente molti pensieri, tutti stupidi. Sentì se stesso emettere un «Uhm», che gli sembrò piuttosto sciocco. Nessuno guarda un oggetto e dice «Uhm». Dice «Sì, lo riconosco» oppure «No, non lo riconosco», ma nel suo caso la seconda scelta non era ammissibile: sapeva che, se la polizia gli stava mostrando quel coltello, era perché aveva la certezza che l'avrebbe riconosciuto.

Pensa in fretta, pensa in fretta, pensa in fretta, si ripeteva Theo, ed era irritante perché gli impediva di pensare a qualsiasi altra cosa che non fossero le parole "in fretta". *Per l'amor di Dio, pensa a qualcos'altro!*

Il coltello era suo, e loro lo sapevano: non lo avevano ricollegato a lui per caso. Quindi, il momento era arrivato, no? Era la fine. La fine del mondo che conosceva. E, come diceva la canzone, lui si sentiva bene. Forse *bene* era un'esagerazione, ma non si sentiva male come si sarebbe aspettato. Magari era vero quello che dicono, che è la speranza a ucciderti. Ora che non c'era più alcuna speranza, lui si sentiva meglio. Immaginò che avesse a che fare con la suspense. Era la suspense a essere angosciante, vero? Hitchcock lo sapeva. Adesso che la suspense era finita, che sapeva cosa stava per succedere, si sentiva sconvolto e triste, ma anche sollevato.

«È mio» rispose con calma, continuando a fissare l'oggetto anziché i poliziotti. «Appartiene a me.»

«Bene» replicò Barker. «E può dirci quando è stata l'ultima volta che ha visto questo coltello?»

Theo fece un respiro profondo. Per un attimo, vide se stesso nel suo soggiorno, con Irene Barnes. Rivide i disegni di Daniel, le immagini oscene della sua bella moglie, la rappresentazione grafica della morte del suo bambino; vide se stesso strappare le pagine dell'album prima di gettarle nel fuoco. Espirò piano. Eccoci. «Dunque, poteva essere la mattina del dieci.»

«Il dieci marzo?» Il detective Barker scambiò una rapidissima occhiata con la collega e si sporse in avanti sulla sedia. «Vale a dire la mattina in cui è morto Daniel Sutherland?»

Theo si grattò la testa con l'indice. «È corretto. L'ho gettato via. Il coltello. Ehm... stavo per buttarlo nel canale, ma poi... ho visto qualcuno. Pensavo che ci fosse qualcuno sull'alzaia e non volevo attirare l'attenzione su di me, così l'ho buttato tra i cespugli.»

I poliziotti si scambiarono un'altra occhiata, più lunga stavolta. Il detective Barker piegò la testa di lato e strinse le labbra. «Lei ha gettato il coltello tra i cespugli? La mattina del dieci? Signor Myerson, lei sta dicendo che...»

«Che sono andato da Daniel, la mattina presto, mentre mia moglie dormiva. Io... l'ho pugnalato. C'era del sangue, ovviamente, tanto sangue... Mi sono pulito sulla barca. Poi sono andato via, e ho buttato il coltello tra i cespugli mentre rientravo a casa. Appena arrivato, mi sono fatto una doccia. Carla dormiva. Ho preparato il caffè per entrambi, e gliel'ho portato a letto.»

Il detective Barker aprì la bocca per un attimo, poi la richiuse. «Okay.» Guardò di nuovo la collega e a Theo sembrò, anche se era possibile che si immaginasse le cose, a quel punto, che lei scuotesse leggermente la testa. «Signor Myerson, prima ci ha detto di non volere l'assistenza di un legale per questo colloquio, ma devo chiederglielo di nuovo, in caso avesse cambiato idea. Se c'è qualcuno che vuole chiamare, possiamo farlo, oppure possiamo convocare un avvocato d'ufficio.»

Theo fece cenno di no. L'ultima cosa di cui aveva bisogno era un avvocato, qualcuno che cercasse di mitigare le conseguenze, qualcuno che rendesse più complicato ciò che, a conti fatti, era semplice. «Grazie, faccio da solo.»

Barker gli lesse i suoi diritti, sottolineando che Theo si era consegnato spontaneamente, che aveva rifiutato l'assistenza di un legale, ma, alla luce di ciò che aveva dichiarato, la lettura dei diritti era un passaggio formale necessario.

«Signor Myerson...» Barker si sforzava di mantenere un tono neutro, e Theo se n'era accorto; dopotutto, doveva essere un momento esaltante per un detective. «Tanto per essere chiari, lei sta confessando di avere ucciso Daniel Sutherland, giusto?»

«Sì, è corretto» confermò Theo. «È corretto.» Bevve un po' d'acqua e fece un altro respiro profondo. *Eccoci di nuovo.* «Mia cognata» disse, poi si fermò. Era la parte difficile, quella che gli avrebbe dato del filo da torcere, la parte che non aveva voglia di dire a voce alta.

«Sua cognata?» lo incalzò Chalmers. Il suo volto era ormai un libro aperto, sembrava sconvolta da ciò che stava ascoltando. «Angela Sutherland? Che c'entra Angela Sutherland?»

«Prima di morire, Angela mi ha detto che mia moglie, la mia... Carla... e Daniel avevano una relazione.»

«Una relazione?» ripeté Chalmers. Theo annuì, gli occhi chiusi ermeticamente. «Che tipo di relazione?»

«La prego» replicò Theo, e fu sorpreso lui stesso di ritrovarsi in lacrime. «Non voglio dirlo.»

«Sta dicendo che c'era una relazione sessuale tra Carla e Daniel, è così?» chiese Barker.

Theo annuì. Le lacrime scivolavano giù dal naso fin sui

jeans. Non piangeva da anni, pensò all'improvviso. Non aveva pianto sulla tomba di suo figlio, nel giorno in cui avrebbe compiuto diciotto anni, e adesso era lì, in un commissariato, a piangere per *quello*.

«È stata Angela Sutherland a dirle della loro relazione?»

Theo annuì. «Ero andato a trovarla, una settimana prima che morisse.»

«Signor Myerson, può dirci qualcosa di più? Cos'è successo quando è andato a trovarla?»

«È meglio se ti faccio vedere» aveva suggerito Angela. «Vuoi... vuoi venire di sopra?»

Theo l'aveva seguita nell'ingresso. Mentre lei saliva le scale, lui la guardava, immaginava le cose che custodiva di sopra, le cose che intendeva mostrargli. Di Daniel, probabilmente. Forse altri disegni? Appunti? Il pensiero gli dava il voltastomaco. Cominciò a salire le scale dietro di lei. Immaginava l'espressione del viso di Angela quando gliele avrebbe mostrate, compassionevole, ma con un accenno di trionfo, un'espressione da "te l'avevo detto". *Guarda la tua bella moglie. Guarda cosa fa con mio figlio*. A pochi passi dal piano superiore, Theo si fermò. Angela lo aspettava, lo guardava dall'alto, sembrava spaventata. Theo ricordava come si era accasciata davanti a lui, il giorno che Ben era morto; ricordava il suo desiderio di afferrarla, di strozzarla, di spaccarle la testa contro il muro.

Quel desiderio era scomparso. Si voltò e scese al piano di sotto. La sentì piangere mentre apriva la porta e se la richiudeva alle spalle, usciva nella luce chiara del pomeriggio, si accendeva una sigaretta prima di dirigersi verso casa. Mentre percorreva la strada che portava al cimitero di St. James, venne travolto dalla nostalgia del tempo in cui non odiava Angela, anzi, le voleva molto bene, del tempo in cui il suo cuore era felice di vederla, perché lei era sempre così divertente, così piacevole, aveva sempre tante cose da raccontare. Quanto tempo era passato, ormai.

«Signor Myerson, vuole parlarcene? Vuole dirci che cosa è successo quando è andato a farle visita?»

Theo si asciugò le lacrime con il dorso della mano. Di quello non avrebbe parlato alla polizia, della sua nostalgia. Non sarebbe servito al suo scopo, adesso, dire loro che un tempo le aveva voluto bene, come a una sorella, come a un'amica, giusto?

«Mi ha detto che c'era qualcosa tra Daniel e mia moglie. Abbiamo litigato. No... non l'ho toccata. Volevo farlo. Volevo spezzare il suo collo ossuto, ma non l'ho fatto. Non l'ho neppure spinta giù dalle scale. Per quel che ne so, la morte di Angela è stata un incidente.»

Per quel che ne sapeva. E non aveva intenzione di ammettere alla polizia che per il resto dei suoi giorni, ogni volta che avrebbe pensato ad Angela, l'avrebbe rivista come quel giorno, in lacrime in cima alle scale, e avrebbe pensato alle parole che le aveva detto, quando l'aveva accusata di essere pigra, negligente e una pessima madre, e che si chiedeva se fossero state quelle le ultime parole che *qualcuno* le aveva rivolto. Si chiedeva se, mentre vacillava in cima alle scale o giaceva morente ai loro piedi, fosse stato *quello* l'elogio funebre che aveva sentito.

«Quindi avete litigato, lei se n'è andato... Si è confrontato con sua moglie? Le ha chiesto qualcosa su quello che Angela le aveva rivelato?»

«No.» Theo scosse la testa. «Ci sono domande delle quali non si vuole conoscere la risposta. Delle quali non si vuole *mai* conoscere la risposta. A ogni modo, Angela è morta poco dopo quella conversazione, e non avevo intenzione di sollevare l'argomento con mia moglie in quel periodo, perché lei stava soffrendo molto. Ma sospettavo che... ero certo che Daniel avrebbe sfruttato la morte di sua madre per provare ad avvicinarsi a Carla. Non potevo sopportarlo. Volevo solo che lui sparisse.»

La detective Chalmers interruppe la registrazione, si alzò e annunciò che avrebbero fatto una breve pausa. Gli offrì un caffè, che lui rifiutò. Chiese una bottiglia di acqua, frizzante, se possibile. Chalmers disse che avrebbe fatto quel che poteva.

Era finita. Il peggio era passato.

Ma poi si rese conto all'improvviso che il peggio non era passato affatto. I giornali! Oddio, i giornali. Quello che avrebbe detto la gente, su internet, sui social media. Dio onnipotente. Abbassò la testa e pianse, scosso dai singhiozzi. I suoi libri! Nessuno li avrebbe più comprati. L'unica cosa buona che avesse mai fatto – a parte Ben, a parte amare Carla – era il suo lavoro, e sarebbe stato infangato per sempre, così come il suo nome. Le sue opere sarebbero scomparse dalle librerie, la sua eredità distrutta. Sì, Norman Mailer aveva pugnalato la moglie con un temperino e William Burroughs aveva sparato alla sua, ma erano altri tempi, no? I tempi erano cambiati, la gente era così intollerante, adesso, era impossibile cavarsela in situazioni del genere. Un passo falso, e venivi cancellato.

I poliziotti tornarono nella stanza, Chalmers portò una bottiglia di Evian, non frizzante. Theo si era ripreso. Si era asciugato gli occhi, soffiato il naso, era preparato. Aveva ricordato a se stesso ciò che era davvero importante.

I detective avevano qualcos'altro da mostrargli: una fotografia, stavolta, di una ragazza. «Signor Myerson, riconosce questa persona?» chiese Barker.

Theo annuì. «È quella che avete accusato dell'omicidio. Kilbride, giusto?» Li guardò.

«L'aveva mai vista prima?»

Theo ci pensò un attimo. «Sì, io... sì. Non potrei giurarlo in un'aula di tribunale, ma credo che sia la donna che vi ho detto di aver visto sull'alzaia, la mattina della morte di Daniel. Vi avevo detto all'epoca che l'avevo vista dalla finestra. Non era vero. In realtà, io... io credo di esserle passato di fianco. Mentre andavo alla barca, credo. Lei era... trascinava i piedi, o forse zoppicava. Ho pensato che fosse ubriaca. I vestiti erano sporchi di terra, o sangue. Ho immaginato che fosse caduta. Ve ne ho parlato, la prima volta che mi avete interrogato, perché volevo distogliere la vostra attenzione.»

«Distogliere la nostra attenzione da lei?»

«Sì, da me! Ovviamente, da me.»

I poliziotti si scambiarono un'altra delle loro occhiate indecifrabili. «La sorprenderebbe sapere che questo coltello, che lei ha identificato come suo, e che sostiene di aver usato per uccidere Daniel Sutherland, è stato ritrovato nell'appartamento della ragazza della foto?»

«Io...» Sorpreso era dire poco. «Nel suo appartamento?» Un pensiero terribile attraversò la mente di Theo, forse si era sacrificato inutilmente. «Avete trovato il coltello nel suo appartamento?» ripeté, come uno stupido. «Lei... be', deve averlo raccolto. Forse mi ha visto mentre lo buttavo via... forse è lei la persona che credevo di aver visto in seguito, forse è stato allora che l'ho vista...»

«Ha appena detto che crede di averla incontrata mentre era diretto alla barca» puntualizzò Chalmers.

«Ma forse è successo più tardi. Potrei averla vista dopo. I ricordi di quella mattina non sono proprio *cristallini*. Ero stressato... emotivamente provato. Ero... ovviamente ero sconvolto.»

«Riconosce questa, signor Myerson?»

Gli stavano mostrando qualcos'altro, una sciarpa.

Annuì. «Certo, è mia. È di Burberry. Un bel capo.» Li guardò. «La indossavo quella mattina. Deve essermi caduta.»

«Dove crede che possa esserle caduta?» lo incalzò la detective Chalmers.

«Non ne ho idea. Come ho già detto, i ricordi di quella mattina sono tutt'altro che chiari. Forse nella barca? O lungo la strada? Non saprei.»

«Immagino che sarà sorpreso di sapere che anche questa è stata ritrovata a casa di Laura Kilbride.»

«Davvero? Be', allora mi sarà caduta mentre stavo gettando il coltello...» Theo sospirò, era esausto. «Che differenza fa? Vi ho detto che sono stato io. Non so come abbia fatto quella ragazza a trovare la mia sciarpa, io...»

«La signorina Kilbride crede che la sciarpa e il coltello siano stati messi ad arte in casa sua nel tentativo di incastrarla» spiegò Barker.

«Be'...» Theo era confuso. «Può anche darsi, ma non ce li ho messi io. Prima di tutto, non ho idea di dove abiti, e poi, vi ho appena detto che sono miei. Perché avrei dovuto lasciarli a casa sua e poi ammettere che sono miei? Non ha alcun senso, non le pare?»

Barker scosse la testa. Sembrava molto scontento, pensò Theo, non aveva proprio l'aria di un poliziotto che ha appena risolto un caso. «Non ha senso, signor Myerson, non ha alcun senso. E il fatto è» aggiunse sporgendosi in avanti, con i gomiti appoggiati al tavolo e le mani giunte, «che abbiamo trovato una sola impronta sul coltello, ed è sua. Quella del pollice, a essere precisi. Ma, dal momento che il coltello è suo, non è strano che ci sia una sua impronta. Soprattutto visto che l'abbiamo rilevata qui,» Barker indicò un punto sul manico «vicino alla lama. Non proprio dove ci si immaginerebbe di trovare l'impronta del pollice di un aggressore che abbia brandito il coltello per pugnalare la propria vittima, ma esattamente il punto dove ci si aspetterebbe di trovarla se il coltello fosse stato usato, chessò, per affettare le cipolle.»

Theo fece spallucce e scosse la testa. «Cosa vuole che le dica? Sono stato io. Ho ucciso Daniel Sutherland a causa della sua relazione con la mia ex moglie, Carla. Se mi portate un pezzo di carta, metto tutto per iscritto. Firmo subito la confessione. A parte questo, non ho altro da dire, se per voi va bene. Va bene?»

Chalmers spostò la sedia dal tavolo con un gesto brusco. Sembrava infastidita. Barker scosse miseramente la testa. Nessuno dei due gli credeva, pensò Theo, e quella presa di coscienza lo irritò. Perché non gli credevano? Non lo ritenevano capace di un gesto del genere? Non sembrava uno che può arrivare a uccidere per amore, per proteggere la propria famiglia? A chi importava se non gli credevano, si disse, soddisfatto di sé. Aveva fatto la cosa giusta. L'aveva salvata.

35

Carla voleva solo che lui negasse tutto.

Quel venerdì sera, a casa di Theo, un paio di giorni dopo aver letto l'album di Daniel, si era addormentata presto, ubriaca fradicia, svegliandosi alcune ore dopo con un gran mal di testa e la bocca impastata. Le scene disegnate da Daniel scorrevano come un cinegiornale sullo schermo della sua mente. Vicino a lei, Theo russava leggermente. Si alzò. Era inutile restare a letto, non si sarebbe riaddormentata: si vestì in silenzio, prese il piccolo borsone e scese le scale senza fare rumore. Bevve un bicchiere d'acqua in piedi, vicino al lavandino, poi un altro. La sera prima, aveva bevuto più di una bottiglia di vino, erano anni che non beveva così tanto, e l'emicrania era accecante. Trovò un flacone di paracetamolo nel bagno al piano inferiore e ne prese tre compresse.

Tornata in cucina, cercò una penna e un foglio di carta per lasciare un messaggio. *Non riuscivo a dormire, sono andata a casa*, qualcosa del genere. Ci sarebbe rimasto male, non avrebbe capito, ma in lei non c'era spazio per i suoi sentimenti, non c'era più spazio per niente. Solo per Daniel.

Non trovò la penna. Non importava, lo avrebbe chiamato dopo. Non subito, ma lo avrebbe chiamato. Avrebbero dovuto parlarne prima o poi, avrebbe dovuto inventarsi qualcosa per spiegargli come mai da un po' si sentiva così, si comportava così.

«Sembri sotto shock, Cee» le aveva detto quando si era presentata per la consueta cena del venerdì sera. «Fai fatica a dormire?» Gli aveva risposto di sì e lui aveva insistito: da quando, per quale motivo? Lei non aveva voluto parlarne. «Prima beviamo qualcosa» gli aveva detto. Si era scolata due gin tonic e poi erano passati al vino. A stomaco vuoto. Non c'era da meravigliarsi che si sentisse così male.

Non c'era da meravigliarsi.

Dalle porte della cucina, vedeva la brina sull'erba. Fuori faceva freddo. Si infilò i guanti, prese una delle sciarpe di Theo dall'ingresso e se l'avvolse intorno alle spalle. Mentre riattraversava la cucina, vide che il coltello che Theo aveva usato per affettare il limone per il gin tonic era ancora lì. Proprio lì, sul tagliere.

Voleva solo che lui negasse tutto.

Uscì dalla cucina, stringendosi la sciarpa intorno al collo. Aprì il cancello sul retro e si ritrovò sull'alzaia deserta, poi svoltò a sinistra, verso casa.

Una foschia leggera, argentea al chiarore della luna, si levava dall'acqua. Le luci delle case galleggianti erano tutte spente: dovevano essere le quattro e mezza del mattino, forse le cinque. Era ancora buio. Carla camminava piano, con le mani in tasca e il naso coperto dalla sciarpa. Camminò per una cinquantina di metri, cento; superò gli scalini che saliva di solito per andare a casa. Continuò a camminare.

La sua mente sembrava schiarirsi con il freddo. Poteva andare da lui. Lui avrebbe negato, le avrebbe detto: «Non è vero, non è reale, è soltanto...». Soltanto *cosa*? Che cos'altro poteva essere? Una fantasticheria? Un incubo? Perché mai, a un certo punto della sua vita, si era seduto a fare quei disegni, di se stesso, di lei? Del suo bambino. Perché mai li aveva rappresentati in quel modo?

Tutto quello che voleva era una spiegazione.

Mentre si avvicinava alla barca, fu sorpresa di sentire

delle voci, delle grida arrabbiate. Invece di fermarsi e bussare alla finestra, come aveva immaginato di fare, affrettò il passo, proseguì lungo la strada fino agli scalini del ponte. Si fermò lì, a guardare l'imbarcazione mentre il suo respiro, caldo e affannato, formava delle nuvolette davanti alla bocca.

Dopo qualche istante, vide Daniel spuntare sul ponte di poppa della barca, indossava un paio di jeans, si infilò una felpa sul torso nudo mentre si dirigeva verso l'alzaia. Sembrava che stesse parlando, ma le sue parole furono portate via dal vento e sparse sull'acqua. Carla vide che ruotava la testa da un lato all'altro e si premeva la mano sul collo. Si avvicinò al ponte e si fermò per accendersi una sigaretta. Carla trattenne il fiato, sperando che lui alzasse lo sguardo verso di lei. Lui fece qualche tiro dalla sigaretta e poi la buttò via, si sollevò sulla testa il cappuccio della felpa mentre passava sotto l'arco sul quale lei si trovava.

Alcuni istanti dopo, dalla barca uscì una ragazza. Giovane – probabilmente troppo giovane per Daniel – e scarmigliata. Rimase ferma per un attimo, con la schiena rivolta a Carla, guardando di qua e di là, come se non fosse sicura da che parte andare. Lanciò una rapida occhiata sul ponte, poi sputò in terra e si avviò faticosamente nella direzione opposta a quella presa da Daniel, ridendo da sola.

Stava iniziando a fare chiaro. I primi runner della giornata, i più convinti, si erano allacciati le scarpe dirigendosi verso il canale; uno o due erano già passati sotto il ponte di Carla, e presto ne sarebbero arrivati molti altri. Faceva freddo e lei non aveva voglia di aspettare, voleva tornare a casa, non a casa sua, ma nel letto caldo di Theo, al suo caffè e ai suoi comfort. Avrebbe rimandato quel confronto a un altro giorno.

E mentre pensava questo, proprio in quel preciso istante, vide Daniel sbucare dall'arco del ponte, la sua testa sotto di lei. Lo vide rientrare alla barca, con un'altra sigaretta tra il medio e l'anulare – somigliava così tanto a sua madre nelle movenze –, e salire sul ponte di poppa, e mentre lo faceva fu certa che avrebbe alzato gli occhi, che l'avrebbe vista. Invece, si infilò in cabina e sparì.

Carla non vedeva nessun altro sull'alzaia, in entrambe le direzioni. Tornò rapida agli scalini, li scese due a due, corse alla barca, saltò sul ponte ed entrò in cabina, doveva averci messo meno di trenta secondi, e ora era sola con lui. Daniel le dava le spalle e si stava togliendo la felpa quando lei arrivò, e a quel punto si girò, allarmato dal rumore. Lasciò cadere la felpa a terra. Per un attimo, il suo volto rimase inespressivo, poi le sorrise.

«Ciao. Che sorpresa.»

Daniel allargò le braccia, avanzando verso di lei, per stringerla a sé.

La mano di Carla, che era infilata dentro la borsa, si richiuse intorno al manico del coltello. Con un solo movimento, lo tirò fuori e lo spinse verso di lui, mettendoci tutta la sua forza, tutto il suo peso. Vide il sorriso di Daniel vacillare. La radio stava trasmettendo musica, il volume non era molto alto, ma abbastanza da coprire il suono che emise, non era un urlo né un grido bensì un lamento smorzato. Lei estrasse il coltello dal corpo di Daniel e lo colpì un'altra volta, e un'altra ancora, questa volta al collo. Gli affondò la lama nella gola per zittirlo.

Gli chiese, più e più volte, se lui sapesse perché lo stava facendo, ma non poteva risponderle. Non riuscì mai a negare proprio nulla.

Dopo, chiuse a chiave le porte della cabina, si spogliò, si fece una doccia, si lavò i capelli e si cambiò indossando i vestiti che aveva nel borsone. Infilò gli abiti sporchi di sangue in una busta di plastica che trovò nel lavandino. La mise nel borsone, insieme al coltello, avvolto nella sciarpa di Theo, poi aprì le porte e se ne andò, lasciando la cabina aperta, e si diresse a passo svelto verso casa dell'ex marito. Una donna bianca di mezz'età uscita per una camminata mattutina, un soggetto che passava del tutto inosservato. Entrò dal cancello sul retro, attraversò il giardino, si infilò in cucina, dove lasciò la borsa. Salì le scale senza fare rumore, entrò in camera da letto dove Theo dormiva, e da lì nel bagno. Si tolse gli abiti puliti e si fece un'altra doccia, rimase a lungo sotto il getto di acqua calda, esausta, con le mani che le facevano male, la mascella serrata, i muscoli delle gambe intorpiditi, come se avesse corso una maratona.

Se era vero che voleva soltanto che negasse, perché non gli aveva dato l'opportunità di farlo? Perché portarsi il coltello? Perché tornare da Theo, anziché a casa sua, se non per tentare di costruirsi un alibi? Poteva mentire a se stessa finché voleva, ma quando era a letto, sveglia, notte dopo notte, pensando a quello che aveva fatto, le appariva chiara la verità. Fin dal primo momento, da quando aveva visto quel disegno di Daniel sul balcone che sorrideva dall'alto al suo bambino, sapeva esattamente cosa gli avrebbe fatto. Tutto il resto, tutto quanto, era una bugia.

36

Quando la guardia le disse che c'erano buone notizie, la prima cosa che Laura pensò fu che sua madre doveva essere venuta a trovarla, e la seconda fu che avrebbe tanto desiderato che non fosse più sua madre la prima persona a cui correva la sua mente in certe situazioni.

E ovviamente, sua madre non c'entrava nulla. Non era venuta a trovarla, e non aveva neppure chiesto di poterlo fare. Suo padre sì, era in lista per il giorno seguente, ed era una bella cosa, ma lei non poteva farci niente, voleva sua madre. In qualche modo, nonostante tutto, nei momenti più bui Laura voleva ancora la sua mamma.

La guardia, che doveva avere l'età di Janine e, a ben pensarci, un atteggiamento più materno di lei, le sorrise con gentilezza e replicò: «Tesoro, non si tratta di un visitatore. Molto meglio».

«Cosa? Che cos'è?»

La guardia non era autorizzata a dirglielo, ma portò Laura fuori dalla stanza e lungo un corridoio, attraverso alcune porte, poi un altro corridoio, e un altro ancora, e per tutto il tragitto Laura continuò a chiedere: «Cosa? Che cos'è? Dai, dimmelo!».

Era Tizio Nervoso.

«Lui?» Laura non riuscì a dissimulare la delusione. «*Lui?*»

La guardia scoppiò a ridere. Fece cenno a Laura di sedersi e le fece l'occhiolino mentre richiudeva la porta.

«Ma che cazzo...» mormorò Laura, mentre prendeva posto al tavolo.

Tizio Nervoso le diede il buongiorno, era allegro. «Ci sono buone notizie, Laura!» annunciò, sedendosi di fronte a lei.

«Sì, è quello che mi dicono tutti.»

E poi, che ci crediate o meno, venne fuori che era proprio così.

Ritirare le accuse! Laura voleva mettersi a ballare. Voleva gettare le braccia al collo di Tizio Nervoso, baciarlo sulla bocca, spogliarsi e correre gridando per tutto il carcere. Stanno per ritirare le accuse! Stanno per ritirare quelle accuse di merda!

Riuscì a controllarsi, ma si alzò guaendo come un cucciolo. «Posso andare? Posso andarmene da qui?»

«Sì!» Tizio Nervoso sembrava sollevato quanto lei. «Be', no. Cioè, non subito. Prima devo farle firmare alcuni moduli e... C'è qualcuno che posso chiamare? Qualcuno che venga a prenderla?»

Sua madre. No, non sua madre. Suo padre. Ma avrebbe implicato un confronto con Deidre, che avrebbe incenerito il suo entusiasmo. Era ridicolo, in realtà, a pensarci. Non aveva nessuno, nessuno al mondo.

«Potrebbe chiamare la mia amica Irene?» si sorprese a chiedere.

«Irene?» Preparò la penna. «È una parente? O un'amica?»

«È la mia migliore amica» replicò Laura.

Era come volare.

Anzi no, non era affatto come volare, era come se le sue viscere fossero state annodate per anni e anni, per settimane, mesi e anni, e poi di colpo fosse arrivato qualcuno a sciogliere, e tutto si fosse dipanato, e la pesantezza nel suo stomaco fosse sparita, il fuoco si fosse spento, lo spasmo e il dolore, la fastidiosa sensazione che fosse tutto aggrovigliato, era tutto sparito, e finalmente – finalmente! – poteva alzarsi! Poteva stare dritta in piedi, spalle indietro, tette in fuori, e respirare. Poteva riempirsi i polmoni. Poteva cantare, se voleva poteva cantare, uno di quei motivi che cantava sempre sua madre.

Eccola lì, Laura, adesso, a cantare: «*Well, I told you I loved you, what more can I do?*».*

La guardia gentile le disse di tornare nella sua cella e preparare le sue cose, poi di andare in mensa a mangiare un po', perché probabilmente ci sarebbe voluto del tempo prima che le carte fossero pronte e sarebbe morta di fame e non avrebbe trovato niente di commestibile a casa, vero? I nodi ricominciarono a stringersi, ma Laura raddrizzò ancora di più la schiena, allungò le braccia sopra la testa e affrettò il passo.

«*Told you I loved you, you beat my heart black and blue.*»**

Eccola lì, Laura, che sorrideva, con la testa leggera e la pelle che formicolava, saltellava e volteggiava verso la sua cella, quando dalla direzione opposta le si fece incontro una ragazza grossa con l'orecchino al naso che, tre giorni prima, in mensa, così, dal niente, l'aveva insultata dandole della brutta stronza zoppa di merda e le aveva detto che le avrebbe tagliato la faccia, la prossima volta che l'avesse vista.

La ragazza grossa non aveva ancora visto Laura, parlava con un'amica, più bassa di lei ma tarchiata, dall'aria spavalda, un'altra con cui era meglio non discutere.

«*Do you want me to lay down and die for you?*»***

* «Be', ti ho detto che ti amo, cos'altro posso fare?» I versi della canzone sono tratti da *Sugar Boy*, di Beth Orton.

** «Ti ho detto che ti amo, e tu hai fatto a pezzi il mio cuore.»

*** «Vuoi che muoia per te?»

Laura cantava, ma a testa bassa, il mento sul petto. *Non alzare gli occhi, non guardarla, qualunque cosa tu faccia, non guardarla.* La tizia grossa si stava avvicinando, rideva per qualcosa che le aveva detto l'amica tarchiata, facendo un rumore che sembrava quello di un tubo di scarico, proprio quello, ed ecco Laura, rideva anche lei, a testa bassa ma rideva, e non riusciva a fermarsi perché era divertente, era troppo divertente, innegabilmente divertente quel suono che sembrava uno scarico e proveniva dalla brutta boccaccia di quella ragazza.

Ed eccola adesso, Laura, la testa non più abbassata, a guardare il sorriso della ragazza grossa trasformarsi in un ringhio, l'amica della tizia che esclamava: «Che cazzo succede?». Laura, che rideva come un topolino, come una scimmia, come una iena.

Eccola, Laura, la testa sbattuta contro il pavimento di linoleum. Laura, il grido di dolore quando lo scarpone si abbatté sulla sua mano. Eccola lì, Laura, che lottava per respirare quando la tizia grossa si inginocchiò sul suo petto.

Eccomi eccomi eccomi.

Eccola.

37

Erano trascorsi tre giorni dall'ultima volta che Irene era uscita di casa. Tre o quattro? Non era sicura, sapeva solo che si sentiva terribilmente stanca. Non c'era niente in frigo, ma non se la sentiva di uscire, di affrontare il supermercato, il rumore, tutta quella gente. Quello che voleva fare davvero era dormire, ma non aveva neppure la forza di alzarsi dalla sedia e salire di sopra. Quindi era rimasta seduta vicino alla finestra, con le dita che non la smettevano di tormentare il bordo della coperta che si era sistemata sulle ginocchia.

Pensava a William. Aveva sentito la sua voce non molto tempo prima. Stava cercando il suo cardigan perché il tempo era ancora terribile, ancora molto freddo, e si era spostata dal soggiorno in cucina per vedere se lo aveva lasciato lì, come faceva a volte, appoggiato allo schienale della sedia, e lo aveva sentito, chiaro come il sole. *Ti va una tazza di tè, Reenie?*

Quando aveva lasciato la casa di Theo Myerson, Irene era molto scossa. Erano passati giorni, ma era ancora scossa. C'era stato un momento – breve ma terrificante – in cui aveva creduto che stesse per farle del male, mentre avanzava verso di lei con le mani protese. Se le era quasi sentite intorno al collo. Si era ritratta, spaventata, e lui aveva visto il suo terrore, ne era sicura. L'aveva presa tra le braccia, con una dolcezza quasi materna, l'aveva tirata su e aiutata a stendersi sul divano. Lui tremava. Non diceva nulla e non la guardava, si era girato dall'altra parte, e lei lo aveva visto inginocchiarsi davanti al camino, strappare con rabbia le pagine dell'album di Daniel e buttarle tra le fiamme, una dopo l'altra.

Più tardi se n'era andata, a bordo del taxi che lui le aveva chiamato, quasi sopraffatta dalla vergogna e dal guaio che aveva combinato. Pensò che, se l'avesse picchiata, se lo sarebbe meritato.

Per quanto il pomeriggio fosse stato orribile, non fu la cosa peggiore. Il peggio doveva ancora arrivare. Un paio di giorni dopo l'incidente con Myerson, Irene aveva ricevuto una telefonata da un avvocato che le aveva comunicato che Laura Kilbride stava per essere rilasciata dalla custodia preventiva, e le chiedeva se poteva andare a prenderla quel pomeriggio, a East London. Irene era euforica – era davvero al settimo cielo e *sollevata* – però poi aveva ricevuto un'altra telefonata dallo stesso avvocato, appena dopo aver prenotato un taxi per andare al carcere: le aveva detto che Laura non sarebbe uscita, che era stata aggredita e ferita gravemente, che la stavano portando in ospedale proprio in quel momento. Irene era così sconvolta da non essersi annotata né il nome dell'avvocato né quello dell'ospedale e, quando aveva telefonato al carcere per chiedere informazioni, non avevano potuto aiutarla in nessun modo. Non le avevano detto quanto fossero gravi le ferite né come se le fosse procurate né dove fosse ricoverata, perché Irene non era una parente.

Da allora Irene non era più riuscita a mangiare nulla, né a chiudere occhio, era *fuori di sé*. Un'espressione strana, ma azzeccata, perché Irene si sentiva come se stesse fluttuando fuori dal proprio corpo, come se le situazioni che stava vivendo non fossero reali, doveva averle viste in televisione, o lette da qualche parte, erano distanti, e vivide allo stesso tempo. Irene sentiva di essere sull'orlo di qualcosa, era una sensazione che riconosceva. Era l'inizio della discesa verso un differente stato di coscienza, in cui il mondo come era realmente svaniva e lei si ritrovava altrove, in un luogo che la spaventava e la disorientava e la faceva sentire in pericolo, ma dove aveva la possibilità di rivedere William.

Le palpebre erano sempre più pesanti, il mento cominciava a ricadere sul petto, quando percepì un'ombra passare davanti alla finestra e si svegliò di soprassalto. Carla era fuori nel vicolo, stava frugando nella borsa, cercava qualcosa. Irene si sporse in avanti e tamburellò con le dita sul vetro. Carla trasalì, guardò in alto e vide Irene, e mosse lievemente la testa in un cenno di saluto, senza disturbarsi a sorriderle. Irene le fece segno di aspettare un attimo, ma Carla si era già voltata, aveva trovato quel che stava cercando nella borsa – presumibilmente la chiave di casa – ed era sparita.

Irene ricadde di nuovo sulla sedia. Una parte di lei voleva disperatamente *lasciar perdere*, dimenticare tutto: in fondo, Laura non era più sospettata dell'omicidio di Daniel. Quella povera ragazza aveva già sofferto abbastanza. La polizia aveva un nuovo sospettato per l'assassinio, avevano Theo Myerson. Ne parlavano tutti i giornali: non era stato accusato formalmente, quindi la polizia non aveva divulgato il suo nome, ma ormai non era più un segreto. Un fotografo dalla vista aguzza aveva immortalato Myerson mentre usciva da un'auto della polizia davanti al commissariato e questo, in aggiunta alla notizia che un cinquantaduenne di Islington stava aiutando la polizia nelle indagini e che le accuse contro Laura Kilbride erano cadute, lasciava poco spazio ai dubbi.

Povero Theo. Irene chiuse gli occhi. Per un attimo rivide la sua espressione affranta alla scoperta di quei disegni, nell'album, e provò un acuto senso di colpa. A occhi chiusi, rivide anche se stessa. Immaginò di guardarsi da fuori, dalla strada, come aveva fatto Carla Myerson alcuni istanti prima. Che cosa aveva visto, Carla? Un'anziana frastornata, spaventata e sola, che fissava il vuoto e ripensava al passato, ammesso che davvero riuscisse a pensare a qualcosa.

Erano proprio lì, nella sua immaginazione, tutte le cose di cui aveva paura: vedersi ridotta a un luogo comune della vecchiaia, una persona impotente, senza speranza né futuro né progetti, seduta per conto suo in una comoda sedia, con una coperta sulle ginocchia, nella sala d'attesa della morte.

Tutte cazzate, avrebbe detto Laura.

Irene si alzò dalla sedia e si diresse barcollando verso la cucina, dove si costrinse a bere un bicchiere d'acqua, prima di mangiare due biscotti al cioccolato e mezzo, piuttosto stantii. Poi si preparò una tazza di tè, al quale aggiunse due cucchiaini rasi di zucchero, e bevve anche quello. Aspettò qualche minuto, perché gli zuccheri e i carboidrati facessero effetto, poi, sentendosi più in forze, prese la borsa e le chiavi del numero tre, aprì la porta di casa, fece alcuni passi svoltando a sinistra e bussò, con tutta la forza delle sue piccole artritiche mani, alla porta di Angela.

Come temeva, nessuno rispose, così infilò la chiave nella serratura e aprì.

«Carla?» chiamò mentre entrava nell'ingresso. «Carla, sono Irene. Devo parlarle...»

«Sono qui.» La voce di Carla era forte e pericolosamente vicina, sembrava essere uscita dall'aria, dal nulla. Irene indietreggiò per lo spavento, per poco non inciampò nella soglia. «Qui sopra» aggiunse Carla, e Irene avanzò lentamente, alzando gli occhi verso il punto da cui proveniva la voce. Carla era seduta in cima alle scale come un bambino che non voleva starsene a letto, e strappava fili dalla moquette. «Quando avrà detto quel che deve dirmi, può lasciare la chiave in cucina» aggiunse, senza guardare Irene. «Lei non ha il diritto di entrare in questa casa ogni volta che le pare.»

Irene si schiarì la gola. «No, certo che no.» Si avvicinò alle scale e appoggiò una mano sulla ringhiera, poi si chinò e lasciò cadere la chiave sul terzo scalino. «Ecco fatto.»

«Grazie.» Carla, per un attimo, smise di spiumare la moquette e sollevò lo sguardo per incontrare quello di Irene. Aveva un aspetto orribile, pareva *devastata*, la pelle grigia e gli occhi iniettati di sangue. «Ci sono i giornalisti fuori da casa mia,» spiegò con voce bassa e stizzosa «e la polizia sta mettendo sotto sopra la casa di Theo. Ecco perché sono qui. Non ho altro posto dove andare.»

Irene aprì la borsetta e ci guardò dentro, frugandone il contenuto.

«Ha qualcos'altro per me, Irene?» le chiese Carla. Sembrava a pezzi, la voce roca. «Perché in caso contrario, preferirei...»

Irene tirò fuori i due astucci portagioielli, quello con la medaglietta di San Cristoforo e quello con l'anello. «Ho pensato che li rivolesse» disse, appoggiandoli sul terzo gradino, vicino alla chiave.

«Oh!» Carla spalancò la bocca. «Il *suo* San Cristoforo!» Si alzò e per poco non ruzzolò giù dalle scale nella fretta di avventarsi sulla scatolina, che raccolse e strinse a sé. «L'ha trovato» disse, sorridendo a Irene, tra le lacrime. «Non posso credere che l'abbia trovato.» Cercò la mano di Irene, ma lei si ritrasse con garbo.

«Non l'ho *trovato*» replicò, in tono pacato. «Mi è stato dato. Da Laura. Laura Kilbride. Il nome le dice qualcosa?»

Ma Carla non la stava più ascoltando. Si era seduta di nuovo, sul terzo scalino, adesso, con la scatolina aperta in grembo. Prese la medaglietta d'oro e se la rigirò tra le dita, poi se la portò alle labbra. Irene la guardava, tristemente affascinata da quella peculiare pantomima di devozione. Si chiese se Carla avesse perso la testa.

«Laura» ripeté Irene. «La ragazza che è stata arrestata. La medaglietta e l'anello erano nella borsa che Laura le ha rubato. *Carla?* Ha capito quello che le sto dicendo?» Di nuovo, nessuna reazione. «Lei aveva lasciato la borsa qui, proprio qui, nell'ingresso. La porta era aperta. Laura l'ha vista e l'ha sgraffignata. Poi si è sentita in colpa e ha riportato le cose a me. Però... oh, per l'amor di Dio, Carla!» sbottò, e la donna alzò lo sguardo su di lei, sorpresa.

«Che cosa?»

«Lo farà davvero? Se ne starà lì seduta, fingendo di non saperne niente? Lascerà che sia lui a prendersi la colpa?»

Carla scosse la testa, riportò lo sguardo sulla medaglietta d'oro. «Non so di cosa stia parlando.»

«Non è stato Theo a uccidere quel ragazzo» affermò Irene. «È stata lei. Lei ha ucciso Daniel.»

Carla sbatté le palpebre, lentamente. Quando guardò Irene, gli occhi erano vitrei, il volto impassibile.

«Lei ha ucciso Daniel, e avrebbe lasciato che la colpa ricadesse su Laura, vero? Avrebbe lasciato che una ragazza innocente pagasse per quello che lei ha fatto. Lo sapeva» urlò Irene, la voce tremante, «che è stata aggredita mentre era in carcere? Che è stata ferita così gravemente da finire in ospedale?»

Carla lasciò cadere il mento sul petto. «Questo non ha niente a che vedere con me.»

«Ha *tutto* a che vedere con lei!» gridò Irene. La sua voce riecheggiava nella casa vuota. «Lei ha visto quello che Daniel aveva disegnato nel suo album. Può negarlo, non fa alcuna differenza. Io ho visto quei disegni. Ho visto quello che ha disegnato... quello che ha immaginato.»

«*Immaginato?*» sibilò Carla, stringendo gli occhi, un'espressione feroce in volto.

Irene fece un passo indietro, per allontanarsi dalle scale e avvicinarsi alla porta. Lì, in mezzo all'ingresso vuoto, si sentì instabile; voleva disperatamente sedersi, riposare, avere qualcosa a cui aggrapparsi. Si fece coraggio, si morse il labbro e strinse più forte la borsetta, come uno scudo, poi si avvicinò di nuovo a Carla. «Ho visto quello che ha disegnato» ripeté. «E lo ha visto anche lei. E anche suo marito, prima di buttare le pagine nel fuoco.»

Carla trasalì, e guardò Irene, l'espressione sempre più rabbiosa.

«*Theo* l'ha visto?» chiese, incredula. «Ma l'album è qui, è... Oh.» Sospirò, e si lasciò sfuggire una risatina mentre la testa le crollava sul petto. «Non è qui, vero? È stata lei a darglielo. È stata lei a mostrarglielo. Perché? In nome di Dio, perché l'ha fatto? Lei è davvero una donna strana, una gran impicciona, una *vera* rompicoglioni. Si rende conto di quello che ha fatto?»

«E che cos'è che avrei fatto?» domandò Irene. «Avanti, Carla, me lo dica!»

Carla chiuse gli occhi e scosse la testa, come un bambino imbronciato.

«*No?* Bene, allora forse potrei essere io a dirle per bene quello che ha fatto *lei*! Ha visto i disegni di Daniel e ha deciso che lui era colpevole dell'omicidio di suo figlio, e per questo gli ha tolto la vita. Il coltello che ha usato era nella borsa che Laura le ha rubato, ed è così che è finito a casa sua. E poi suo marito – il suo ex marito, che la ama più della sua stessa vita, per ragioni che fatico a comprendere – è intervenuto e si è preso la colpa di tutto. E lei! Se ne sta qui seduta e dice che questo non la riguarda. Non prova niente? Non si vergogna?»

Carla, china sulla medaglietta, con le spalle abbassate, mormorò: «Non *provo* niente? Irene, per l'amor di Dio! Non pensa che io abbia sofferto abbastanza?».

Proprio quello, pensò Irene, era il problema. Dopo quello che aveva sopportato, di cos'altro mai poteva importarle? «Lo so che ha sofferto terribilmente...» concesse Irene, ma Carla non la lasciò continuare.

«Lei non sa niente» sibilò. «Lei non può neanche immaginare...»

«Il suo dolore? Forse no, Carla, ma lei davvero crede che il fatto di aver perso suo figlio in un modo tanto tragico le dia il diritto di comportarsi così?» Davanti a Irene, Carla si accovacciò, come se stesse preparandosi ad aggredirla, tremava di dolore, o di rabbia. Ma Irene non si fece intimidire, e continuò a parlare. «Dal momento che lei ha subito una perdita terribile, ritiene di avere il diritto di distruggere ogni cosa, di fare tutto quello che le pare e piace?»

«Che mi pare e *piace*?» Carla mise una mano sulla ringhiera e si alzò; dall'alto del terzo scalino, incombeva su Irene. «Mio figlio è morto. Anche mia sorella, ed è morta senza ricevere alcun perdono. L'uomo che amo sta per finire in prigione. Lei crede che tutto questo mi dia piacere?»

Irene indietreggiò di un passo. «Non è detto che Theo debba andare in galera. Lei può evitarlo.»

«A cosa servirebbe?» chiese Carla. «Cosa... Oh.» Distolse lo sguardo, disgustata. «È inutile cercare di spiegarlo a lei. Come potrebbe capire che cosa significa amare un figlio?»

Di nuovo. Era lì che andavano sempre a parare. Tu non puoi capire, tu non sei una madre. Non hai mai provato l'amore, l'amore vero. Non ce l'hai dentro di te, qualunque cosa sia, la capacità di amare senza limiti, in maniera incondizionata. E neppure la capacità di odiare, senza limiti.

Irene, accanto a lei, chiudeva e apriva i pugni. «Forse io non capisco questo tipo di amore. Forse lei ha ragione. Ma mandare Theo in galera? Che cosa c'entra l'amore con tutto questo?»

Carla strinse le labbra. «Lui lo sa» replicò, umiliata. «Se

davvero Theo ha visto i disegni di Daniel, come lei afferma, allora ha capito perché ho dovuto fare quello che ho fatto. E lei, che se ne sta lì, sdegnata, dall'alto della sua presunzione, anche lei dovrebbe capire, perché io non l'ho fatto solo per Ben, l'ho fatto per Angela.»

Irene scosse la testa, incredula. «Per Angela? Sta davvero dicendo di averlo fatto per *Angela*?»

Carla allungò la mano e, con sorprendente gentilezza, la appoggiò sul polso dell'anziana. Lo strinse e la attirò a sé. «Quando è successo» sussurrò, con un'espressione di colpo sincera, quasi speranzosa, «quando è successo, crede che lei lo avesse capito?»

«Che avesse capito cosa?»

«Di *lui*. Quello che aveva fatto. Quello che era.»

Irene tirò via la mano, scuotendo la testa. No, non era possibile che lo avesse saputo. Era terribile solo da pensare, che avesse potuto vivere con quella convinzione. No. E comunque, non c'era niente da sapere, no? «Era una storia» replicò. «Daniel ha scritto una storia, forse per provare a elaborare qualcosa che aveva vissuto da bambino e, per qualche motivo, ha deciso di rappresentare se stesso nella parte del cattivo. Forse si sentiva in colpa, forse pensava che avrebbe dovuto stare attento a Ben, o forse si è trattato di un incidente... un errore.» Era consapevole che in parte stava cercando di convincere se stessa. «Dev'essersi trattato di un errore da bambini. Lui era così piccolo, non deve averne capito le conseguenze.»

Carla annuì, la stava ascoltando. «Ci ho riflettuto. Ho valutato tutte queste possibilità, Irene. L'ho fatto. Ma provi a pensarci: era un bambino, certo, *allora* lo era. E poi? Supponiamo che lei abbia ragione, che si sia trattato di un errore infantile, o di un incidente, questo non spiegherebbe il suo comportamento successivo. Lui sapeva che io accusavo Angela di quello che era successo, e ha lasciato che la incolpassi. Ha lasciato che io la punissi, che Theo la respingesse, l'ha vista crollare a poco a poco sotto il peso della colpa, e non ha fatto niente. Anzi, non è vero.» Carla scosse la testa. «Non è vero che non ha fatto niente. Qualcosa ha fatto: ha peggiorato la situazione. Ha detto alla sua psicologa che la morte di Ben era colpa di Angela, mi ha fatto credere che Angela lo maltrattasse. Tutto questo, era tutto... Oddio, non lo so che cos'era. Un gioco, forse? Giocava con noi, con tutti noi, ci manipolava, per il suo piacere, immagino. Per avere la sensazione di controllarci...»

Era mostruoso, impensabile. Quale mente poteva essere così contorta da funzionare in quel modo? Irene si sorprese a sospettare che forse *Carla* aveva una mente mostruosamente contorta: la sua interpretazione degli eventi non era inquietante quanto i disegni di Daniel? Eppure, ripensando ad Angela, che inveiva contro il figlio e desiderava che sparisse dalla sua vita, a Irene la versione di Carla sembrava terribilmente plausibile. Ricordò l'episodio della mancata cena di Natale, quando Angela le aveva detto di invidiarla perché non aveva figli, ripensò alle scuse del giorno seguente. *Lasceresti bruciare il mondo intero, se solo servisse a renderli felici.*

Carla aveva voltato le spalle a Irene, e ora stava salendo lentamente le scale, girandosi a guardarla quando arrivò all'ultimo gradino. «Quindi, cerchi di capire, l'ho fatto anche per lei. È davvero terribile dirlo a voce alta. Ho ucciso suo figlio per lei. Ma è la verità, in un certo senso. L'ho fatto per me, per mio figlio, per Theo, ma l'ho fatto anche per Angela. Perché lui le aveva rovinato la vita.»

Mentre rientrava in casa sua, Irene rifletté sul fatto che, benché a volte fosse difficile da sopportare, era tutto sommato una fortuna che le persone come Carla liquidassero le vecchie signore del suo stampo come limitate, confuse, smemorate e folli. Almeno quel giorno, era stata una fortuna che Carla la ritenesse prossima alla morte, non più parte di questo mondo, non al passo con le sue complicazioni, con le novità tecnologiche, con i suoi aggeggi, gli smartphone e le app per la registrazione vocale.

38

Il clima era cambiato di nuovo, l'aria gelida della settimana precedente era stata spazzata via di colpo da una piacevole brezza tiepida che soffiava dal Mediterraneo. Due giorni prima, Miriam era rannicchiata davanti alla stufa con addosso una sciarpa e una giacca; adesso invece faceva abbastanza caldo da starsene seduta sul ponte di poppa, a bere il caffè e leggere il giornale.

Le notizie riportate dalla stampa sembravano la trama di un romanzo: Theo Myerson era stato rilasciato dalla custodia cautelare, anche se era ancora accusato di intralcio alla giustizia, mentre sua moglie era stata incriminata per omicidio dopo che la polizia aveva ricevuto (da una fonte anonima) la registrazione di una drammatica confessione.

Così, alla fine, saltava fuori che la persona che Miriam aveva cercato di incastrare per la morte di Daniel Sutherland era davvero la persona che aveva assassinato Daniel Sutherland. Che dire? La cosa non deponeva certo a favore delle abilità di Miriam nell'incastrare i colpevoli.

Sembrava la trama di un romanzo! Miriam non poté fare a meno di ridere. Myerson avrebbe provato a tirare fuori un libro da quell'intrigo? Forse avrebbe dovuto provarci *lei* a tirarne fuori un libro. Sarebbe stata la classica ruota che gira, no? Se Miriam avesse preso la storia reale *di lui* e l'avesse usata come materiale per un romanzo, l'avesse rigirata a suo piacimento e gli avesse sottratto il controllo, le parole, il potere.

Oppure c'era una strada più semplice, e di certo più redditizia: e se avesse fatto una telefonatina al «Daily Mail»? Quanto avrebbero pagato per uno scoop di prima mano su Theo Myerson? Un bel po', probabilmente, dal momento che Myerson era proprio il tipo di persona – ricco, intelligente, sofisticato, di sinistra, un tipico esemplare della decadenza dell'élite metropolitana – che il «Daily Mail» detestava.

Finì il caffè e tornò, senza fretta, al tavolo della cucina, dove accese il portatile e iniziò a digitare in Google "come vendere una storia ai giornali", quando sentì qualcuno bussare alla finestra. Guardò e per poco non cadde dallo sgabello. Myerson! Era sull'alzaia, chino in avanti, e sbirciava attraverso l'oblò della cabina.

Con cautela, uscì sul ponte di poppa. Theo era a pochi metri da lei, con le mani infilate in tasca e l'espressione contrita. Era invecchiato dall'ultima volta che l'aveva visto, quando era stato prelevato dalla polizia. Allora si era trovata davanti il Theo corpulento e rubicondo di sempre, mentre adesso le sembrò più magro, sciupato, avvilito. Infelice. Sentì una fitta al cuore. Avrebbe dovuto fare i salti di gioia: non era quello che voleva? Vederlo umiliato, sofferente. Perché diavolo provava pena per lui?

«Ascolti» esordì Theo. «Quando è troppo, è troppo. Va bene? Io... sono certo che lei sappia che sto passando un periodo difficile...» Si strinse nelle spalle. «Non so neppure come descrivere quello che mi sta capitando. Sì, mi rendo conto di quanto sia ironico. A ogni modo, il punto è che non voglio coinvolgere la polizia. Ne ho avuto abbastanza di loro nell'ultimo mese. Abbastanza per il resto della mia vita. Tuttavia, se lei continuerà a molestarmi, non mi lascerà altra scelta.»

«Mi scusi? *Molestarla?* Non mi ci sono neanche avvicinata, a lei.»

Theo sospirò, esausto. Prese un foglio di carta dalla tasca interna della giacca e lo aprì, con gesti lenti ma decisi. Iniziò a leggere in tono piatto, senza alcuna intonazione. «"Il problema delle persone così è che pensate di essere chissà che. Quella storia non era sua, era mia. Non poteva usarla come ha fatto. Dovrebbe pagare le persone per usare le loro storie. Dovrebbe chiedere il permesso alle persone, prima. Chi si crede di essere per usare la mia storia..." Eccetera, eccetera. Ce ne sono cinque come questa. Be', non proprio così, iniziano con un'educata espressione di interesse verso il mio lavoro, ovviamente allo scopo di indurmi a dire qualcosa sulla fonte d'ispirazione della mia storia, ma poi degenerano in fretta. Ha afferrato il concetto. Lo conosce, sono cose che ha *scritto* lei! Il timbro postale è di Islington, Miriam, per l'amor di Dio. Vedo che ha provato a camuffare la sua identità, ma...»

Miriam lo fissava, confusa. «Non sono stata io. Forse ha rubato la storia di qualcun altro? Magari lo fa in continuazione.»

«Oh, per l'amor di Dio!»

«Non sono stata io!»

Theo fece un passo indietro, emettendo un lungo respiro tremante. «È il denaro che vuole?» chiese. «Qui ha scritto: "Dovrebbe pagare le persone", è così? Quanto vuole? Quanto vuole per lasciarmi...» La voce si incrinò e Miriam inorridì sentendo che gli occhi le si riempivano di lacrime. «Per lasciarmi in pace?»

Miriam si asciugò rapidamente il viso con la manica e scese dalla barca. Allungò la mano. «Posso vederle, per favore?» chiese. Theo le consegnò le pagine senza esitazione.

La carta era sottile, di bassa qualità, la grafia ordinata ma infantile.

Myerson,
perché non risponde alle mie lettere? Il problema delle persone così è che pensate di essere chissà che. Quella storia non era sua, era mia. Non poteva usarla come ha fatto. Dovrebbe pagare le persone per usare le loro storie. Dovrebbe chiedere il permesso alle persone, prima. Chi si crede di essere per usare la mia storia senza chiedere? Non ha neppure fatto un buon lavoro. L'assassino della storia è un debole. Come poteva un debole fare quello che lui ha fatto? Cosa può saperne lei. Non ha mostrato rispetto.

Lei scosse la testa. «Non sono stata io» ripeté, voltando la pagina. «Non può davvero pensare che l'abbia scritta io: è così sgrammaticata.»

Iniziò a leggere la successiva.

La polizia l'ha portata via, quindi forse non è tanto migliore degli altri, o no? Forse devo dire alla polizia che ha preso la mia storia. Una multa secondo me gliela danno. È solo giusto. Ma la cosa che mi rompe di più è come faceva a sapere di *Black River*.

Il respiro di Miriam si fermò nel petto.

La lascio in pace e non le scrivo più se mi dice come fa a sapere di *Black River*.

Sentì la terra aprirsi sotto i piedi.

Lesse a voce alta. «Come fa a sapere di *Black River*.»

«È il titolo di una canzone» spiegò Theo. «Non è il nome di un luogo, è...»

«Lo so che cos'è» replicò Miriam. Il mondo si stava oscurando, il buio stava scendendo troppo in fretta perché lei potesse respingerlo. Aprì la bocca, ma non riusciva a far entrare l'aria nei suoi polmoni; i muscoli non rispondevano, né il diaframma né i muscoli delle gambe e delle braccia, tremava violentemente, la vista le stava andando insieme. L'ultima cosa che vide prima di collassare fu la faccia sbigottita di Theo Myerson.

«Era nell'auto, alla radio. La canzone. Ricordo che lui trafficava con la manopola, cercava di cambiare stazione, ma Lorraine gli chiese di non farlo. Lei cantava. Cantava e diceva: "A me piace questa. A te non piace? *Black River*".»

Myerson appoggiò un bicchiere di acqua sul suo comodino e poi rimase a guardarla, impacciato. Doveva essere imbarazzante: Theo Myerson che la aiutava ad alzarsi dopo che era collassata – *svenuta* come una ridicola damigella di epoca vittoriana in un giorno di calura – sull'alzaia, loro due che rientravano sulla barca trascinandosi come una vecchia coppia, lui che la metteva a letto, come una bambina. Come un'invalida. Miriam sarebbe morta di vergogna, se avesse avuto la forza di provare vergogna, se avesse avuto la forza di provare qualcosa di diverso da quella sorta di sconcertato terrore. Era sdraiata sulla schiena, fissava le assi di legno del soffitto, cercava di concentrarsi sul respiro, dentro e fuori, cercava di concentrarsi sul qui e ora. Ma non ci riusciva, non con lui lì.

«A chi altri lo ha mostrato?» le chiese. «Il suo... ehm, il suo *manoscritto*. Chi altri l'ha letto?»

«Non l'ho mai mostrato a nessun altro» replicò Miriam. «Tranne che a Laura Kilbride, ma solo molto di recente, e stando ai giornali lei non è abbastanza in forma da scrivere lettere a nessuno. Non l'ho mai mostrato a nessun altro.»

«Non può essere vero. Lo ha fatto vedere a un avvocato, no?» replicò Theo, che troneggiava sopra di lei, massaggiandosi la testa stempiata. «Deve averlo fatto! Di sicuro l'ha mostrato al *mio* avvocato, quando ha presentato il suo, ehm, reclamo.» Spostò il peso da un piede all'altro. «La sua denuncia.»

Miriam chiuse gli occhi. «Non ho spedito a nessuno l'intero manoscritto. Ho selezionato alcune pagine, ho evidenziato varie similitudini. Non ho mai nominato la canzone, sebbene fosse... sebbene fosse probabilmente la prova più evidente del suo *furto*.» Theo fece una smorfia. Sembrò sul punto di replicare, ma si trattenne. «Non volevo menzionare la canzone, non volevo ripensarci, non volevo ripensare all'ultima volta che ho sentito la sua voce così, l'ultima volta che l'ho sentita felice, spensierata. L'ultima volta che l'ho sentita senza paura.»

«Cristo!» Theo espirò lentamente. «Le spiace?» Indicò il letto, e per un attimo Miriam non capì cosa le stesse chiedendo. Poi si sedette, appoggiando il voluminoso sedere sull'angolo della branda, a pochi centimetri dai piedi di lei. «Miriam, non può essere. Lui è morto. Jeremy è morto. Lo ha detto lei, lo ha detto la polizia...»

«Io ci speravo e la polizia alla fine ha supposto così. C'è gente che dice di averlo visto, pressoché ovunque: Essex, Scozia, Marocco. La polizia lo ha cercato, o almeno così ha sempre affermato, non so quanto abbiano preso sul serio quelle segnalazioni... Ma lei lo sa, no? Era nel libro.»

Theo fece una smorfia. «Non c'era qualcosa... a proposito di un piede?» buttò lì, arrossendo.

Miriam annuì. «Alcuni bambini, mentre giocavano su una spiaggia, vicino a Hastings, ritrovarono un piede umano, alcune settimane dopo la scomparsa di Jeremy. Dimensione e colore corrispondevano, e anche il gruppo sanguigno. Era prima del dna, non c'era modo di avere riscontri certi, ma ipotizzarono che fosse lui. Pensarono che si fosse sfracellato contro gli scogli o che fosse rimasto impigliato nell'elica di una barca. In ogni caso, fu la fine. L'indagine si concluse lì.»

«Ma...» Theo stava scuotendo la testa. «Proviamo a ragionare. Se in qualche modo fosse riuscito a fuggire, se avesse inscenato la propria morte, se avesse cambiato identità, ce ne sarebbero state altre, no? Altre ragazze, intendo dire, altre donne. Uno come lui, capace di fare quel che ha fatto a lei e alla sua amica, non lo fa una volta sola e poi smette, le pare?»

«Forse ha smesso» replicò Miriam. «Dove sta scritto che *tutti* loro ne traggono piacere? Forse ha provato e in realtà non gli è piaciuto. Forse si è spaventato. Forse non lo ha soddisfatto come credeva. O forse...» La barca ondeggiò nella scia di un altro natante e Miriam aprì gli occhi concentrandosi sul soffitto. «Forse non l'ha fatto una volta sola. Forse l'ha fatto più e più volte, ma nessuno ha collegato i fatti. Un tempo era più facile per quelli come lui spostarsi da un posto a un altro, vivere ai margini, vagare, e andare avanti per anni. Potrebbe essere scappato all'estero, potrebbe aver cambiato nome, potrebbe essere» la sua voce si incrinò «*ovunque*.»

Myerson si spostò sul bordo del letto, non era più seduto accanto ai suoi piedi ma al suo fianco. Si avvicinò e – cogliendola del tutto di sorpresa – le prese la mano. «Ho il suo indirizzo e-mail. La polizia potrebbe riuscire a rintracciarlo usando quello. Posso dare loro le lettere, posso spiegare... *noi* possiamo spiegare, possiamo spiegare tutto.» La guardò negli occhi. «Tutto.»

Miriam ritrasse la mano. *Tutto?* Capì che Myerson le stava offrendo le sue scuse. Un'ammissione. Se fossero andati alla polizia con quelle lettere, avrebbero dovuto spiegare come mai Theo ne era il destinatario, e perché entrambi erano giunti alla conclusione che c'era soltanto una persona al mondo che poteva sapere di quella canzone, e del suo significato. E così facendo, Theo avrebbe dovuto smascherarsi, avrebbe dovuto ammettere che Miriam era stata l'ispiratrice della sua storia. Lei avrebbe ottenuto tutto quello che voleva.

Miriam sbatté piano le palpebre, scuotendo la testa. «No» replicò. «Così non va.» Si asciugò il volto con il dorso della mano e si alzò, appoggiandosi sui gomiti. «Lei non contatterà la polizia, contatterà lui. Risponda alle sue domande. Ad alcune, perlomeno.» Fece una pausa per riflettere. «Sì, si metterà in contatto con lui, e si scuserà per aver ignorato le sue lettere. Poi fisserà un incontro.»

Theo annuì, teneva le labbra strette e si grattava la testa. «Posso farlo. Posso chiedergli di incontrarci per parlare e, quando arriverà, ci sarà la polizia ad aspettarlo.»

«No» disse Miriam, decisa. «Non ci sarà la polizia ad aspettarlo.»

Theo resse il suo sguardo per un lungo istante. Poi lo distolse. «D'accordo.»

39

Era lì, nella stanza sul retro della casa di Irene, guardava il letto rifatto con cura, un asciugamano giallo piegato sopra le lenzuola. C'erano un armadio, una libreria e un comodino, sul quale Laura aveva sistemato la fotografia che la ritraeva insieme ai genitori, con le facce cancellate. La guardò per un attimo prima di girarla verso la parete.

Dal piano inferiore, sentiva la risata da ragazzina di Irene. Ascoltava qualcosa alla radio, un programma in cui le persone dovevano parlare il più a lungo possibile senza ripetizioni né esitazioni. A Laura sembrava che non avesse molto senso, ma Irene si scompisciava dal ridere, il che era di per sé esilarante.

Quando Laura ebbe finalmente finito di sistemare le sue cose – non possedeva molto, ma non era facile fare tutto con una mano sola – si sedette sul letto, appoggiandosi contro il muro. Mentre si toccava con indolenza il gesso intorno al polso, il cui bordo iniziava a logorarsi, ascoltava i movimenti delle persone dall'altra parte della parete, le loro voci un basso mormorio. La casa – la casa di Angela – era in vendita, e c'era un afflusso costante di visitatori, nessuno dei quali aveva ancora presentato un'offerta. O così le aveva detto l'agente. "Ficcanaso" li aveva definiti quando Laura lo aveva incontrato nel vicolo, dove lui stava fumando, nervoso. «Vengono a raccogliere materiale per quei maledetti podcast di cronaca nera.»

Alcuni avevano bussato alla porta di Irene, ma Laura li aveva tenuti alla larga. Erano venuti anche dei giornalisti veri, ma Irene non voleva parlare con nessuno. Aveva già detto quello che doveva, alla polizia. Aveva ascoltato e aveva registrato tutto; Laura era stupidamente e follemente orgogliosa di lei, più orgogliosa di quanto fosse mai stata di un membro della sua famiglia. Aveva iniziato a chiamarla Miss Marple, anche se Irene, con uno scatto d'ira sorprendente, le aveva subito detto di piantarla.

Tra i programmi alla radio e la lettura dei suoi romanzi, mentre aiutava Laura per le questioni legali che doveva affrontare – la richiesta di risarcimento danni per l'aggressione subita e l'imminente convocazione in tribunale e tutto il resto –, Irene le aveva proposto di fare un viaggio insieme. Da sempre voleva andare in un posto che si chiamava Positano, dove pareva avessero girato quel film su Hannibal Lecter. O qualcosa del genere.

Laura aveva risposto di non potersi permettere una vacanza, almeno finché non avesse riscosso i soldi del risarcimento, ma Irene aveva ribadito che non era un problema. «Io e William avevamo dei risparmi.» E quando Laura aveva replicato che non avrebbe dovuto toccare quei soldi, Irene si era indispettita.

«E perché no? Non puoi mica portarteli nell'aldilà!»

Laura aveva sentito la testa leggera. Forse un calo di zuccheri, o forse erano le vertigini nel vedere che i suoi orizzonti, che erano stati ristretti per tanto tempo, si stavano nuovamente allargando.

Per il momento non sarebbero andate da nessuna parte. Laura era ancora convalescente dalla commozione cerebrale e dalla frattura a una costola, e aveva la mano sinistra maciullata. La ragazza, quella grossa con l'orecchino al naso, gliel'aveva calpestata con un piedone numero quaranta, e aveva schiacciato con forza. «Nella mano ci sono ventisette ossa» le aveva spiegato il medico, indicando un'immagine sullo schermo per spiegarle l'entità del danno, «e lei ne ha quindici fratturate. È molto fortunata...»

«In effetti mi sento davvero fortunata» aveva replicato.

Il medico le aveva sorriso con indulgenza. «È fortunata perché le fratture erano composte. Con la giusta fisioterapia, potrà recuperare una funzionalità completa.»

Di nuovo in fisioterapia. Come ai vecchi tempi.

«Sembra che siamo tornati al punto di partenza» commentò la madre di Laura. Pianse i singhiozzi di un'attrice consumata accanto al letto della figlia, probabilmente solo per pochi minuti che parvero però durare giorni interi. «Non ci credo che siamo di nuovo qui: tu ferita gravemente, in ospedale...»

«Be', almeno questa volta non è successo perché il tuo amante mi ha investita e poi è scappato via, no?»

La madre non rimase lì a lungo. Neppure suo padre, perché Deidre aspettava nell'auto, parcheggiata in divieto di sosta. «Con un po' di fortuna, passerà il carro attrezzi e se la porterà via!» commentò lui con una risatina nervosa, guardandosi le spalle, come se fosse preoccupato che anche da lì Deidre potesse sentirlo. Le strinse la mano sana e la baciò sulla fronte, promettendole che sarebbe tornato presto a farle visita.

«Forse, quando starai meglio» aggiunse fermandosi sulla soglia, mentre stava uscendo, «potremmo passare un po' di tempo insieme, potremmo anche prendere una casa insieme, che ne pensi, pulcino?»

Laura scosse la testa. «Papà, non posso, ci abbiamo provato. Io e Deidre, non funzionerà mai...»

«Lo so» replicò lui, annuendo con forza. «Lo so bene. Lo so che non potresti tornare a vivere con lei. Ma stavo pensando un po' più avanti, sai. Dopo che l'avrò lasciata.»

Laura gli sorrise, in modo rassicurante. Non ci contava troppo.

Anche il Pelato era andato a trovarla. Si chiamava detective Barker, finalmente era riuscita a memorizzarlo, anche se nel suo cuore sarebbe rimasto sempre il Pelato. Era andato da lei a dirle che gli dispiaceva molto che fosse stata aggredita, e che Miriam, quella del canale, aveva ritirato la denuncia contro di lei. «Ha ammesso di aver preso la sua chiave» spiegò. «Dobbiamo rivedere con lei diverse dichiarazioni che ha fatto durante le indagini e che non si sono rivelate molto precise.»

«Sono scioccata» replicò Laura, sorridendogli. «Davvero scioccata.»

Lui inarcò un sopracciglio. «Ci ha raccontato una versione dei fatti interessante. Ha detto che voleva aiutare lei, che credeva fosse colpevole, al tempo stesso cercando invece di far incriminare Carla Myerson, che pensava fosse innocente, e che alla fine è risultata la vera assassina.»

«Dev'essere vero per forza, chi se la sarebbe mai potuta inventare una storia del genere?» commentò Laura.

Lui le sorrise. «Avrà nostre notizie, Laura» disse mentre usciva. «C'è ancora la questione della borsa rubata, quella che conteneva il coltello e i gioielli.»

«E non dimenticatevi della forchetta» gli ricordò Laura.

«Sì, certo. La forchetta.»

Di notte, sdraiata nel lettino singolo, con le logore lenzuola strette intorno al suo corpo, Laura appoggiava il palmo della mano sana alla parete, dal lato opposto di quella che era la stanza di Daniel. C'era qualcosa di misteriosamente circolare in quella storia, che era iniziata con lei nel letto di Daniel e finiva con lei separata dalla sua camera da letto da pochi centimetri di mattoni di epoca vittoriana.

Ritornava spesso, nella sua mente, alla notte sulla barca, a quell'alba, e la cosa strana era che a tormentarla non era lui, non era il suo improvviso cambio di umore, il suo passare di colpo da affascinante a crudele; non era neppure l'espressione sul suo volto, quando gli si era avventata contro, digrignando i denti.

No, la cosa che non riusciva a togliersi dalla testa era il momento in cui era scesa dalla barca, quando era tornata sulla terraferma e aveva lanciato uno sguardo alla sua destra. Il momento in cui aveva visto, nella luce grigia e fioca dell'alba, una donna sul ponte che guardava verso di lei. La cosa che la tormentava era che non riusciva, per quanti sforzi facesse, a rammentare l'espressione di quella donna. Non avrebbe saputo dire se fosse triste o arrabbiata, devastata o risoluta.

Epilogo

Un tizio è stato trovato morto su una casa galleggiante, nel canale. «Fermatemi se questa l'avete già sentita.»

Carla udiva le voci, le battute stupide delle altre donne, all'ora di pranzo. «È un altro dei tuoi, Carla? Ti sei data da fare, eh?» Quel pomeriggio era andata in biblioteca; non le era permesso leggere articoli di cronaca nera su internet, ma era riuscita a convincere una delle guardie (una "grande fan di Myerson!") a stampare la notizia a casa e portargliela.

SOSPETTO KILLER TROVATO MORTO

Il cadavere in avanzato stato di decomposizione del cinquantottenne Jeremy O'Brien, noto anche con i nomi di Henry Carter e James Henry Bryant, è stato trovato su una barca parzialmente sommersa nel Regent's Canal. Si pensava che O'Brien, ricercato in relazione all'omicidio dell'adolescente Lorraine Reid, avvenuto nel 1983, si fosse suicidato dopo essere scomparso, alcuni giorni dopo l'omicidio della Reid.

La polizia ha dichiarato che O'Brien viveva in Spagna con il fratellastro, fin dagli anni Ottanta, con il nome di James Henry Bryant. Nel 1988 era rimasto gravemente ferito in un incidente stradale, e aveva riportato lesioni alla colonna vertebrale, che lo avevano costretto sulla sedia a rotelle. La polizia ritiene che fosse tornato in

Inghilterra lo scorso anno, dopo la morte del fratellastro, e che abitasse in una residenza sanitaria assistenziale a North London, sotto il nome di Henry Carter.

Nonostante alcune somiglianze tra l'omicidio O'Brien e quello del ventitreenne Daniel Sutherland, avvenuto sei mesi fa – entrambi i cadaveri sono stati rinvenuti su barche nel canale ed entrambi sono deceduti a causa di coltellate al petto e al collo – la polizia non ha messo in relazione i due crimini, sottolineando oltretutto che la donna accusata di aver assassinato Daniel Sutherland – Carla Myerson, detenuta da luglio nel carcere di Bronzefield – si è dichiarata colpevole di quel crimine, rendendo piena confessione.

Carla smise di leggere. Ripiegò il foglio e lo restituì alla guardia. «Grazie» le disse. «Theo mi ha assicurato che le spedirà una copia autografata del suo ultimo libro.»

Dopo alcuni giorni, Carla ricevette una lettera da una criminologa, che chiedeva di poterla andare a trovare per parlare del suo caso. Lei non aveva particolare desiderio di parlare del suo caso con nessuno, ma desiderava disperatamente una conversazione con una persona istruita. Disse di sì.

La criminologa, una donna giovanissima dalla faccia pulita e dagli occhi luminosi, in realtà era una studentessa che sperava di ottenere la lode (e forse persino la pubblicazione!) per la tesi, che voleva incentrare proprio su Carla. Prima della sua ammissione di colpa, la polizia aveva già preso per buona una falsa confessione: non era possibile che ce ne fossero state due, in quel caso? Forse Carla era solo una vittima (certo, autolesionista) di un errore giudiziario. C'era forse ancora un serial killer a piede libero, qualcuno che aveva preso di mira uomini che vivevano sul Regent's

Canal o nei dintorni? O magari un serial killer che prendeva di mira altri assassini?

Quella poverina era così ingenua che Carla si sentì quasi in colpa a buttar giù il suo castello di carte. Non c'era stato alcun errore giudiziario, spiegò alla ragazza in tono calmo, e non c'era nessun serial killer del canale. I due casi non avevano nulla a che fare l'uno con l'altro.

«Ma suo marito... lui pensa che...»

«Oh!» Carla le sorrise, come per scusarsi. «Lei ha parlato con Theo. Deve prendere un po' con le pinze quello che le dice, mi spiace. Lui è un sognatore, vive in un mondo tutto suo.»

«Allora è stata davvero... lo ha fatto davvero lei?» concluse la ragazza, la delusione dipinta sul bel faccino.

Carla annuì. «Sì, sono stata io.»

«E... *perché*? Possiamo parlare del movente?»

Carla scosse la testa. «Nella mia e-mail ho scritto chiaramente che non ero pronta a parlare del contesto in modo approfondito. Mi spiace.»

«Oh, dice sul serio? Ma lei è così *anomala* qui dentro: borghese, istruita, non sposata...»

«E questo cosa c'entra?» chiese Carla. «Il mio stato civile, intendo dire.»

«Be', le assassine tendono a conformarsi ai tradizionali ruoli di genere: sono sposate con figli, cose così. Lei non corrisponde al profilo.»

«Un tempo ero sposata e avevo un figlio» replicò Carla, tristemente.

«Sì, ma... Okay.» La criminologa era perplessa. Si guardò intorno nella stanza, insoddisfatta ma speranzosa, come qualcuno che è rimasto bloccato a una festa con un tipo noioso e cerca intorno a sé una persona più interessante con cui parlare. «Bene,» riprese alla fine «mi dica almeno questo: è pentita?»

Quando Carla aveva fatto la sua confessione a Irene – non quella che aveva reso alla polizia, che non era per niente completa, a malapena una mezza confessione: aveva dato loro gli ossi e si era rifiutata di parlare della carne – aveva respinto l'idea che quello che Daniel aveva fatto fosse un errore da bambini. Aveva parlato di tortura, di manipolazione, ed era quello che pensava.

Però, in seguito, quando aveva permesso alla sua mente di spaziare – e lì dentro aveva ben poco altro da fare – si era ritrovata in luoghi dove avrebbe proprio preferito non arrivare.

Si domandò se quello che aveva interpretato, in quei primi momenti di rabbia cieca, come un atteggiamento manipolatorio, non avesse invece un'altra spiegazione. E se il modo che Daniel aveva di flirtare con lei non fosse stato affatto un "flirtare", ma l'unica maniera di amare che conosceva? Se non avesse saputo farlo diversamente? Forse la storia che si era ripetuta sin dall'inizio non era più vera del mito che Daniel aveva costruito per se stesso.

Era una strada buia da intraprendere, e si fece sempre più scura man mano che lei capiva che era a senso unico: una volta imboccata, non esisteva via d'uscita, e non c'era modo di tornare indietro.

In quei giorni, quando Carla ripensava a ciò che aveva fatto, vedeva le sue azioni sotto una luce diversa. Non più anestetizzata dalla paura, dall'euforia (e sì, era stata euforica, in quel momento convulso) adesso era in grado di vedere *davvero* ciò che aveva fatto. Sangue, tutto quel sangue! Il rantolo che aveva emesso, il gorgoglio nauseante della sua gola, il biancore selvaggio degli occhi, l'odore di ferro, l'odore di urina, l'odore della sua agonia, del suo terrore.

Doveva essere impazzita. Era una versione di cui poteva convincere se stessa? Poteva raccontarsi che aveva agito in preda al delirio, al dolore, alla sofferenza, che lo aveva fatto senza consapevolezza?

Seduta nel parlatorio del più grande carcere femminile d'Europa, dove condivideva lo spazio con donne confuse, tristi e bisognose, e anche, ovviamente, con il peggio che il genere femminile britannico avesse da offrire, si chiese: era quello il posto per lei?

In fin dei conti, avrebbe agito in maniera differente se non fosse stata folle di rabbia? Se fosse stata in sé, avrebbe potuto lasciar perdere? Avrebbe scelto di andare avanti con la sua vita, avrebbe scoperto quello che Daniel aveva fatto e lo avrebbe semplicemente rinchiuso in un cassetto dentro di sé, lontano dalla sua vista? Ma come avrebbe mai potuto scegliere lucidamente di fare una cosa del genere? Avrebbe davvero potuto decidere di andare avanti in un mondo in cui Daniel era ancora vivo, in cui avrebbe potuto vederlo, lì, a respirare la sua stessa aria? Un mondo in cui esisteva la possibilità che lei provasse ancora qualcosa per lui, una qualche forma di tenerezza, qualcosa che somigliava all'amore.

Era quella possibilità che aveva dovuto uccidere.

«Signora Myerson? È pentita?»

Nota dell'autrice

I luoghi descritti in questo libro sono ispirati alle strade e alle case che danno sul Regent's Canal o che si trovano nelle sue vicinanze, precisamente nel tratto tra Islington e Clerkenwell, a Londra. La loro rappresentazione non è però del tutto fedele; ho scelto di prendermi delle libertà nella descrizione laddove ho ritenuto che fosse necessario.

Ringraziamenti

Grazie a Sarah Adams e Sarah McGrath per le loro incisive correzioni e la pazienza che mi è parsa senza limiti.

Grazie a Lizzy Kremer e Simon Lipskar, i migliori agenti su entrambe le sponde dell'Atlantico, per i loro brillanti consigli e il loro immancabile supporto.

Grazie a Caroline MacFarlane, vincitrice dell'asta di beneficenza CLIC Sargent, per l'uso del suo nome.

Grazie ai miei primi lettori: Petina Gappah, Frankie Gray e Alison Fairbrother.

E grazie a Simon Davis, perché Dio solo sa quanto gli ultimi tre anni non siano stati facili.